夜の蔵書家

紀田順一郎

神田神保町で「本の探偵」の広告を掲げて古書店を営む須藤の元に、蔵書家の医者から三十年近く前に失踪したある人物を探して欲しいという依頼が舞い込んだ。その名を森田一郎といい、戦後期に日本の文化復興に尽力すると称して、稀覯書といいつつその実わいせつ文書刊行に携わった結果、検挙されたあげく有罪となり、その後姿を消したという。左翼劇団の俳優や中国のスパイだったと噂される経歴を持つ謎の男を、須藤は古書を糸口として探索に乗り出すが……ロス・マクドナルド作品を彷彿とさせる傑作長編ミステリ。(『古本屋探偵の事件簿』分冊版)

古本屋探偵の事件簿

夜の蔵書家

紀田順一郎

創元推理文庫

THE COLLECTOR IN THE DARK

by

Junichiro Kida

1983

目次

第一章　密閉された書斎　九
第二章　もう生きてはいまい　六一
第三章　陰花植物　九三
第四章　指紋のない男　一三九
第五章　夜の蔵書家　一五九
第六章　八階からの眺め　一九一
第七章　空家の謎　二二一
第八章　古書の手がかり　二五七
終　章　狂暴な心　三〇五

『古本屋探偵の事件簿』あとがき　三五二
解説　門井慶喜　三五五

夜の蔵書家

古本屋探偵の事件簿

惰者(おこたるもの)はいふ獅(しし)そとにあり
われ衢(ちまた)にて殺されんと

旧訳聖書『箴言』第二二章三節

第一章　密閉された書斎

1

須藤康平が新宿駅から徒歩三分の京急デパートに着いたのは、九時をすでに十五分ほど廻った頃だった。

「ほう、今日はだいぶ押しかけているな」

思わず呟いたのは、正面入口に七、八十人くらいの、一見して古書マニアとわかる連中がひしめいていたからである。

上の階からの垂れ幕には〈第一回京急古本市、一月七日（金）～十三日（木）〉とあり、その横に〈冬物一掃大バーゲン〉という幕も下がっているが、開店の四十五分も前に蝟集してくるような客は、衣料品のバーゲン目当てではあり得ない。ほとんどが灰色のオーバーをまとったサラリーマン風に、茶色のジャンパー姿の業者、それにダウンベストを着込んだ若者も十人ほど混じっている。女は一人もいない。

「どうだね、景気は」

声をかけられて振り返ると、史学書房の店主、石塚鉄男が厚い眼鏡を通して探るような視線を投げて来た。神田神保町に店を持つ須藤と異なり、石塚は早稲田の学生街で営業しているが、近代文学を中心とする棚構成が似ているためか、市や即売店で張り合う結果になることが多く、互いに警戒し合っているのである。

「景気なんてもんじゃないね」須藤は欠伸まじりに答えた。「一括ものなんか、さっぱりだよ」

じつは、須藤が今日ねらっているのは、荻窪の業者が出品した横光利一の著書七十九冊の一括五十八万円というしろものなので、ちょっと探りを入れてみたのである。しかし、敵もさるもの、

「目ぼしいものが残ってたら教えてくれよ」

と、逸らしてしまった。

「それにしても——」と須藤は背伸びして前方を窺いながら言った。「今日はばかに若いのが多くて、過熱気味だね」

「天下堂が戦後のマンガをごっそり出したからね」

「そういえば『漫画少年』や『冒険少年』が出ていたな」

須藤にとっては子ども時代の愛読誌だった。『漫画少年』は昨今のマンガ雑誌のはしり、

『冒険少年』は山川惣治の『少年王者』を売りものにした読物誌で、戸田城聖が刊行していた。いずれも滅多に見かけないので、一冊数千円以上にもなっている。

「マンガのほうが、里見弴や谷崎潤一郎より高いんだからね」

須藤が半ば一人ごとのように言った時、最前列の若者たちがガラスの扉を掌でバシン、バシンと叩きながら、何やら喚いた。早く開けろということらしい。

「こりゃ、まずいね」石塚は舌打ちした。「きちんと並ばせないと混乱するぞ」

「京急は即売展には馴れていないからなあ」

須藤も些か不安になってきた。前の方にいる者は、しきりに店内を覗きこんで、

「エレベーターの方が早い」

「いや、正面のエスカレーターで中央突破だ」

などと叫んでいる。左手にエレベーターが四基あることは、須藤も知っていた。しかし、急がないと満員になってしまう。逃がしたら一巻の終りだ。たしか、奥にもう四基ほどエレベーターがあったように思うが……。

須藤が必死に記憶をたどっていると、正面ドアがわずかに開き、売場主任らしき男がメガホンを用いて叫んだ。

「お客さまに申しあげます。良識をもって行動してくださるようお願いします」

「いまごろ良識なんて言っても遅い！」中年のサラリーマンが怒鳴った。「二列に並ばせ

ろ！」

　メガホンの男は引っ込んでしまった。

「なあに？　これ」

「いやに黒々としてるわね」

　冬物目当ての主婦が二、三人やってきたが、いつもとちがう雰囲気に戸惑っている様子。このように他の客が迷惑するということもあって、即売展に経験の深いデパートでは、開店前に横の非常口から古書の客だけを少しずつ入れて、エスカレーターで最上階の催し物会場へ誘導するという方式をとる。しかし、京急デパートは何もかも初体験のため、古書マニアの怖ろしさを認識していない様子だった。

「十時十分前か」

　須藤は呟くと、最後列からじりじりと前方へ割り込みをはじめた。石塚がぴったり後ろへつく。

「なんだ、なんだ、割り込むんじゃない！」

　罵声を聞き流して、須藤は先頭から四、五人目ぐらいのところまで辿りついた。途端に、頭上で繰り上げ開店のベルがけたたましく鳴り響くと、ドアがパッと開いた。

　灰色の一群が無言のまま左へ走る。一人、二人が外套の裾をひるがえして中央のエスカレーターに向かう。須藤は店内に入ると左方へ向かった。床がすべるな、と思った瞬間、前方を走っていた中年サラリーマンが転び、一列に並んでのんびり最敬礼している女子店員の足もとにうずくまった。

それを横目に、須藤は一気に手前のエレベーターに駈けこんだ。すでに十人ほどのマニアが乗り込み、

「発車オーライ！」

「出っ発！」

などと叫んでいる。数人の者はエレベーター・ガールの背にしがみついて、悲鳴をあげさせている。奥へ入ってしまうと、出るときに遅くなってしまうので、場馴れしたマニアはエレベーター・ガールのすぐ背後に密着しようとする。

「上へまいりまあす！」彼女はたまりかねて扉をしめる。「ご利用階数をお知らせください」

「十階！」

「ノンストップ！」

「止めたら殺すぞ！」

須藤は周囲を見まわした。石塚の姿は見えなかった。

「十階でございます、お待たせ――」

須藤は両手で掻き分けるようにしながら、外へ飛び出した。一瞬、女性のセーターの派手な色彩に目がくらむ。せわしなく見まわすと、左手二十メートルほど先に紅白の幔幕が目に

入った。

「それっ！」

　声に出して気恥ずかしさを追っ払うと、全力疾走。たいていの即売展は、たどりつくまでに下着売場か貴金属売場を通過せねばならない。パンストやブラジャーの森の中を、ドブネズミ色の中高年がドタドタと駈ける図は、絵にも描けない面白さ——と、一瞬思うのだが、ここで怯(ひる)んでいては九仞(きゅうじん)の功を一簣(き)に虧(か)くことになる。女子店員が抱き合って笑っているのを横目に見ながら、息を切らして駈ける。

「毎度どうも」

「や、どうも」

　係の同業者への挨拶も上の空。再び忙しくあたりを見まわし、お目あての本を出品している店のネームプレートを探す。斜め左前方に大観堂(たいかんどう)の名を見つけた須藤は、最後のダッシュを試みる。

　ゴールにとびこむ寸前、ビニールの紐で束ねた出品物が目に入る。一括ものの特徴である。どうやら須藤が一番乗りらしい。

　やれやれ——。どっと疲れを覚えて速度が鈍った瞬間だった。左前方の書棚の蔭から一人の若い男がとび出し、その一括ものの上に覆いかぶさったのである。須藤はめまいを感じた。

「まいったなあ。おたく、それ要(い)るの？」

須藤が悲鳴に近い声をあげると、男は怪訝（けげん）そうにこちらを見た。

「おや、須藤さん！」

「なんだ、谷口（たにぐち）君じゃないか！」

若い愛書家仲間の谷口靖（やすし）だった。

「須藤さんも、これでやってきたんですか？」

「うん。お客さんから頼まれてね。弱ったなあ」

「――いいです」谷口はちょっと考えてから言った。「ぼくはバイトですから、お譲りしましょう」

「やはりだれかに頼まれて来たのかね？　それはいよいよ困ったな」

「どうせ、いいんです。手数料は僅かですから」

「じゃあ、いくらかペイ・バックするね」須藤はそれ以上に遠慮する必要はないと思った。古本屋のセドリは生活がかかっているのだ。

「ほかに何か見るの？」

「ええ……」と谷口は混雑してきた会場を見まわしながら、確信が無さそうに言った。「文庫本でも探してみます」

「それでは、一時間後にここで待ち合わせよう。久しぶりだからお茶でも飲もうよ」

「わかりました。では」

谷口は軽く会釈すると、人混みの中に消えた。

近くの棚で、数人の愛書家がマンガ本の奪い合いで大さわぎを演じていた。

2

「二年ぐらい会わないうちに、少し肥ったね。いま何をしてるの？」

「編集ジプシーですよ」

谷口は照れたように薄笑いをすると、砂糖を入れないコーヒーに口をつけた。

須藤が谷口と知り合ったのは、十四、五年前だった。「日本愛書通信」の探求書欄に谷口が「求む『奇譚クラブ』」という広告を出していたのを、須藤が手持ちの十冊ほどを譲ったところから、つき合いがはじまった。ＳＭ雑誌を集めるくらいだから大人だと思っていたところ、文通で高校生と知っておどろいたものである。

その後、谷口は郷里の山口県から上京、国文院大学に入った。下宿生活は何かと不便だろうと、当時健在だった須藤の妻の発案で、日曜日などに家に呼び、家庭料理をふるまったこともある。年齢は十四、五歳もちがうが、妙に気の合うところがあり、数年前、須藤が妻に死別して古書店を開業したときも、真先に顧客になってくれた。

谷口は学校卒業後、小出版社に就職しようとしたが、そのころから出版界は不況のために減量経営に入り、なかなか思うところに入社できなかった。

ある日、須藤は谷口から電話で相談をうけた。

「史録堂（しろくどう）で面接を受けたんですがねえ、ちょっと変なことを要求されましてね」

「どうしたんだい」

「苗字を変えたら採用するというんです」

「なぜ」

「社長と編集部長が、ぼくと同じ谷口という姓なんです。いまでさえ、電話がかかってくると、どちらの谷口か紛らわしくて仕方がない。このうえ、もう一人谷口がふえるのは困るというんです」

「困るのは君のほうだよね。だいたい、雇用者が勝手に姓を変えろというのは、人権問題だなあ」

「いや、変えろとはいってないんです。変えれば採用してもいいんだがな、というんです」

「同じことだよ。ほかにアテはないのかね」

「ありません。どこも不景気ですねえ」

「そうか」須藤は断を下した。「どうせ、そんな出版社に長居をする気はないんだろう？　それなら便宜的にペンネームのつもりで、何か適当な姓を考えたらどう？」

「なるほど。ペンネームという考え方なら割り切れますね」

「世を忍ぶ仮りの姿さ。そのうちペンネームのほうが板についてくるよ」

須藤はつとめて気軽に言ったが、後味はよくなかった。ひどい企業があるものだと思った。

その後、谷口から「山口(やまぐち)という名で出ています」というハガキを貰ったとき、出身県の名をつけたのかと思い、何もいわなかった。一年ほどして「昔の名前で出ています」という挨拶状が来て、別の出版社の名が記されているのを見たとき、須藤はホッとした。

それが須藤の古本屋開業のころの話で、当初は月に二、三回ずつ立ち寄ってくれたが、忙しくなったためか、最近の二年ほどは姿を見せなくなっていた。いま聞くと、編集ジプシーだという。生活は安定しているのだろうか。

「ジプシーというと、プロダクションにいるの？　それとも嘱託？」

プロダクションというのは出版社の下請けとして企画・編集を代行する組織である。嘱託は正社員としての身分保証がない、臨時採用の社員である。

「さあ、単なるバイトですよ。この間も神田のビブリオという出版社で、戦時中に出版された『前進』という雑誌の復刻を手伝ったんですが、三か月働いても一銭もよこさないんです。しびれをきらして掛けあったら、とりあえず交通費だけは払うというんですよ」

「しぶい話だね。うちのバイトなんか、一日でも支払いが滞ったらやめちゃうよ」

「でしょう？　こっちはお人よしというのかどうか……。しかもおどろくべきことがあるんですよ。じつは、ぼく、週に三日は塾のバイトもやってましてね、アパートのある大宮から池袋まで出てくるんですが、そこまでは定期がある筈だから、交通費から差し引くというんですよ」

「まともな会社じゃないね。まごまごしていると、骨までしゃぶられて、ポイだぜ」

「まあ、こちらも簡単には退きさがりませんがね」

谷口は苦笑まじりに、コーヒーを啜った。色白のおとなしい顔立ちだが、時おり不敵な表情を浮かべることがある。知り合った当初は、おっとりした文学青年だったのだが――。

「ところで、今日はすまなかったね。あの横光利一の一括もの、だれかに頼まれたんだろう？」

「ええ、知り合いの医者から頼まれたんですがね。いいんですよ、こっちは半分遊びだけど、須藤さんは仕事だから」

「しかし、うまくいったら報酬が出たんじゃないのかい？　額を言ってくれよ。払うから」

「いやいや、とんでもない」谷口は手を振った。「ぼくも、自分で欲しい本があるから、やってきたんです。医者のほうはついでですから」

「しかし――」

「もう、この件は済んだことにしましょう。それよりも須藤さん、ちょっとご相談したいことがあるんですが」

谷口は手帳のポケットから、挿みこんであった新聞広告の切り抜きを取り出した。

元祖 本の探偵
!!ホンならなんでも!!
!!ついでにヒトまで!!
!!なんでもカンでも!!
!!神田書肆・蔵書一代!!
!!神保町(291)××××!!

「やあ、選りにも選って、『夕刊現代』に載せたのを見られちゃったわけか」

「すぐ目につきましたよ」

「一年ほど前から、方々に出しているんだけど、このごろはマネする連中がふえてね。ブック・デテクチブなんて、英語でごまかすやつまで現われているから、こっちも必死さ。これなんか、半ばヤケッパチの広告だよ」

「いいえ、この方面は須藤さんの店ということで、もう定評ができているんではありませんか?」

「相談というのは何かね」須藤はテレかくしに、いきなり事務的な口調になった。

「聞いてもらえますか？」

「言うにや及ぶ」

「なにか古い本で読んだことのあるセリフですね。佐々木邦でしたかね？　まあ、何でもいいでしょう。――この広告を見つけたのは、今の話の医者です。面白い話があるね、といわれて、よく見たら須藤さんの広告でしょう？　つい知ってますと言ってしまったんですが、先方もおどろいて、ぜひ一度お目にかかりたいと言いだしたんです。なにか、年来の探求書があるとか。むろん、お礼はたっぷりさせていただくとのことです」

「うれしいねえ。古書界不況の折から、まったくうれしい。金がありそうな医者だろうね？」

「新宿で中小企業相手のクリニックを経営してますがね。景気は悪くないようですよ。社会が不況であればあるほど、ストレスはふえますからね。住いは中野にあります。本はかなり持ってますよ。カネの張る限定本や豆本が主のようですが、最近はそういったものに飽きて、昭和戦前の作家の初版本を手当りしだい集めてるようです」

「それはぜひお引き合わせ願いたいものだね。うちの店にピッタリの感じだな。いくつぐらいの人？」

「さあ、五十代の半ばというところでしょうかね。ドラ息子がいますが、なかなか国家試験に受からなくて、困ってますよ」

「そんなことまで知っているのかい。だいぶ親しいんだね」

「それほどでもありませんがね」谷口はなぜか急に警戒するような口調になって、話をそらした。「今度の日曜あたり、お暇はありませんか？」

「いいねえ。しかし、先方は、都合はどうなんだい？」

「たぶん大丈夫でしょう。聞いてみて、万一都合が悪ければご連絡しますよ」谷口は時計を見ながら言った。「あの、申しわけありませんが、今日は昼前にもう一つ用があるので――」

「おや、もう十一時か。私も店に帰らなくちゃ。日曜は、どこで待ち合わせようか？」須藤はあわてて立ちあがりながら手帳をとり出した。

3

昨今の神保町は、古本屋が争うようにして店舗をビルに建て替えているが、そのはしりとなったのが小高根書店で、数年前、靖国通りに面したところに、鉄筋六階建てのビルを建築した。エレベーターのある古書店として話題になったものである。

その四階の北側を、書肆・蔵書一代が借りている。約十五坪で、家賃は月額二十三万円。在庫が一万冊足らずの店だから内証は苦しいが、初版本、山岳書、漢方医学の本、趣味書、絶版文庫本など、比較的マニア向けの分野に重点を置いているため、新参のわりには固定客もつくようになっている。

「やあ、どうもすみませんね」

須藤は店番の男に声をかけた。三十を少し過ぎているので、谷口と同じぐらいの年格好だが、どこかお坊ちゃん風で、頼りないところが見える。

「いや、ぼくも今日は遅くなって、十時半ごろに来たんです。明治資料会をちょっと下見に行きましてね」

「きょうは金曜だったなあ。また行き損った。目ぼしいものはあったかな？」

「たいしたものはありませんよ。第一書房の豪華版詩集が三点揃って、十八万のトメ札でした」

「あの詩集は、西条八十と萩原朔太郎と……もう一人だれだっけ？」

「堀口大学ですよ。限定千五百から千七百だから、ひところ割合見かけたもんですけどね」

「それにしても高くなったなあ。入れたのかね？」

「ええ、いちおう二十二万を入れときました。ダメでしょうね。この方面は最近秀美堂が気ばっているから」

「やれやれ……」須藤は溜息をついた。「永島さんはリッチだねえ。全くうらやましいよ」

永島久男は、神保町から地下鉄で三つ目の白山から通ってくる。二か月ほどまえ、バイトの口はないかと飛びこんできた。収支トントンの店だから高いバイト代は払えないというと、自分がやっている詩の同人誌のバックナンバーを置かせてもらえるなら、小遣い程度でよいという。

須藤としては万更(まんざら)でもない話だったので、身元を確かめたのち、パートとして採用した。月曜から金曜までの十時半から三時までである。長続きしまいと思っていたら、休まずに通ってくる。もう一つ意外だったのは古本屋開業の条件である古物売買の免許をとっていたことで、店番の合間を見ては近くの東京古書会館へ出かけていき、量は少ないが良いものを仕入れてくる。それを遠慮がちに同人誌の傍らに並べてみたら、確実に売れる。

「なかなか、やるじゃないか」

「いや、あそびですよ。もっとも、一応は商人の倅ですからね」

聞けば祖父が白山の地主だったのを、父親の代になって没落したので、乾物屋を開いた。それが当たって、昭和四十年代に中規模のスーパーとなった。この父親というのが目先の利(き)く男で、業界に危険信号が見えはじめるや否や、折から地元に進出してきた大手スーパーにさっさと土地ぐるみ売却し、マンション経営に乗りかえてしまった。息子はスーパーの役員だったが、もともとたいした仕事をしていたわけでもないので、店じまいは大歓迎。永島不動産の重役という身分で給料だけをもらい、その金を全部同人誌の刊行や詩書の購入にあてている。同人誌が何冊売れるのかは知らないが、二百も出ればいいというしろものだろう。

年齢も三十を過ぎているので、早く身を固めて古本屋になりきってしまえばよいと思うのだが、給料をもらっていたほうが気楽ですと答える。そのへんがもの足りない。

「リッチというのは、もう勘弁してくださいよ」

「そうなんだから仕方がない。だいたい――」

「村野（むらの）という人から電話がありましたよ。横光利一の本、取れたかといってました」

「ホイ、そうだった。早く電話しないと、こちらの立て替えになっているからな」

注文者は須藤もときどき世話になる会計士であった。池袋の事務所に電話をすると、当人が出た。取れたと報告すると、のっけから少しまけろというので、須藤は言下にことわった。限定本一冊でも数十万円というものがザラにある。デパート古書展の陳列品を取った場合は、同業者間の取りきめにより一割引で買えるから、今回のケースは会計士に五十八万円で売れば五万八千円の荒利益となる。半日をつぶしたうえ、婦人服売場で恥をさらしたのだから、この程度は適正であった。

「まあ、気持だけ引きますよ。本は来週送ります」須藤は電話を切ると大きく伸びをした。

「黙っていても引くのに。趣味の分野でケチるのは嫌なもんだね」

「あの、食事してきていいですか」

「どうぞ」

須藤は永島と入れかわりに、レジの前に坐った。伝票を見ると、午前中は国語の携帯用辞書が一冊売れただけのようだった。いつものことである。金曜日は午後からが勝負なのだ。

エレベーターの開く音がすると、青のダウンベストを着こみ、不精ひげをはやした学生風の男が、薄汚れたボストンバッグをさげて店に入ってきた。ニットスラックスをはき、ペチャンコになったサンダルをひっかけている。

「ええと、本を買ってもらいたいんだけど」

「どんな本ですか」

男は狭いレジの上に荒っぽくバッグを置くと、六法全書や法学系の参考書を二、三冊ずつ、わしづかみにして須藤の眼の前に積みあげた。

「学校で使った本ですね」須藤は表紙の折れ曲がった六法全書を、パラパラとめくってみた。

「だいぶ書き込みがありますねえ」

「少しは勉強したもんだから」

「それにしちゃ、早いですねえ。まだ一月ですよ。もう用ずみなんですか」

「試験はノートがあればいいから」

「うちに向かないねえ。下の店へは行ってきましたか?」

「上の店へ行くようにって」

「まいったね。こういうものはね、学生がみんな売りにくるもんだから、安いんですよ」

「だから、みんなが来ないうちに早目に持ってきたんだよ」

「たかが一か月か二か月早くても、変りませんよ。まあ、全部で二千円だね」

「もっと、どうにかならない？」

「市へ出しても、これ全部で百円にもならないからねえ。学生サービスですよ」

「それじゃあ、それで」

「学生証ある？」

私大の一流校だった。氏名と住所を控えて学生のほうを見ると、早くも昨日仕入れた雑本の山の中から、マンガ本を引っぱり出して立ち読みをはじめている。須藤は溜息をつきながらレジを叩いた。

4

中野駅からバスで数分、哲学堂前で下車して小高い丘の上の公園を横切ると、宏壮な住宅の建ち並ぶ一画がある。白亜の鉄筋三階建て、四階建てといった、須藤のようなアパート住いの者が見れば大企業の社員寮かと見紛うばかりの家ばかりである。

「こいつはちょっとしたビバリーヒルズだね」須藤は、二階を大きなガラスで展望台のようにしつらえた家を見上げながら言った。「庭が狭いのは日本的だが」

「ハードボイルドのイントロみたいな気分になって来たんではありませんか」谷口は揶揄するような口調で続けた。「一月の半ば、午後二時過ぎだった。陽は射さず、強い雨が来るらしく、丘がくっきりと見えた——」

「チャンドラーか。なつかしいね。そのあとは、たしかパリッとした服装で金持の家を訪問するという描写だろう？」

「四百万ドルの金持ですよ。探偵は派手な背広に黒のゴルフ・シューズなんか穿いてね」

「こちとら本の探偵はくたびれた茶色のブレザーに靴ときたら黒のスリッポンさ」

「乗ってきたのはバスだし、冴えませんねえ」

「弥次喜多（やじきた）がいいところだな」

谷口が妙な笑い声を立てると、傍らの塀の向こうから犬が吠えた。車庫にベンツを二台、これ見よがしに並べた家である。

「嫌味なこと。見てくださいよ」

「上は見ないことだね。ところで、どのへんだい？」

「そこの細い道を左に入ってすぐです」

表通りから十メートルほど入ったところに鉄平石の門を構えたその家は、両隣りの家にはさまれる感じで小さく見えたが、建ってから間もないようで、檜の板壁の色が鮮かだった。青銅の表札には「岩沼（いわぬま）」とあった。

インタフォンを押すと、不明瞭な中年女のような声がして、二、三分後に和服装の胡麻塩頭の男が現われた。

「当人ですよ」谷口が注意した。

「遠いところを。どうぞお入りなさい」女性的な声で、インタフォンのそれと同じだった。

「また、お邪魔します」谷口が先に立って門を入ると、あるじはさっさと玄関の中に消えてしまった。

「ごめん下さい」

「さあ、入って」

奥の方から声がする。玄関の飾り棚の上には無造作に鈴木三重吉（すずきみえきち）や堀口大学の初版本が十数冊積み重ねてある。須藤が靴を脱ぎかけて足元を見ると、『日本随筆大成』や『国学者伝記集成』などが数冊、これも一見無造作にころがしてあった。

「この前はちがう本でしたよ」谷口が囁いた。「ハッタリなんですよ」

須藤は笑おうとしたが、奥からいきなり岩沼が顔を出し、手招きしたので、あやうく咳払いでごまかした。

「忙しくて十分整理しておらんのだがね」

そこはどうやら特別にコンクリートづくりの部屋になっているらしく、金庫につけるような重い扉を開けると、ひんやりした空気が感じられた。通路の両側にはスチール製の書棚が並び、初版本や限定本がぎっしりつまっている。むっとくる本のにおい。

「まあ、炬燵に入りたまえ」

十畳ほどと思われる書庫の奥に六畳の和室があって、三方の壁の棚には、やはり本が詰まっている。窓はない。

「須藤です。よろしく」

「あんたんところは、おもしろい本屋だな」岩沼は魔法瓶から急須に湯をうつしながら言った。「蔵書一代とは言い得て妙だね。わたしの本の運命も、まず一代限りさ」

「お子さんがいらっしゃるんじゃありませんか?」

「ふん、あのドラ息子か。不肖の伜ですよ」

谷口に脇腹を突かれて、須藤は話題をかえた。

「ご立派な蔵書ですが、いつごろからお集めになりました?」

「昭和三十年代ですよ。まだ苦しい時分でね。今にくらべりゃ本は安かったが……。弾みをつけたのはこの十年くらいだね。たとえば、この棚の上から四段分は鏡花の初版だがね。八年前に杉並の人から三千万円で買った」

「三千万!」須藤は目で勘定してみたが、ざっと百冊ぐらいしかない。「鏡花の初版といえば、だいたいこの程度のものでしょうが、ちょっと私どもにとっては法外な値段ですね」

「そうだろう、一冊三十万につくからな。これは居抜きだからだよ」

「居抜き?」

「正確な言い方ではないがね」岩沼はさもおかしそうに含み笑いをした。「商品つきで店舗を買いとるのが居抜きさ。それなら、本ごと家を買取るのも居抜きだろう?」

「よくわかりませんが」

「蔵書つきで五千万という家を買ったのさ。相手は古本好きの老人でね。つれあいにも死なれて、自分も身体が不自由になったから、設備のいいホームか何かに入りたい。ついては土地つき家屋を手放したいというんだが、建物はボロだし、土地も条件がわるい。相談を受けた出入りの古本屋が困っているのを、わたしが小耳にはさんで出かけてみた。本はかなり処分したあとだったが、鏡花と錦絵が百枚ほどあった。まあ、土地はすぐ転売できると思って、その場で契約しちまったのさ。ところが、思っていた以上に悪い土地で、坪二十万以下にしか売れなかった。結局税金を差引いて三千万円の赤字さ」

「しかし、これだけのコレクションは今からでは不可能ですからねえ」

須藤は頭上の棚をざっと見まわした。大正四年の『鏡花選集』特製版は、これ一冊で二十万円は下らない。『高野聖』も『日本橋』も『新柳集』もかなりの美本である。しかし、家ごと五千万円で買うとは、並の神経ではない。茶を飲みながら、あらためて相手の表情を窺う。流行遅れの太い縁の眼鏡を通して、腫れぼったい眼がこちらを見つめていたが、一瞬ためらうように視線を逸らした。須藤は茶に噎せ、ハンカチで口もとをぬぐいながら、背後の棚をふり返ってみた。『秘情聞書抄』『褻語』『埒外記』『岡場所図絵』『江戸小咄本八集』など、昭和四十年代に出た好色趣味本、『転落の処女』『日本の貞操』『廓の子』『危険な毒花』『妾の子』『禁じられた地帯』『私は後悔しない』など、二十年代から三十年代にかけての性的ノンフィクションなどが目に入った。

「ほう……」

　あらためて気がつくと、そこの天井まで八段にわたる書棚二杯分が、すべて性文献なのであった。ざっと五百冊という量はたいしたものではないが、すべてにパラピンのカバーがかけられ、およそ年代順にきちんと並べられているのを見ると、並々ならぬ愛着が窺える。

「ついでに集めた本ですよ」岩沼は得意そうに口をすぼめると、眼鏡をはずし、大島の袖でゴシゴシ拭いた。「雑本ばかりで、お目にかけるようなものはありません」

「しかし……ここにあるのは芋貝山房（いもがいさんぼう）本で、八冊全部が揃っているじゃありませんか。とくに、これは発禁で裁判にまでなった『女人礼讃』でしょう?」

「さすが、目がお早いが、正確にいうとそこにあるのは〝正妻版〟で、発禁になったのはこの——」と、彼はカーテンのついたガラス扉つきの小さな本箱をあけ、一冊の本をとり出した。「〝二号版（おめかけ）〟だよ」

　見ると外箱に「ズロースをそっと脱がせて下さい」と印刷した紙片が貼ってある。岩沼は無表情に本を取り出すと、ズロースに見たてた白い布袋をスーッと下へ引っ張った。女性の下腹部の拡大写真が現われた。

「無邪気というか、俗といわんか」岩沼はズロースを指で抓んで引っぱりあげた。「ま、日本人のユーモアとは、この程度のものなんだな」

目に入れても痛くないほどかわいい息子を、人前でけなす、一種のテレである。須藤は苦笑いをした。

「なかなかリアルな写真ですね。はじめて見ました」

「おや、そうでしたか。ベテランの本屋さんがねえ。正妻版もごらんになりますか？」

「いや、けっこうです」

「ぼくはちょっと見たいですね」谷口はあるじの返事を待たず、書棚へ手をのばし、さっさと外箱を開けた。ピンクの布に包まれた薄い本が出てきた。こちらは腰巻という見立てらしい。めくると中央に逆三角形の黒々とした繁みが植えこんである——。

「いやあ、凝ってますねえ。しかし、本物ですか？」

「一冊一冊ちがっていて、五十人のものを集めたというが、伝説だよ。ほんとは熊の毛だぞうだ」

「熊を思いつくところがいいなあ。——この宇須美不問堂(うすみふもんどう)という著者は何者ですか」

「財界人だよ。戦前は遊び人ばかりでなく、文章もよくする粋人がいたんだねえ。ちょっと、このへんを読んでみたまえ」

「はあ。ええと、〝女の美を探つて性交まで行かなければ嘘だ。瞥見に初まつて性交に終る。それでこそ女を完全に愛用したものと云へるし、女の美を遺憾なく享有したものと云へる。女の美は性交に至つて、その絶頂を極むる。性交は詩そのものだ。催し、挑み合つて力強く抱き付く熱情は詩だ。佳境に入る時の心の跳躍も詩だ、放射し終つて頓挫した後の、えならぬ疲れも勿論詩だ。恋とは詩だ。女は詩だ。性交は詩だ。女を愛用して、そこまで行かなくては女の美は解らぬ〟……なんですか、これは。えらい真面目な本ですね」

「ハッハッハ。まあ、いまのポルノ小説なんぞを読み慣れちまうと、こんなものは青臭い文学青年の作文にすぎないがね」

「発禁になったのは表紙のせいでしょうかね」須藤はもう一度、熊の毛を眺めながら言った。

「ちゃんと縮れてますね」

「一本一本アイロンをかけたという伝説もあるくらいでね」

「刊行者は森田一郎（もりたいちろう）、発行は稀覯書研究会ですか。浦和（うらわ）にあったんですね」

「おたくは軟派ものはあまりやらないわけだね。それなら、齢から言っても森田のことなどまったく知らんわけだ」

「知りませんねえ。この本のことはいろいろ紹介されていますから、アウトラインは知っていましたが……」

「興味はないかね？」岩沼は、じっと須藤の眼を覗きこんだ。

「――ないことはありませんが」

「もし、興味をもってもらえたら、あるいは金になるかもしれん」

「それなら、もちましょう」

「じつは、今日ご来駕いただいたのは、だ。ほかでもないが、この森田一郎という男を探し出してもらいたいのだ」

5

しばらく沈黙が続いた。炬燵は暖いが、コンクリートの書庫は寒く、首のあたりがヒンヤリとする。岩沼は無表情に『女人礼讃』の函を撫でている。

「しかし……古い人でしょう？」須藤が口を開いた。「昔の人を探すのは面倒ですからねえ」

「だから、金に糸目はつけん、といっているのだ。この男を探すには、本とか印刷とかの方面に多少とも知識のある人間でないとだめだ」

「とにかく、うかがってからということに……」

「そうか。では、ちょっと見てもらいたいものがある」

岩沼は左手の書棚の下にある抽出しを開けて、古ぼけた封筒をとり出すと、一束の手紙や紙片を炬燵の台の上にひろげた。
「まず、これを読んでみたまえ」
横長の仙花紙に「稀覯書を頒つ会」とあり、小さな活字で次のように印刷されていた。

戦に敗けたとは申せ、世相の荒廃は一体どうしたものでせう。毎日の話題といへば喰物のこと、ヤミのこと、浅ましいとも情ないとも沙汰の限りです。

私共がこのたび『稀覯書を頒つ会』を創立するのも、ひとへに斯様な味気ない生活に幾分なりとも温さと、しみじみした楽しさを加へたい、そして未知の世界、未聞の文化の香りをほんのり味ひたいと存じて企画致した次第です。

造本に当りましては、紙、印刷、装幀はもとより考證、研究の部門に於ても特に斯界の最高権威の御教示に基き一字一句たりとも厳重に校合した本邦最初の完全なる定本を目標に編輯致して参る所存です。

営利を目的として居るものではなく、貴重な文献を今の内に何とか整理保存して置きたいと云ふ、いはば書痴の切なる悲願に発足したものである事に一層の自負心を強く致してゐる次第です。

会則として門外不出・外見厳禁の鉄則を定めました。編者の微意をお汲取下さいまして、末永く御愛顧賜はらん事を伏してお願ひ申し上げ、御案内に代へさせて頂きます。

昭和二十一年師走

阿の会　敬白

このあとに第一期として十冊の刊行予定表と、限定百五十部であること、入会規約として甲会員が一時払い一千円、乙会員が入会金百円、一冊五十円（分冊払い）、刊行期間は昭和二十二年一月初旬より約一か年であることが謳ってある。

「そこに出ている書目は十点で、小栗風葉の『袖と袖』や露伴の『艶魔伝』なども入っているが、結局出たのはそこにある六点だった」岩沼は本棚を指した。『逸著聞集』『末摘花』『女人礼讃』『藐姑射秘言』前後、『あなをかし』前後、『柳の葉末』――須藤は背文字を見て、『女人礼讃』だけが古典でないことに気がついた。

「これはちょっと妙なラインアップですね。つまりは『女人礼讃』を潜りこませたかったので、他の書目はありふれているから、目つぶしだったのではないでしょうか」

「そうとも考えられる。ただ、昭和二十二年という時点では、いずれも貴重文献だったんだよ。それに、当時としてはなかなか入手できない和紙を使って、本文も二色刷りという凝りようだからねえ」

「当時の千円は今のどのくらいですか」谷口は戦後数年目に生まれているため、ピンと来ないようだ。

「他の物価からいうと相当のものだが、本の値段はあまり上がってないんだな。この雑誌が――」と、彼は手近の棚から大衆誌をとり出した。「昭和二十一年六月の発行で三円だ。いまだったら三百円の定価として、まあ百倍の上昇だな。もっとも、このころはすごいインフレでね、ホレ、半年前の号が一円二十銭だ。今日とは状況がちがうから何ともいえんが、いちおう千円は十万ぐらいに相当すると思えばいいだろう。また分冊払いの実際は七十円から三百円だったから、現在にして一冊七千円から三万円という感覚かな」

「いいところでしょうね」須藤は面倒臭くなって言った。「もうすこし、書いたものを見せて頂けませんか」

「これが阿の会第二次募集の『女人礼讃』について来た案内状だよ」岩沼は、菊判大の和紙を縦に二つ折りにしたものを示した。「芋貝だより」と称する月報のようなもので、秋はサツマ芋の収穫期であること、リビー台風で畑が心配だったが、昭電台風で内閣が倒れてしまったことを皮肉ったのち、『女人礼讃』について述べている。


遅配！　御免なさい。第二回配本をお届けします。著者の遺書ともいうべきもので、ながらく筐底に秘められていたものを、ここに発表するにいたりました。『匂へる園』以上の逸品だとは其氏の談。果たして如何？　ご熟読ください。

今度の用紙は静岡のM氏のご配慮により、満員列車にもまれながら担いできたものですが、どうも、色も不同、厚さもまちまちで、せっかくの別漉も残念な事でした。各位にご迷惑を及ぼしたのは重々私の責任でありまして、深くお詫びを申しあげます。然しながら使用活字の中で特殊な文字は、すべて会員某氏のご高配の賜で、ご多忙中わざわざ新刻してくださったものも十指を超える程でありました。

ついで前回配本の『あなをかし』に二、三の疑点があるという指摘があったので、印刷を中止し、目下書誌家の佐藤正三（さとうしょうぞう）により改訂中であることや、芋貝山房に振替口座を設けたことなどを記し、つぎのように結んでいる。

上野図書館へお出掛けになったことがございますか？　なにしろ元の赤坂離宮ですから、建物だけは立派なものです。但し分類カードは柳田国男著『山島民譚集』が、中華民国山東省の部門に飛込んだりして居る有様ですから、ご来館の砌はご用心ご用心。

――須藤はしばらく眺めてから、岩沼に返した。

「時代ですねえ。食糧の遅配や女性の名を冠した台風が出てくるんですから。二十三年ですか？」

「そう、二十三年十月だ。ほかにこういうものも残っているがね」

岩沼はやはり「芋貝だより」としてあるチラシを取り出した。内容は『柳の葉末』を配布すること、次回は『はこやのひめごと』『あなをかし』『逸著聞集』の三冊を一組とし、桐箱に入れて配本する予定であること、書店での販売はいっさいしないことなどが記され、「昭和二十六年霜月」の日付と、「第一組合稀覯書研究会、事務代行芋貝山房森田一郎」の刊行者名、そして「浦和市小馬場二〇七」という番地が印刷されていた。

「なるほど。一昔前、特価本で出廻っていた『日本三大奇書』の出所はここですか」

「その通り。何者かが紙型を手に入れて、洋装本に刷り直したのさ。佐藤正三の解説もそのままにしてね」

「森田一郎という人は、いわば文化的功労者じゃありませんか。焼跡闇市の時代に、苦心して紙や活字を手に入れ、貴重文献を配布していたんですから。それに国会図書館にも出入りしていたようだし」

「さあ、功労者かどうか」岩沼は苦笑した。「カストリ雑誌屋とはちがっていたようだがね。趣味人というか、一風変った人だったようだ。ここに当時の雑誌からの切抜きがあるが、参考になるかどうか」

「ほう、漫画家の宮森重男（みやのもりしげお）が似顔絵を書いてるんですね」

頭髪をオールバックにした、三十代半ばの年格好の男が描かれていた。広い額と眼鏡は知的な印象だが、大きな鼻と厚い唇が精力的な印象を与える。コラムだから五百字程度の説明しかない。

東京浅草にオギャーと生まれ、ご存知三味線堀の水で産湯をつかった、というのは言葉のアヤ、あんな汚ない水じゃオシメの洗濯もできません。年じゅう和服の着流しで一本ドッコの角帯姿は一寸歌舞伎の俳優といった処、なんておだてるといい気になってニヤニヤするほど、オノレを知らないオ坊チャン。まあいいところ落語の前座か、大神宮のお札売りてなもんでしょうな。

生来の超楽天家で、気が向けば熱海まで風呂へ入りに行ったり、仙台までお茶を飲みに出かけたりして年中行方不明になるという風来坊。

前身が坊主で医者でブンヤでMPで、飛行機も操縦すれば、ラジオも組み立てる。建築もやれば料理もお手のもの。酒は一滴もダメだが、女にかけちゃ——というシタタカモノ。

現在浦和の片隅に晴耕雨読、稀書珍書をながめたり、郷土玩具をコレクションしたりして、悦に入っている当代の奇人。

「へえっ」横から覗きこんでいた谷口が言った。「こりゃ、変った人ですねえ」

「一筋縄じゃいかない人のようですが」須藤はもう一度似顔絵を見つめた。「これだけの個性的な人なら、どこにいても目立つでしょうが」

「それがわからん。皆目わからん」

「いつ失踪したんですか？」

「ええと、新聞記事があったっけ。これだ、昭和二十九年当時で三十六歳だから、いま六十五歳になる勘定だな」

「なんですって？　ではもう三十年近く前に姿を消した人だというんですか？　冗談じゃありませんよ。過去の亡霊じゃありませんか」

須藤はあらためて岩沼の表情を窺った。眼鏡の奥の細い眼が、じっとこちらを見返していた。一瞬、須藤は視線を逸らして、新聞の切抜きに目を通した。


わいせつ出版物か否か、チャタレイもどきの公判が浦和簡裁で開かれた。浦和市小馬場二〇七出版業森田一郎（三六）にかかるわいせつ文書はん布罪事件公判は十六日午前十一時半から刑事法廷で山田裁判官係り、富島副検事、竹村弁護人立会いで開かれた。まず富島副検事が立ち「被告は二十八年七月ごろから男女交接の状態を記載した『女人礼讃』という文書を都内世田谷区桜上水四一五文士川中甫（六〇）ら百名に配布したものである」と起訴状を読み上げ、ついで裁判官の尋問に移ったが、森田氏は「配布した

ことは認めるがこの本は全然わいせつ文書ではない」とわいせつの点を否認、続いて行われた冒頭陳述では、

❶『女人礼讃』はかつて東西鉄道の副社長であり、俳人であった宇須美不問堂先生の遺作であるから卒直な女性観を記したものである❷この本を読んでも恥しくなったり、嫌悪の情は全然起らないだろう❸偉大な文学作品である、との三点を強調した。

このあと竹村弁護人が「この事件は日本の文化につながる重大問題なので果してわいせつであるかどうか、専門家に鑑定させるべきだ」として書誌学の大家で文学者の佐藤正三、古川柳の大家で共同大学教授の瀧山一夫両氏を次回公判に鑑定人として出廷させるよう申請した。次回公判は一日午前十時から。なお森田氏は『女人礼讃』の編集発行と同時に漫画家宮森重男、堀庸三、文士の永井路太郎各氏らに贈呈している。

「ほう、第二のチャタレイだったんですね。いちおう著名人も巻きこんでいる。それにしては知られていませんね」

「戦後十年足らずといえば、そんなものさ。あのころは警察が必死になってエロつぶしにかかっていたんだよ。毎日のように出版業者が起訴されていた。新聞もスペースがない頃のこと、いちいちとりあげていられないさ。現在と状況がちがう」

「そうでしょうね」須藤は十代末期のころの世相を思いうかべた。

6

気がつくと、コンクリート造りの書庫の内部は、周囲から冷気がじわじわと忍び寄ってくるように思われて、須藤は思わず身ぶるいをした。谷口は水洟をすすりあげている。

「お茶がさめたようだね。インスタントだが、コーヒーでも飲むかね。どうも家内が具合が悪いもんで、おかまいできず申しわけない」

「失礼ですが、ご病気ですか？」

「え？　まあ、そんなとこかな」

「ご不便でしょうね」須藤は妙な空気を感じ、とってつけたように言った。気がつくと谷口が目くばせをしている。岩沼は一つ咳ばらいすると、魔法瓶から湯を注いでコーヒーを淹れた。

「わたしぐらいの年になるとね、もう時間を無駄にできないように思うんだな。できれば好きなことだけをしていたいが、そうもならんでな」

「しかし、かなりお好きなようにできるのでは――」

「いやいや、貧乏ひまなしですよ。谷口さんも知っておるが、病院は小さなもんでね。二十年前に開業したときはよかったが、最近は競争相手も増えよって、うまみはなくなったね」

「しかし、お医者さんといえば……」腐っても鯛と言おうとして、須藤はコーヒーといっしょに呑みこんでしまった。「わたしどもの店でも常連の方が多いですよ」

「ストレス解消だよ。まあ、コレをやらないやつが」と岩沼は小指をピクピクさせた。「本とか絵とかゴルフとか、そういったものに手を出すんだ。不動産や株に一生けんめいなやつもいるし……。しかし、金なんか残すのは阿呆だよ。何のための人生だ」

「お子さんがたのしみでしょう」

「ドラ息子じゃしようがありませんよ。国家試験に三度も落ちたんだからね。三度だよ。どうしようもないね」

「ま、おあきらめになることもありませんよ」須藤は谷口に突つかれて、いい加減に切りあげることにした。「一つお伺いしたいんですが……」

「何だね」

「この森田という人物をお探しの動機は何でしょうか。おさしつかえなかったら、お教え願えないでしょうか」

「なるほど、――ちょっと言いにくいが、肝腎なことだからな。その前に、お引き受けいただけると考えていいわけだな?」

「さあ、本よりも人探しとなると難しくなりますからね。しかもこの人は特殊な世界の人間のようですから、まず可能かどうか、少しリサーチしてみませんと」

「そんなにむずかしく考えることはない」岩沼は不機嫌になった。「金に糸目はつけんと言っておる」

「たぶん調査代行業を使うことになると思いますので、手付金として十万、当座の経費として三十万ぐらい頂けますか？」

「――いいだろう」

「一か月ほど待ってください。なにしろ三十年近くも前に消息を絶った人物となると、並たいていじゃありませんからね。もう亡くなっているんじゃないでしょうか？」

「わからん」岩沼は口をへの字に結ぶと腕組みした。「しかし、わたしのカンによると、生きとる。どこかで生きとる」

　しばらく沈黙が支配した。須藤はその間に、この事件を引き受ける肚（はら）を決めていた。さきほど岩沼が言った「金に糸目はつけない」という言葉が、耳のなかでいよいよ大きく反響しているのが感じられた。

「失礼ですが」須藤は考えこみながら「先生は昭和元年ぐらいのお生まれですか？」

「二年」岩沼は不機嫌そうに答えた。

「すると戦後間もなくのころは二十歳前後でいらしたわけですね？」

「それがどうした」

「私も高校、大学生のころ、まったく猥本を読まなかったとはいいませんよ。しかし、これはずいぶんぜいたくな本ですねえ」

「なるほど、搦め手からおいでなすったね。——ま、当時の学生は現在とは比較にならんほど本を買ったもんだが、それで押し通すのも不自然かも知れないね。じつは、わたしの蔵書の一部は親父のものを受けついだものだ」

「そうでしたか」

「親父も町医者だった。渋谷でかなり羽ぶりがよかったもんだ。昭和三十年に脳溢血で亡くなった。森田一郎とは面識があったようで、よく電話で本を催促したり、飲み屋で会う打ち合わせをしていたっけ」

「わかりました。すると、森田に金を貸すというようなこともあった……」

「いや、それはなかったろうね」

「森田が借金をしたまま、逃亡したのかと思いました」

「借金があったとしても、とっくに時効さ。——それでは、森田を探している理由を話してしまおうか。みっともない話だがね」

「全部話していただかないと、人探しはうまくいきませんよ」

岩沼はそれには答えず、背後の棚から『日本写真史』と題する嵩ばる本を取り出すと、須藤に渡した。総アート紙のかなり重量のある本だが、ページを開いてみておどろいた。最初のほうには明治時代の廓の女をヌードにして撮ったものが並んでいる。真ん中へんは明治初期のエログロ・ナンセンスの時代のフラッパー・ガールのヌード、そして終りの方は終戦直後に、素人が撮影したと思われる風俗写真であった。バラックの浴室の中で、男が女の肩に手をかけている。サラリーマン夫婦といった感じで、写真も印刷物からの盗用らしく、ひどいモアレを起しているが、素人にフィルムが入手しにくかった当時としては、たしかにめずらしい主題である。奥付をみると三年前の刊行で、発行所は練馬(ねりま)区の山菜(やまな)書房というところだった。

「この本がどうかしたんですか?」

「三年前の秋だった。クリニックへ患者を装ってやってきた五十年輩の男が、いきなり名刺を出すと、この本のセールスをはじめたのだ。追い返そうとしたら、声をひそめて『先生のお名前は昔から存じあげております』というんでね。つい、体裁が悪くなって、買ってしまった。一万円ふんだくられたよ。それきり、いつとはなしに忘れていたら、七、八か月ほどして、また現われた。今度はのっけから五万ほど貸してくれという。なんでも印刷所への支払手形が落ちないとか何とか、いい加減なことを言っておった。しかし、借用書にきちんと印紙まで貼って来た。その時も追い返そうと思ったが、『先生はさぞ面白い本をたくさんお持ちでしょう。この前も偶然お宅の前を通りかかったが、りっぱなお邸ですね』とか、『ずいぶん大きなお子さんがいらっしゃるんですね』などと言い出すしまつ。やむを得ず、もう二度とくるなと釘をさして、小切手を書いてやった」

「先生も気が弱いですね」

「息子を人質にとられると、弱くもなる」

「で、どうしました？」

「半月ほど経ってから返しに来た」

「意外ですね」

「ところがひと月ほどしてから、今度は三十万円貸せと言ってきた」

「泥沼ですね」

「借りるたびに少しずつ返す。だから詐欺とも言えん。来るたびに『先生、ちょっと面白いものが入りました』などといって、通信販売の猥本を置いていく。新手のセールスだよ」

「感心していいてはいけません」

「いつか、半分友達づきあいのようになっちまってね。しかし、気がついてみると年に七、八十万円も持ってかれているんだ。最初は交通事故にあったと思うことにしていたが、息子のことも考えると、いつまでもこうしてはおれんと思うようになった」

「そうですね」

「思いあまって、この池袋の住所まで出かけたこともある。しかし、該当の地番には無関係の雑居ビルがあるきり。標札を見て歩いたが、そんな会社はない。一度でこりごりした。わしも暇人じゃないからね」

「森田との具体的な関連は？」

「それがあまりはっきりとは言わないんだな。私の父親と森田が新宿で食事をしているとき、相伴したことがあるといっておった。まだ中学生のころだったそうだ。のちに好色本収集家の名簿を森田から譲りうけたということも言っておったが、嘘かもしれない」

「最近現われたのは、いつごろでしたか？」

「もう七、八か月前になるかな。しかし、定期的に現われているというわけではないから油断がならん」

「その男の写真はありませんか？」

「ない」

「それでは、その男の住所と名前を、ここに書いていただけませんか？」

須藤が手帳の一ページを破って渡すと、岩沼は古いペリカンの万年筆のキャップをとり、太い縦長の書体で横に書いてみせた。

「これは森田の筆跡にちょっと似ているんだよ。縦長横書きといっておったようだがね。一度見たら忘れられない筆跡さ」

須藤はメモを受け取ると、ざっと目を通してから手帳にはさみこんだ。

「要するに、これは脅迫事件ですね。とにかく、少し洗ってみましょう。小切手を頂けますね？」

須藤は伸びをすると立ちあがった。

書庫の外へ出ると、夕方の陽ざしが玄関前廊下を照らしていた。そこに人影がうつっていて、須藤たちの足音が聞こえると、さっと二つに離れたようだった。

「おや、お客さんでしたの」

青い制服を着た、四十歳前後の女が岩沼に挨拶した。やや外向性斜視の、丸い顔立ちである。傍らにつっかけ下駄を穿いた、のっぺりした若い男が立っていたが、無言で扉をあけると出ていってしまった。

「では……」須藤は岩沼に一礼すると、谷口を促して門の外へ出た。そこには健康飲料を積んだ自転車が置いてあった。

7

「あれが、あの医者の趣味なんですよ」谷口は小指を突き出して見せると、ホット・ミルクをゆっくりと飲んだ。

中野駅の小さな喫茶店は、ほかにアベックが一組いるだけだった。須藤はこめかみのあたりをもみながら、さきほどの女を思いうかべていた。

「あれはママドリンクCの配達だろう？　制服をよくＣＭで見かけるじゃないか」

「とんでもない。ニセモノですよ。第一、こんな時間におかしいじゃありませんか」

「変装のつもりかね？」

「冗談じゃありませんよ。二時間も三時間もあんな自転車が置いてあったら、かえって目立つじゃありませんか。あれは趣味ですよ」

「制服願望かね」

「さあ、何ていいますかねえ。一昔前の風俗何とかいう雑誌に、そういうコントがありそうですね。チリリン、チリリンとベルが聞こえると、制服のおばちゃんがやってくる」

「いやあ、どうもおそれいったね。ましてや、その音に息子ともどもしびれているとなれば、怪奇ユーモアだなあ」

「おや、おわかりでしたか。あの息子が……」

「節穴じゃないよ。それにしても大した女だなあ。医者は知ってるのかね？」

「まさか。知ったら追い出して、今日のような相談も取り下げですよ。それにあの女はなかなか尻尾をつかませないタイプのようですからね」

「ところで、君はどうしてあんな医者と知り合ったの？　患者として？」須藤は最前から気になっていたことを質問した。

「弱ったなあ。答えなくちゃいけませんか?」

「いやならいいよ」

「話してしまいましょう。じつは一年ほど前に新宿駅の近くでビニ本屋の店番をやっていたことがあるんです。あの医者は常連だったんですよ」

「ふーん、君もいろんなことするんだねえ」須藤はあらためて谷口の顔を見た。

「いろんなことのうちには入りませんよ。ぼくと交代に店番をしていた人なんか、トップレスバーのボーイとかトルコの呼び込みとか、あのへんの店を二十個所以上も転々としているんですから」

「しかし、地元の医者では目立つだろう?」

「それが、客の少ない時間をよく知ってるんですよ。だいたい、ぼくの勤務は水、木、日の午後六時から十一時まででしたが、ビジネス街だから六時から七時までがピークで、客のほとんどがサラリーマンですよね。ですから日曜日は少ないんです。寒い日や雨の日も来ません。だいたいビニ本屋なんて、雨風を衝いて来るというような場所じゃありませんからねえ。あの医者は、ほかに客がいないときを狙うようにしてやってきて、一度に三、四冊ぐらいずつ買っていきました。そのうち、これ面白いかね、などとアドバイスを求めてきたことから親しくなって……。最初のうちは職業をかくしてましたが、そんな必要もなくなって、安く健康診断をしてやるよ、などと誘われるようになりました」

「家にまで招ばれるとは、ずいぶん親しくなったもんだね」

「いや、今日が二度目ですよ。『女人礼讃』なんて本があるのも知りませんでした」

「そのわりには、女のことや息子のことをよく知ってるね」

「一部では有名な話らしいですよ。客の一人にお役人がいましてね——青パスポートを持ってると言ってたから、多分外務省の人なんでしょうけど、あの医者の患者だったことがあるそうで、いろいろ教えてくれたんですよ。みんな、たがいに無関心なふりをし、互いに顔も見ないようにしていますが、それでいてチャンと知ってるんですね。たとえば誰それは岡まゆみのファンというぐあいにね」

「彼はいつごろから、あの方面のコレクターになっていたんだろう?」

「さあ……。ビニ本というものは、昭和五十五年あたりからワッと出て来たもので、五十六年がブームの頂点。それ以降は下り坂ですからね。あの医者は初期のころから集めていたようです。つまりヘアさえ見えればモデルは誰でもという時代ですね。それが、すぐにモデルが美人で写真もよくないと売れないという状況になったんです。このころですよ、田口ゆかりなどが売り出しましてね、七、八万部も売れたのがあります。ふつう、ビニ本というものは、よく出るものでせいぜい一万部ですからね。出版者も神田叢園ブックスとか、日本充血出版とか……」

「充血はよかったな。しかし、その手のものは、うちの店にも卸しのセールスが来たこともあるよ」

「知らない人はやめた方がいいですよ。読者の好みの差が激しくて、売れないものはまったく売れません。勝負は店へ置いて三日から十日間で、いいものはその間に品切れになります」

「あの医者の好みは？」

「平均的なビニ本マニアですね。はじめのころは写真が汚くてもハードなものを選んでましたが、そのうちソフトなロケものに行き、ぼくが店をやめるころはＳＭものも買ってました。まあ、スカトロジーものはどうでしたかね。マニアになるほど、一人のモデルにいれこむという傾向がありますね」

「ビニ本にも、きれいなもの、きたないものがあるとは知らなかったね」

「サラリーマンは、接待用に買っていく人も相当いましてね。あまり汚いのは……」

「君はどうして店をやめたの？」

「取締りがきびしくなって、毎日のように押収がはじまって、客がよりつかなくなってきたことと、もう一つはヤーさんが業界に入りこんで来たことですよ。やつらは組織と資金と兵隊をもってますからね。いったい、ビニ本の書店は大人のおもちゃをやっていた店とか、画廊が多いんですが、一日の売上げが良くても十五万円ぐらいですから、片手間なんです。ヤクザなどが入って来たら、もうおしまいですよ」

「ほかに裏ビデオの影響もあるだろうね。しかし、聞けば聞くほど我々には無縁の世界のような気もするねえ。特殊なマニアの世界だね」

「いや、むしろ正常の世界じゃありませんか？　ぼくの店番していた時の経験からいっても、みんなごく普通の、気の弱いサラリーマンでしたよ。女を買う勇気もないという男たちの、ひそかな楽しみですよ。いじらしいじゃありませんか。この世界はエロ写真そのものとはちょっぴりちがう気がするんです。男はロマンと幻想を求めて本を買うんです。男女のからみはその幻想を壊すから、あまり人気がないんですよ。好きなスターに執着するのもそうした悲しい願望のあらわれだと思いますよ」

「いやに肩を持つね」

「少なくとも、あんな医者よりはまともですよ。家ごと本を買うなんて、常人ではありません。ビニ本の客は、雨が降ったり風が吹いたりしたら来ないんですからね」

「本好きは生活者ではないということか。それは陳腐な結論だね」

「陳腐かどうか。——須藤さん、あなたはさっきまでいた書庫が、妙に息苦しかったのを覚えていませんか？」

「いやに本のにおいがしていたね」

「あたりまえですよ。あの部屋には換気装置がないんですからね」

「どうりで空気が悪いと思った」須藤はあらためてこめかみを揉んだ。「軽い頭痛がするよ」

「酸欠ですよ」

「しかし、またどうしてそんな非常識な建て方をしたんだろう？」

「このまえ訪問したとき、あまりにも本がにおうのでそう言ったら、換気がしてないことと、その理由を得々と喋りましたよ。なんでも知り合いの蔵書マニアの家が火事になったとき、換気扇の方から火を呼びこんで、書庫が真先に焼失したんだそうです。その失敗をくり返すまいと……」

「羹に懲りてなますを吹く、の典型だね。こりゃおどろきだ」

須藤は笑おうとしたが、顔面神経がこわばっていたので、咽喉から力ない声が洩れただけであった。

有線放送が〝ダミー〟を流していた。三十年前の曲である。デビー・レイノルズという歌い手の名前を、須藤は覚えていた。

「ところで、君はどう思う？　あの医者の依頼は少々気ちがいじみていないだろうか？」

「もともとおかしいんですから」

「約三十年前に失踪した人物が生きているとは思えないね」

「そうですねえ、生きていれば、必ずだれかの目にふれているでしょうね」

「いろいろ多彩な経歴の人物で、女好きともいうし……。このような行動型の人物は、じっと身をひそめてはいられない性分だろうからね」

「正解でしょう。しかし、いいじゃありませんか。失踪の謎は謎としてのこされているんですから、お暇な時に洗ってみたら?」

「洗うといったって、彼を直接知る人は、もうあまりいないと思うよ。当方も暇人じゃないんだからね」

「だから、暇がつぶれた分だけ、どしどし請求書を出せばいいんですよ。失礼ですけど、ご商売のほう、あまり楽じゃないんでしょう?」

「おや、もう五時か」須藤は立ちあがると伝票をつかんだ。岩沼のところで飲んだコーヒーのせいか、少し胸がむかついてきた。

第二章　もう生きてはいまい

1

「これはまいったなあ……。ずいぶん古い話ですねえ」

二日後、須藤が「日本愛書通信」編集長の浅野禎吾を訪ね、森田一郎について質問すると、苦笑とともにとびだしたのは予想以上の当惑の言葉だった。銀髪でいつもながら血色がいい。

「しかし、浅野さんなら何かご存知と思いまして」

「そんなにくわしいわけじゃありませんよ。混乱期の人物ですしねえ」

「どういう人だったんですか？」

「一口には形容しようのない人です。まあ、われわれの世界だとエロ本屋という印象が強いが、ほかに印刷屋も兼ねていたし、一説によるとヘロインの密売にも手を出していたともいうし……」

「ほう。行方不明になったのは、それが原因でしょうか」

「いや、ニセ札が原因といわれてますねえ」

「何ですって？　ニセ札まで？」

「当人がつくったという証拠があるわけじゃあないんですよ。あれは昭和三十四年だったか、ニセ千円札の容疑者で石川一郎（いしかわいちろう）と名乗る男がいましたね？」

「ぼんやり憶えています」

「印刷材料を売る店に、その石川一郎と称する男が現われたということですが、けっきょく未解決に終りました。しかし、森田一郎が容疑者の一人として、何度も呼び出されて追及されたようです」

「麻薬の密売をやっていたからですか？」

「いや、それはあくまで噂ですから。ニセ札というと、まず印刷屋とか印刷工が疑われたものなんですよ。いまはシロウトでも扱える機械が出ていますから、そういうこともないんでしょうが」

「森田一郎と石川一郎。似ていますね」

「目撃者の証言で、年格好が似ているということだったといいますが、古いことなので……」

「なかなか一癖も二癖もあった人らしいですね」須藤は岩沼から借りた似顔絵のコピーを見せた。

「そう……、こんなふうにオールバックにして、少し乱していてね。もう少し若い感じで、目は鋭いところがありましたよ。浅黒くて、背はあまり高くなかったが、侮りがたい印象でした」

「話をしたことがおありですか」

「愛書家の集まりには顔を出していましたからねえ。しかし、親しいというわけではなかったので、彼についての知識はほとんど又聞きなんですよ。たとえば戦争中、中国でスパイをしていたとか、戦前は左翼劇団の俳優をやっていたとか……」

「へえ、坊主や医者、新聞記者までやっていたという話もあるんですよ」

「そういうことを自分からも喋ったり、どこからか噂が立ったり、ということでしょうね。確証があるわけではないんですよ」

「愛書家だったんですか？　私の知っている多くの愛書家とは、根本的にタイプがちがいますが」

「たしか〝日本庶民文化研究所〟の主宰といった肩書きの名刺もありましたよ。『珍書』という雑誌を出していた関係で〝編集長〟、〝著述業〟という名刺もありましたね」

「聞けば聞くほど、怪人物のようですね」

須藤は考えこみながら窓の外に視線を移した。ここは神保町の交差点からほど近いところ、ビルの三階にある狭い室である。三方の書棚にはバックナンバーや資料がつまっている。窓からは、通りを隔てて印刷所の看板が見えた。

「森田一郎の印刷所はどこにあったのでしょうか?」

「この近くでしたよ。今は取り壊されたでしょうが、救世軍の建物の裏あたりでしょうか。印刷所といったって、機械が二、三台の、名刺印刷に毛の生えたようなものでね」

「しかし、ニセ札製造の容疑者になっているんでしょう? 『女人礼讃』の表紙だって、なかなかのものですよ」

「ああ、あれですか。器用な人でしたからねえ。ニセ札をつくるような人には見えなかったが、姿をくらましてしまうと、何かあったのではないかと思えてきますね」

「当時、彼の親しかった人たちには、どういう人がいるでしょうか?」

「そうですねえ……。書誌学者の佐藤正三はかなり密接な関係があって、当時警察からも聴取を受けたそうですね。ご存知のように、もう故人ですが。他の人たちも、ほとんど亡くなっていますねえ」

　浅野は考えていたが、眼鏡をかけなおすと手近の新聞雑誌の切抜きファイルをとり出し、パラパラとめくった。

「あ、やっぱりありました。これは『稀書往来』の昭和二十八年三月号に載ったものですがね、〝水木会〟という愛書家、文人の集まりのことを古書店主の井村常雄が書いてます。右の漫画に仏文の長橋国太郎や詩人の岩井慎一郎らにまじって、森田一郎が描かれているでしょう?」

須藤はその文章と絵に目を通したが、とくに参考になるようなものはなかった。

「たしかにこの人たちはみんな亡くなっていますね。名前を知らない人もいますが……」

「当時の雰囲気を窺う資料というだけのものです。私も彼とは五つ六つ年下とはいえ、すでに六十ですからね。この会では彼は若手だったわけだから……」

「だれかいないでしょうか」

「そうですね――。〝水木会〟のようなつき合いは、現在生きていたら七十歳以上の人たちになりますね。私もそのすべては知りません。古書業者も何人かいるでしょうが、愛書家の集まりを通じて知り合ったという人が多い筈で、そうなると井村常雄のような古い人ばかりで、ほとんど故人になっていますね。あとは印刷屋仲間ですが、私はこの方面は知りません。そうそう、彼の印刷所には、いつも坊主頭の職人がいましたよ。年格好は彼と同じくらい。黒いメガネをかけ、いつもジャンパーか作業衣を着て、足をひきずるようにして歩いていました。小児マヒのようでしたね」

「その人はどうしました？」

「さあ、全然知りません。根っからの印刷工で、顔色が悪かったのも、今から考えると鉛毒のせいだったんでしょうね」

「その人は、いつごろまでいました？」

「うーん、よく覚えてはいませんねえ。彼の失踪したのが三十四、五年だから……」

浅野は「日本愛書通信」のバックナンバーをめくって、業界短信欄を見ていたが、

「このころは神田の古本街が不況のどん底から抜け出そうとしていたころでね。第三日曜を定休日にしたとか、古書街の地図を作ったとか、いろいろな動きが出ています。月に一回の定休ときめても、苦しい時期だから、一軒があけるとみんなあけてしまうんですね。そんな時代だから、じつをいうと古書業界以外の人の動きなどに、あまり関心がなかったんですよ。気がつくといなくなっていた――ということでしたね。あなたの店の大家さんなど、当時この地区の組合支部長だったから、何か知ってるかもしれませんよ」

「小高根さんですか？　いま入院中なんですよ。胃の手術をしましてね」

「年のわりには元気だと思っていたが、そうでしたか。しかし、印刷屋の動静まで知っているかどうか」

「今のところ頼りにすべきはうちの大家さんだけか。早く癒ってもらわなくては」

浅野はバックナンバーを閉じながら甲高い笑い声を発した。

「あの人は長生きしますよ。もう古本の世界では主じゃありませんか？」

「とにかく、退院したらさっそく聞いてみましょう」

「病気といえば、愛書家の木曾川建一は例の件いらい伏せっているようですね。彼なら、森田のことを知っているかもしれませんよ」

「例の件とは？」

「おや、ご存知なかったんですか？　昨年暮の即売展で倒れたんですよ。狭心症らしいんですがね」

「ああ、そのことなら聞いたことがあります」

木曾川建一は十二月中旬の古書展に出かけたが、定刻の十時を少し遅れ、あわてて階段を駈けあがったため、会場に入ったところでパッタリ倒れた。鈍い音がしたかと思うと、胸をかきむしり、身をよじり、荒い息とともに唸り声をあげて、足で棚の一つをひっくり返した。救急車で近くの病院に運ばれたが、狭心症とわかるまで、会の主催者が病院に足止めされるという騒ぎであった。

このことは古書業界や愛書家の間でも評判になり、〈あいつらしい〉とか〈古書展で死ねば幸せだよ〉といった声も聞かれた。ちなみに木曾川は大正末期世代で、五十代の半ばを過ぎており、収書領域も初版本、限定本、大衆文学、好色本、錦絵などあらゆる分野に首を突っこんでいる。

「一時は危かったようですがね、もちなおしたという噂ですよ」

「年齢はまだ五十八、九ぐらいでしょう？　森田と七、八歳ちがうとすれば、失踪事件のころには三十ちょっとすぎということになりますね。それなら、好色本出版の内情を知っている可能性もあると思いますが」

「たしかなことはいえませんが、この道の人は何らかのつながりがあるんじゃないでしょうか」

　浅野はそういうとタバコに火をつけ、椅子によりかかって目をつぶった。右手の少し離れた机では、若い男が校正に余念がない。須藤はそれをぼんやり眺めていたが、やがて手帳をとり出して言った。

「木曾川の家はどこですか？　ご存知でしたら」

「たしか大泉学園(おおいずみがくえん)と思ったが……」浅野は目をあけると、袖机の二番目の抽出しを開け、古い手帳を二、三冊開いてみていたが、

「ありました、ここですよ。一度、本誌の座談会に出てもらったことがあるんでね」

「わかりました。近く訪問してみましょう」

「まあ、十分お気をつけて」

　浅野は立ちあがると、ニヤリとしながら須藤に一礼した。

2

　店へ帰ると午後三時に近いころで、永島が帰り仕度をしていた。

「あ、村野という人から五十七万円、第一勧銀に振込みがありました。それから、大田(おおた)区池(いけ)

上の人から、本を買ってくれないかという電話がありました。カンポウの本があるということです」

「カンポウ？　漢方薬かね、それともお役所の官報のほうかね？」

「あ、それは確かめませんでした」

「君らしくないドジだねえ。本草関係だったら高くなるが、官報だと一銭にもならない」

「すいません。そこに電話番号がひかえてあります」

「これだけだね。どうもごくろうさん。また明日たのみますよ」

永島が出ていくと、須藤は思い出したように抽出しの鍵をあけ、ゼロックスで複写したものを綴った、縦長のパンフをとり出した。『日本愛書家名簿』とある。

扉には「収書欄の数字は次の項目を示します」とあって、⑴純文学、⑵大衆文学、⑶推理、⑷自然科学、⑸社会科学、⑹美術、⑺音楽、⑻エッセイ、⑼旅行記、⑽歴史地理、⑾哲学心理、⑿宗教、⒀児童文学、⒁文庫、⒂好色文献、⒃錦絵、⒄骨董玩具——とあって「蔵書冊数は二年以上前のものである」旨の注記がある。

あまりあてにしないで木曾川建一のところを引いてみると、意外にも出ていた。練馬区大泉学園町とあり、番地は浅野に教わった通りだが、枝番が加えられていた。生年は大正十三年。職業は「会社員」。収書範囲は⑴⑵⑶⑻⒁⒂⒃⒄、蔵書数は「一二、〇〇〇」とある。

ついでに岩沼の項を引いてみたが、洩れていた。これはやむをえないことかもしれない。

というのは、この名簿、少し前まで須藤が所属していた東京愛書交換会という収集家のグループが、会員のアンケートを中心にまとめたものだからである。人数は約二百五十名。範囲は全国におよんでいる。

（そうか、木曾川は交換会のメンバーだったのか。ありがたい、これで接触がしやすくなる）

須藤は安堵の溜息をついた。一癖も二癖もある収書家の相手から好色文献にまつわる話を聞き出そうとして、しかも病気療養中となると、未知の第三者ということでは門前払いのおそれがある。古書店という立場も、マイナスに作用するかもしれない。だが、愛書家同士ということなら話は別である。須藤は電話帳を引いて名簿の記載と照合すると、さっそくダイヤルを廻した。

呼び出し音を十数回も鳴らして、もう諦めかけたとき、夫人とおぼしき年輩の女性の声がした。須藤は要件をありのままに言ってしまうのは具合が悪かろうと思い、適当な口実をつくった。

「愛書交換会の会員ですが、ある本のことで木曾川さんのご意見をうかがいたいんです。お加減のよろしいときに、十分間でも結構ですからお邪魔したいのですが」

「ちょっとお待ちください」

引っこんで、再び長い時間待たせたあと、

「もしもし、明日午後一時ごろ来てください」

「一時ですか？」

須藤が手帳を繰るひまも与えず、

「はい」

物憂そうな声でいうと、相手は一方的に電話を切ってしまった。

「よわったなあ、明日は仕入れがあるんだが……」

須藤が思わず呟いたとき、

「社長、何をよわってるの？」

少し舌足らずの、鼻にかかるような声がして、大家の孫娘、小高根俚奈が入ってきた。短大の一年生。ときどき店番のアルバイトをしてくれることがある。この一年足らずの間に背が伸びて、ハイヒールをはくと須藤とあまり変わらなくなった。もっとも、いまは店内用のサンダルを引っかけて、服装（なり）は男ものの作業衣という、いたって色気に乏しい格好である。

「おや、お帰り。じいちゃんの見舞い、もう行ってきたのか？」

「うん、早退してちょっと寄ってきたの。意外と元気だったわよ。柏水堂のマドレーヌが食べたいって言ってた。そしたら付添のバアさんが厭な奴でね、おじいちゃん、割にモダンなもの召し上がるんですねって。〝モダン〟よ。あたし、この言葉聞くと桃色っていう言葉を聞くみたいに、ゾーッとしちゃう」

「ピンクって仰言って――か。それはそれとして、退院はいつごろ？」

「あっ、聞いてくるの忘れた。あたしとしたことが」

「子供の使いみたいだなあ。まあ、一か月はダメだろうけどね」

「もう永久に出てこなくてもいいわ、あんなじじい。サラリーマンだったら二十年前に定年だもんね」

「ひどいことというなよ。俚奈が大学出てお嫁に行くまで、頑張ろうと思ってるんだからさ」

「とーんでもない。早く出ていってもらいたいだけなのよ。二言目には、お前みたいな厄介者……」

俚奈の父親は小高根閑一の一人息子。本が嫌いなため、古本屋を継がず、エレクトロニクス系の企業に技術者として入社し、現在課長となっている。数年前につれあい、すなわち俚奈の母親と離婚したが、娘の年齢が微妙なので再婚話もことわり、不自由な独身を通しているが、困ったのは激務のため子どもの養育がむずかしいことである。やむなく父親の店に預けっぱなしになっている。

「口でいうほど、悪く思ってはいないもんだよ。愛すればこそ憎さも憎しってね」

「なあに、それ」

「おっと、つい古いのが出ちまうんだな。話を別の方向に逸らすとして――ええと、あした仕入れがあるってわけ」

「それがどうしたってわけ」

「本の探偵に練馬まで出張るってわけ」

「あたしも連れてって」

「だめだよ、とんでもない」

「なぜ」

「今度の相手は本でなく人間だ。それも二十五、六年も前に失踪した好色出版の主ときている」

「あら、それじゃ、いよいよ社長一人では心細いわよ。きめたっ、と」

「勝手にきめられては困るよ。第一、明日の仕入れはどうする」

「私から中西くんか誰かに頼んでおくわ。一人ぐらい何とかなるわよ」

中西というのは小高根書店の番頭格の店員である。

「年上の男をつかまえて、クン付けはまずいよ。いくら店主の孫娘でも、いい感じはもたないよ。人間、腹の中は何を考えてるかわからないと思っていた方がいい」

「……」

俚奈はプッとふくれると、サンダルの音を荒げて出ていった。——自分の娘が生きているとすればあんな年齢だが、それにしても扱いかねる……。須藤は溜息をつくと、レジの前に腰をおろした。

3

翌日は冷雨が降った。

早目に昼をすました二人は、大泉学園駅から循環のバスに乗った。約十分、田圃の真中のような駅で降り、あらかじめ住宅地図で調べておいた通り、小学校の裏手を目印に、酒屋と文具屋の間の路地を入っていくと、三軒ほど先に古ぼけたモルタル塗りの平家建てがあり、ブロックの門の黒ずんだ標札に「木曾川」の文字が見えた。門は半分開いていた。

丸い形の、手垢のついた呼び鈴をおしても、すぐには応答がなかった。塀のむこう側にはわずかばかりの庭があって、手入れの悪い椰子が枯れて、腐った葉が下に折れまがっている。かつては芝生が植えられていたと見える地面には亀裂が走り、雨水が門の方に流れ出している。

「どうしたんだろう、だれもいないのかな」

須藤は門を広く開けると、水たまりを避けながら一歩踏み出した。すると今まで死角になっていた玄関口が見えた。子供用とおぼしき赤や黄色の傘が立てかけてある。

「ごめんくださいい」

耳をすますと、女の声がきこえてくる。何か教えているらしい口調だ。

「今日わあ」

俚奈が大声をあげると、ちょっと間をおいて、左手から三十歳台の女が現われた。

「お約束した須藤です」

「約束？」太い声である。

「今日お目にかかることになってます。あの、木曾川建一さん、いらっしゃらないんですか？」

「ああ、じいちゃんね」

女はそういうと、右手に入った。それから再び姿を現わしたが、須藤の方を見もしないで、さっさと左手に戻ってしまった。さきほどの、講義の続きが聞こえてきた。

二分、三分……。雨はいよいよひどくなり、須藤と俚奈の足もとに跳ねがあがる。

「どうしたのかしら」

「しっ……」

ひょいと坊主頭の男があらわれた。顔が鉛色だが、眼光は鋭い。どてらをだらしなく着込んでいる。

「木曾川だが、どちらさんかな？」

「須藤ですが、昨日奥様にお電話をしたら……」

「家内？　何か用かね」

「東京愛書交換会の会員ですが、本のことを教えていただきたいと思いまして」

「――本のことか。まあ、そこに立っていても濡れるから、お入りなさい」

木曾川は正面の大きな、重い扉をあけた。ガランとした部屋があらわれた。

二人は靴を脱ぎ、靴下はだしになってその部屋に入ると、左手の古いソファに並んで腰をおろした。前に小さなテーブルがあって、古いピースの空き缶を利用した灰皿がある。正面には乱雑なサイドボードと、不釣り合いなアグリッパの石膏像が置いてある。何気なくその上の方、つまり天井とサイドボードの間に目をやった須藤は、思わずドキリとした。

無修正のヌード写真が四枚、ガラス付きの額に入って飾られていたからである。

須藤がおどろいたのは、必ずしもそのヌードの大胆なポーズによるものではなかった。モデルの顔に見覚えがあったからだ。

「ねえ、いまの女の人じゃない？」

俚奈もびっくりしたようだ。

「しっ……」

木曾川が現われると、テーブルの上に皿を二枚、コトンコトンと置いて、立ち去った。

須藤と俚奈が呆然としていると、今度は月餅を二個持って現われ、ポンポンと皿の上に置いて、また姿を消した。

つぎは魔法瓶、その次は急須、その次は茶わんというぐあいである。ようやくすべてが揃うと、木曾川は須藤の脇に並ぶように腰をおろし、茶をいれた。

「どうぞおかまいなく」

「……」

木曾川は無言である。須藤は相手の表情を盗み見た。色つやの悪い、たるんだような皮膚のあちこちに、しみができている。腫れぼったい瞼と黒っぽい唇が、体調の悪さをものがたっている。指は煙草の脂（やに）で黄色くなっている。

「もう起きてもよろしいんですか？」

「――いや、まあね。医者は寝ていろと言うけど、少しは運動した方がいいんだよ。寝ていると、かえって悪くなる」

彼は茶を注ぎ終ると、つと立ちあがって右手の大きな間仕切り用の引き戸を閉めた。

「さ、あがってください」

「ありがとうございます。急におしかけた格好になって、申しわけありませんね」

「いや、あのバカめが」木曾川は扉の向こうを睨みつけるようにして言った。「本好きの仲間はみな阿呆だと思っとる」

「宇須美不問堂の本はお持ちですか？」須藤はさっさと質問に入ることにした。

「うん？　ああ『女人礼讃』ね。あれは雑書だよ」

「あの本を出した森田一郎について、教えていただきたいと思いまして」

濁った生気のない眼が一瞬光って、また元に戻った。と、また立ちあがって、サイドボードからタバコをとり出し、赤い百円ライターで火をつけた。

「なぜ、今ごろ森田のことなんか知りたいんだね？」

「いま、愛書家列伝といったものを書いてるんですがね。森田一郎については資料が乏しいもので……」

「資料か。昔のカストリ雑誌を読んでも、見て来たようなウソばかりだからな」

「医者で坊主でＭＰで、おまけにスパイというところですか？」

「なあに、大部分は法螺だよ。口から出まかせだ」

「だいぶ器用な人だったようですね」

「あれはもともと下町の職人の伜でね。手先が器用で凝り性だったんだ。本づくりが得意だったのもそのせいだよ。今から見ると、あまりうまいとは言えないがね」

「お会いになったことありますか？」

「――一、二度かな」

「本を注文なさったことは？」

「一、二冊は買った覚えがある」

「どんなご本です？　『女人礼讃』とか？」

「ありふれたもんだよ。『柳の葉末』とか『国の華』とか。わたしが知り合ったころは、再刊もので稼いどった」

「いつごろのことです?」

「二十七、八年ごろかな」

「どんな感じの人だったんでしょうか」

木曾川はまた立ちあがると、サイドボードの隅から表紙のとれかかったアルバムをとり出し、めくっていたが、

「この男だよ」

と、なにかの会合らしい写真をさした。料亭の広間のような部屋に十人ほどが参集した記念写真である。

「これが生殖神の研究で有名な山口歳三(やまぐちさいぞう)、これが川柳研究の小杉喬村(こすぎきょうそん)、その隣りが森田一郎だ」

木曾川の二十代の姿も写っていた。

「みなさん、お若いですね。森田一郎も、三十五、六のころでしょうか。裁判の前ですか」

「たぶん前だね。起訴されてからは、あまり会合には出なくなったから」

「最後にお会いになったのは、何年ごろでしょうか?」

「三十四年、いや三十五年かな」

「ニセ札事件で取調べを受けてからですね」

「取調べなんて大げさなもんじゃないよ。参考人として、ちょっと呼ばれただけだ。連中はしつこいからねえ。贋幣事件があるってえと、まず印刷屋がマークされるのさ。所轄警察の刑事が印刷所を巡回訪問して、いろいろ聞いていくんだ。急に金づかいの荒くなった者はいないかとか、最近住所が変った者がないかとか。なにしろ戦前の退職者まで調べるというしつこさだ。森田は好色本で前科があるし、手先が器用だから、多少は疑われたということもあるか知れんが、あの男はニセ札などという引き合わないことをするタイプじゃない。わたしも担当刑事にそう言ってやったことがあるんだ」

木曾川が急に雄弁になったので、須藤はしめしめと思った。俚奈がノートを取り出した。

「友人関係まで調査の手がのびたのですか？」

「彼の本の直接購読者だった連中は、ほとんど調べられているね。きっと名簿を押収されたんだろう」

「その名簿はご覧になったことありませんか？」

「さあ、知らんね。しかし、彼の本はほとんどが通販だからね。名簿や台帳がきちんとしていなくては」

俚奈がもぞもぞしはじめた。暖房が入っていないので、足の先が冷えてきたらしい。須藤は湯呑みを手にしたが、茶はすっかりさめてしまっていた。

「すみませんが、お茶をもう一杯……」

「おっと、気がつかなくて。よかったらお菓子をあがってください」

俚奈が待ちかねたように月餅のセロファンを開いたとき、引き戸を開けて小学校一年生ぐらいの野球帽をかぶった男の子が入ってきた。木曾川の孫と見えたが、須藤が笑いかけようとする間もなく、細い目でジロリと睨みつけ、右手のアグリッパが置いてある机に坐ると、無表情でこちらを観察しはじめた。

「お孫さんですか？」

「ドラ孫ですよ」

俚奈が笑いをこらえきれず、噎せた。須藤は子どもの目に敵意が宿ったのを見て、話題をかえようとした。

「森田一郎が行方不明になったときの、ようすはどうだったのでしょうか？」

「さあ、私はそれほど親密ではなかったんでくわしいことは知らないが、いつの間にかいなくなっていたという感じだね」

「いつの間にか？」

「そう。浦和の本拠へ会合の通知などを送っても返事がこない。神保町の印刷所にも姿を見せない。――彼のところに印刷を頼んでいたエロ雑誌もあって、そういう連中がさわぎ出したのが、かなり経ってからだね」

「木曾川さんが最後に会ったのはいつごろです?」

「今となっては、もう思い出せないね」と、彼は一センチほどの吸い殻を捨てると、再び新しいタバコをくわえた。チェイン・スモーカーらしい。「ただ、いなくなる年の正月に、愛書仲間の新年会があって、出席したことは覚えているよ。この写真よりは太ってね、腹がいやに出っ張って、髪の毛もバラバラと立ったような、蓬髪(ほうはつ)になっておった。顔色が妙に黒ずんでいたっけ。病気したのかなと思ったね。歯も前歯がかけてね。あのころは出版不況だったから、資金繰りが苦しかったんじゃないのかな」

「印刷所には職人がいたそうですね」

「うん、足の悪い男だろう? 胸を患ったことがあるとかで、蚊のなくような声しか出さんのだよ。蒼白い、痩せた男だった。『主人はちょっと出かけてます』なんて言い逃れをしておったそうだが、そのうち居たたまれなくなったのか、どこかへ行ってしまったがね。私は名前すら知らないんだよ」

「失踪届けは出なかったんでしょうか?」

「家族はいないし、起訴いらい周りの人間ともうまくいっていなかったからね。収書家の中には、裁判に巻きこまれたと言って怒る者もいたんだよ。戦後も十五、六年経っちまうと、あの男の出したようなものはどこからでも出版されるようになっていたんだ。もともと正体不明のところがあって、なんとなく距離を置いていたところへ、トラブルが重なったものだから、行方不明と聞いて内心ホッとしたんじゃなかったのかな。人間はいざとなると冷いからねえ」

「正体不明といいますが、戦争中は中国に行っていたとか？」

「徴用ではなかった、と聞いたことがあるだけだ。どんな事情か、わたしは知らん」

「スパイだったとか？」

「それは噂だよ。当人が出まかせのことを言ったのかも知れん。あの男は露悪的なところがあってね」

須藤はもう一度アルバムを手にとったが、ふと背を補修したセロハンテープがベタベタするのに気がついた。よく見ると、そこは茶色く変色しており、一目でタバコの脂と知れた。あらためてサイドボードを見ると、そこに乱雑に置かれた本の背が、すべて焦茶色に変色していた。ヌード写真のガラスにも、茶っぽいものがこびりついているようだった。

4

いつの間にか子供はいなくなっていた。開け放した引き戸の向こうに、廊下一つ隔てて部屋があり、数人の主婦が腰かけてお喋りに余念がない。時おり、チラ、チラとこちらを見ている。そのうちに一人が立ちあがり、引き戸をスーッと閉めてしまった。

木曾川は無関心にタバコを吹かしている。室内はいよいよ寒い。

「当時の関係者で、いま存命の人はどなたでしょうか？」

「――漫画家の宮森重男は今年早々亡くなったし、堀庸三も、長橋国太郎も、岩井慎一郎も……みんな故人だな。永井路太郎はまだ生きとるが、最近年甲斐もなく女と一悶着起して新聞ダネになっちまったほどだからね。もうボケちまったことは確実だね。なにしろ、あのころの仲間では、わたしが一番若いからなあ」

「その後、森田の噂はまったく出なかったのですか？　たとえばどこかで見かけたとか？」

「横浜で日雇いの群に入っていたとか、築地の卸売市場にいたとか、銀座のデパートで経理係をしていたとか、いろいろな噂が出たが、デマだろうね。なぜあの男が日雇いなんかせにゃならんのだ。デパートの経理などに満足していられるような、おとなしい人間じゃない」

「ヘロインの密売はどうです？」

「そいつはわからん。あるいは出版の資金繰りに困って、何か不正なことをやったかもしれん。終戦直後に事業をおこした人間は、清廉潔白ではやっていけなかったからね」

「今も生きているとお思いですか？」

「もう生きてはおらんだろう」

「病死ですか？　それとも……」

「さあ、そこまで突っこんで考えたことはないよ」

しばらく沈黙があった。右手のガラス戸ごしに荒れた庭が見える。木材の切れっぱしや石膏のかたまりが乱雑に放り出してある。隣家との境にある柾の生垣は、もう何年も手入れをしていないようだ。

「愛書の会――水木会と言ったがね、これは御大の佐藤正三が鎌倉から上京する日だったんだ。自然、会合を水木のどちらかに開くという習慣になっておったんだな。その佐藤正三が十五、六年前に亡くなって葬式のとき、だれもが考えた。森田が現われるなら、今をおいてない、とね。読経がすんで、みんな立ち上がろうとした時、一人が『とうとう来なかったなあ』と、ポツリと言った。みんなも同じ思いだったのか、黙って席を立ったのを覚えとるよ」

「佐藤正三との縁は深かったんですか?」

「深いというのか――、『はこやのひめごと』とか『あなをかし』といったものは、みな佐藤の校訂と解題つきで世に出たんだからね。そうでなければ、あれだけ売れたかどうか疑問だ。佐藤は森田にとって顧問であり恩人だね。その葬式に来なかったんだから、当時もう死んでいたと見ていいだろう」

「日本人というものはウェットで、そういう時に何らかの形で表面に出てくるもんですがね。お話を伺ってみると、私もたぶん生きていないと思うんですが、最近、あるところで噂を耳にしましてね」

「何の噂だ？」

「生きているのではないかと」

「どこのどいつだ、そんな無責任なことをいうやつは」

木曾川がいきなり大声をあげたので、須藤はいささかあわてた。それでなくても立ち聞きされているような気配がある。

「いや、あくまで心情的な推測ですよ。生きていたらいい、というような……」

「あんな奴は生きていなくてもいい。第一、もう過去の人間なんだ。いまさら生きていてどうなるというんだ――」

木曾川ははげしく咳きこんだ。須藤が懐からティッシュを出して差し出すと、やや落ちついてきた。

「過去は過去として葬らしめよ……だ」ややあって、彼はかすれた声で誰にともなく呟いた。

「できれば、くわしいいきさつを打ちあけていただきたいのですが、いかがでしょう？」

「いや、あんたには関係のないことだ。きわめて個人的なことだからね。やつのことを調べるのは勝手だが、わたしに関することにはいっさいふれないでもらいたい」

「わかりました。あと一つ、二つ教えてください。ニセ札事件のころの担当刑事は、何という名前でした？」

「古いことだからねえ。それに連中は警察手帳をちょいと見せるだけだから、当時から名前をはっきり知って応待しておったかどうか、どうも自信がないね」

「水木会以外の方で、森田と接触があった人を、一人でもご存知ありませんか」

「そりゃ、探せばたくさんいるでしょう。印刷関係とか紙屋とか闇屋とか。本を撫でまわすしか能のないこちとらとちがって、あの男はつき合いも広かったから、とても面倒見きれません」

「岩沼という人をご存知ですか？」

「知らんが、名前はボンヤリ記憶があるね。以前、抽選方式の即売展で耳にしたことがあるようだ。会場で申込者の名前をマイクで読みあげるだろう？」

「そうですか。では飯島という名は？」

これは岩沼がメモに記してくれた、脅迫者の名であった。

「飯島ねえ。本仲間にはいないね」

「好色本の通信販売のブローカーらしいんですが」

「知らん。そういうのは、『好色本一夕話』というのを書いている大野盛男あたりがくわしいんじゃないかな」

「失礼ですが、木曾川さんは会社にお勤めだったんでしょう？」

「二年前に定年でね。そのあとは再就職先もなく、ご覧の通りさ」

「奥様は？」

その時、引き戸が荒々しく開けられ、例のヌード写真に似ている女性が現われた。

「まあ、おじいちゃん、こんな寒い部屋で……。寝ていなければだめじゃありませんか。また夜中に熱を出したら、困るのは私じゃないの。あらあら、タバコの灰で着物を汚しちまって」

木曾川があわてて灰を床に払いおとした時、さきほどの無表情な子どもが入ってきた。

「ママ、おじいちゃん、月餅を出しちゃったんだよ。ねえ、ぼくにもちょうだい」

「おじいちゃん、用なら私にいってくれればいいのに。さ、早く床に入ってちょうだい」

女は須藤と俚奈を無視してまくし立てると、さっさと姿を消した。男の子のほうは三人をじろりと見やると、引き戸を閉めた。

「ではお邪魔しました」

須藤と俚奈は立ちあがった。木曾川はふてくされたように短くなったタバコをふかしていた。

5

「きょうは社会勉強になったわ、いろいろと」

帰りの西武線の中で俚奈が言った。

「いや、あれは特殊な社会だよ」

「それはそうだけど、どこか愛書家全般に共通する点もあるみたいね。疎外され、変物扱いされてるところなんか」

「また俚奈の愛書家変人説か、しかし、娘のヌードを応接間にかけておくなんて例は、ちょっと珍しいよ」

「社長、一生懸命見ていたじゃない？」

俚奈が奇妙な笑声をつけ加えたので、前の座席の男がこちらを見た。

「よせよ。人間の弱点につけこむんじゃない」

「ごめんなさい」俚奈は首をすくめた。「でも、あれは娘のじゃないわよ。写真が古いし、よく見ると顔立ちや髪型も古いわ。足も、測ったわけじゃないけど短いし」

「すると母親か。それにしてもどういう神経なんだろうな」

須藤は拳（こぶし）で額を何度も叩いた。

「娘が問題よね。あの子がちょっと変わっているのも、女親のせいかしら」

「月餅はとっくに俚奈の腹におさまりにけりか。こっちは笑いをこらえるのに精いっぱいだったよ」

「もうあんなとこ、二度と行かないから。収穫ゼロじゃない？」

「そんなことはないさ、ノートを見せてごらん」

須藤は俚奈が書いた要点を拾い読みしていたが、余白に疑問を個条書きにした。

(1) 木曾川はなぜ森田を嫌っているのか?
(2) 木曾川の妻はどういう女性で、いまどうしているのか?
(3) 木曾川は何という会社に勤めていたか。
(4) 森田の戦前、戦中の経歴。
(5) 森田は正確にはいつ失踪したのか?
(6) 森田の印刷所の職工が、いなくなったのはいつごろか?
(7) 森田はほんとうにニセ札とは無関係なのか? 無関係なら失踪の真因は?
(8) 森田の本拠(浦和)はその後どうなったか?
(9) 森田がのちに日雇いその他になったという噂は根拠があるのか?
(10) 森田の名簿は何者の手に渡ったのか?

「まだあるかもしれないが、いちおう十項目だね。これで方針が立つ」

「なぞがふえただけじゃない」

「手がかりもふえているさ。人さえ探せば解決する。たとえば森田を調べた刑事、水木会の永井路太郎。ほかに当時を知る印刷業者。岩沼や『日本愛書通信』の浅野編集長にも、もう少し聞きたいことがある。しかし、難物だな」

「あたしには、あの写真が一番のナゾなんだけどなあ」

俚奈は考えこむように言った。

電車は終点の池袋に近づいていた。

第三章　陰花植物

1

二日後の閉店時刻まぎわに、須藤が昨日仕入れたばかりの本を選りわけていると、エレベーターが開いて、谷口靖が急ぎ足で入ってきた。

「おや、いらっしゃい。遅いじゃないか」

「いま忙しくてねえ。塾が追いこみだし、ビブリオのほうも山場だし」

「交通費は払ってくれたのかい？」

「やっと払ってくれることになりましたが、今度はバイト料を値切ってきましてね。ケツをまくりたくなりますよ」

「まごまごしていると、身ぐるみ剝がれちまうぞ」

「まったく、ついてないですよね。――おや、これはウブい品ですね」

「あまりかきまわさないでくれよ。たいしたものはないがね」

「へえ、うちの大学の紀要があるじゃないですか。揃ってるんですか?」

「三十二冊揃いだ。五万円ぐらいかな」

「『江戸叢書』この元版の揃いもあるじゃないですか。いくらです?」

「十万」

「一時にくらべると、それほど上がっていませんね」

「不景気だからさ。君と同じ、先行きまっくらだよ」

「ご冗談を——」

谷口は何気なく『日本の出版社名鑑』という茶表紙の本をめくっていたが、

「やあ、出ているな。ビブリオが出てますよ。千代田区神田神保町一。当社は昭和三十年に新宿区角筈(つのはず)に設立、四十四年に現住所に移転。以後ソビエト、ロシヤに関する基本資料、左翼、反体制資料出版に力を注ぎ、現在三百余点の在庫を有している。また、移転を機に営業活動にも力を入れ、関西支社を設置、全国に営業部員を出張させると同時に、精鋭なる編集部員を適所に配し、数々の新鮮なる企画を打ち出している。社長望月広朗(もちづきひろお)、営業代表佐竹信(さたけしん)、編集代表中林崑(なかばやしこん)——こいつですよ、交通費を値切ったのは。ナカバヤシと読まないで、チューリンコンと呼んでるんですがね」

「史録堂も見ておいたらどうだい。ほら、君が名前をかえて出ていた……」

「いやな思い出だなあ。ええと、ここに出てますね。千代田区神田神保町三。昭和三十八年文京区で伊久里書房として創業し、のち社名変更して現在地に移る。処女出版『現代文豪読本』。三十八年月刊誌『国文学と現代』を創刊、斯界の権威誌として学術的価値を認められ、国文学界に確固たる地位を占める。増刊として『民俗学と文学』『戦中戦後の女性像』『太宰治読本』『江戸文学大全』その他がある。社長谷口貞雄、営業代表今村圭一、編集代表谷口尚志」

「その出版社の本はいいものが多いのにねえ。君に対する仕打ちが信じられないよ」

「業界内の評価はまた別じゃありませんか。あまりよく言わない人もいますよ。とくに印刷屋は、営業からこまかいことを言われるんで嫌がっていました。編集がやりにくかったですよ」

「そうそう、印刷屋といえば、神保町のことをよく知っている印刷屋を知らないかなあ。ビブリオの関係でもいいから」

「ひょっとしたら、あの森田一郎の件じゃありませんか?」

「図星」

「あまりよく知りませんが、いま『前進』の印刷を頼んでいる輪光堂というところはどうですか」

「年輩の人はいるかね」

「営業関係の人たちは比較的若いんですが、現場には五、六十代の人もいましたよ。いまはどうだか知りませんが」

「その営業関係の人に紹介してもらえないかな。明後日が都合がいいんだが」

「わかりました。——それじゃ、バイトがありますから」

2

学校建築や図書館建築には専門家がいて、勉強したい、本を読みたいと思わせる空間を演出しているが、それと同じような意味での病院建築家という存在はあるのだろうか——須藤は常に疑問を懐いていた。冷く白々しい壁の色、気が滅入るほど単調な扉や窓、貧しいインテリア感覚、独特の威圧的な雰囲気。

これでは癒る患者もかえって重くなってしまうのではあるまいか。

須藤は子どもの頃、伝染病で入院したさい、看護婦に背負われて長い廊下をどこまでも行ったときの不安な気持を思い起こしていた。やさしい看護婦だったが、いま生きていれば六十を過ぎている筈である。

「こちらですよ。小高根さーん、面会です」

看護婦の声に、大部屋のベッドにあぐらをかいている老人がこちらを見た。頭は布袋のようにツルツルで、太い眉毛に眠っているような顔、鉤鼻。なによりも七十歳に近いというのに、九十キロという巨体が特徴であった。

「どうですか、加減は」

「まだ重湯(おもゆ)だがね、飽き飽きしたよ。なんだ、これは――マドレーヌか。気のきかない奴だ、酒ぐらい持ってこい」

「冗談じゃありませんよ」

両隣りの患者たちが笑った。

「早く癒って出てくれないと困るんですよ」

「いや、もう店はわしがいなくても自然に回転していける。中西に任せとけば安心」

「そうじゃありませんよ。入院費が嵩むということですよ」

「わしはもう、古本には飽きたよ。ここにいると、けっこう楽なもんでね」と、彼は手元の碁盤を示した。「隣りの方はたいへんお強くてな。今日までのところゼロ勝四敗だ」

「五敗ですよ」白髪の、血色のよい老人が微笑みながら言った。「菅野(すがの)と申します」

「須藤です、よろしく」

「この男はね、菅野さん、自分の店に〝蔵書一代〟という屋号をつけとるんだよ。素っ頓狂な奴でな」

「ほほう、蔵書一代ねえ。いやあ、その通りですよ。わたしなんか家に本箱四ハイぐらいの蔵書しかありませんがね。そんなわずかなもんでも、次男の嫁が邪魔だァ、邪魔だアいうんですよ。孫は高校生だが、ときどき二冊、三冊かっぱらっていっちゃあ、本屋に売りとばして小遣いにしているらしいんですわ。もう、自分では本なんか一冊も読みません。世も末ですねえ」

「そうですか。お孫さんに私の店へいらしてくださるようお伝えください」須藤は名刺を出して一礼した。「原則として、高校生が来ても買いませんが」

「なるほど。この肩書に〝本の探偵〟とあるのは何ですかな?」

「いや、それは本探しをお手伝いしますという程度のことです」須藤はこの老人なら聞かれてもさしつかえないと考えて小高根閑一のほうに向きなおった。「じつは、今日はいそいで小高根さんに伺いたいことがあって来たんです」

「ああ、何でも聞くがいい。実質的にはわしが顧問だからな」

「それでは顧問に伺います。昭和三十三年の支部長就任当時を覚えていますか」

「訊問調だね。ハイ、覚えとりますよ」

「森田一郎という男を覚えていますか」

「森田――、ああ、ニセ札事件で失踪した男だろう?」

「どんな男でした?」

「どんなって……文士風の男で、和服姿で神保町の通りを歩いとった。うちの店にも、在庫本を持ち込んできたことがあるよ。一時ゾッキに出た『はこやのひめごと』は、やつの紙型（しけい）だ」

「失踪したのはいつでしょうか」

「あれは、いつの間にかいなくなっちまったんだな。さあ、具体的にいつとなると……」

「神保町が月一回、第三日曜の定休になったころでしょう?」

「そうそう。あのころ神保町の交差点のあたりに古書街案内図があってね。その第三日曜の朝早く、看板の前で立ち番をしていたことがある。一軒が開けるとみんな開けてしまうんでね。十時ごろだったかなあ。すると救世軍のほうから、足を引きずりながら男がやってきた」

「森田に雇われた職工ですね」

「青白い顔でね。まだ人通りがすくない道を、ズーッ、ズーッと布でぐるぐるまきにした足を引きずりながら歩いてくるんだ。なんとなしにゾッとしてね」

「春ですか?　夏ですか?」

「定休日実施でもめていたのは三十三年の前半だな」

「じつは三十四年のことが知りたいんです。石川一郎のニセ札事件はその年ですからね」

「はてな。あの職工を見たとき、しばらく森田には会っていないなと思ったのをはっきり覚えているからね。するとわしの記憶ちがいかな」

「三十四年の正月に会ったという人がいます」

「そうか。元来、あの男はひょっこり長期間いなくなる癖があってね。うちへ品物を預けても、四、五か月現われず、どこへ行ってたんだというと、全国を股にかけて商売していたなどと答えておった。そんなこともあって、失踪した時もしばらくは誰も気づかなかったんだろうよ」

「それではニセ札の容疑がかかった頃のことを思い出してください。刑事が来ませんでしたか？」

「二、三度しつこく現われたね。買掛の状況などを聞かれた」

「何という刑事ですか？」

「さあ、名前は聞かなかったような気がする」

「歳は？」

「四十ぐらいかな」

「神田署ですね」

「はてな？　そうこまかいことをつぎつぎ聞かれても……」閑一は考えこんでしまった。

「石川一郎のニセ札事件ですか？」隣りの菅野という老人が口を出してきた。「そのようなことは、当時を知る新聞記者に聞いた方が早いですよ」

「そうかも知れませんね」

「じつは私は十年前、テレビ局を退職した人間で、三十四年当時は制作部門にタッチしておったから、石川一郎の名はよく覚えているんですよ。まだテレビは規模が小さかったから、報道部門は新聞社に頼ってましたがね。よかったら当時の記者を紹介しますよ。警察関係を追うのもいいが、彼らはなかなか口を割らないでしょう」

「それはありがたい。適当な方がいらっしゃったら……」

「ええと、池田という男がいます。池田久吉。私と同郷の後輩でね、埼玉です。いまは出版局の営業次長をやっておる筈だが、昭和三十年代には東日新聞の社会部にいて、警視庁の記者クラブに詰めていました。もう、ニセ札にかけてはくわしくてねえ。石川一郎事件の二、三年後に有名なチ－37号事件が起こりましたねえ。あれは東北地方にまでひろがった事件だから、なかなか大変でした。テレビ局も現場のスチル写真ぐらいは撮りに行ったもんですよ」

「東日新聞出版局ですね。そのころの第一線記者といえば、もうかなりの年輩で……？」

「もうすぐ定年でしょう。とにかく、よろしかったら今日にでも電話を入れときますよ」

「ご親切に、どうも。やはりこのように調査がひろがってしまうと、本屋だけでは埒があきません」

「どうもいつものインスピレーションが湧かないな」小高根は不機嫌に言った。「病院のベッドの上じゃあ調子が出ない」

「森田の風貌について、何か覚えていませんか？」須藤は相手に一つぐらい花を持たせようとして言った。

「オールバックのボサボサな髪の毛をしておってな。あめ色の縁の眼鏡をかけて……いつも和服だった。両手に包帯を巻いていたことがあったな。できものをこじらせたとか」

「両手に包帯を？　それはいつのことです？」

「さあ、思い出せないねえ。重要なことかね？」

「ちょっとひっかかっただけです。意味のないことかもしれません。とにかく、何でもいい、どんなこまかいことでもいいから思い出しておいてくださいませんか」

「いや、わしはこう見えてもなかなか忙しいんでね」

「五敗ですか」

「四敗だ」

「それでは」と、須藤は立ち上がった。「退院は月末の予定でしたね。せいぜい白星をあげてくださいよ」

3

店に戻ったのは一時を過ぎていた。永島は若い客からボストンバッグ一杯の詩書を買い入れているところだった。

「村野さんから至急電話して欲しいということです」

「村野さん？　なんだろう」

須藤は呟くとダイヤルをまわした。

「このあいだの本に落丁があったんだよ」と、会計士はカン高い声でまくしたてた。「よく調べてくれなくては困るねえ」

「横光利一ですか？　どの本です？」

「『現代日本小説大系』に入ったやつだよ」

「ああ、戦後の全集ものですか」

「軽くいわれちゃ困るねえ。すぐ交換してもらえるかね」

「交換といわれても、その巻だけとなるとね……」

「それじゃ、返品するから」

「少し待ってくだされば、見つけます」

「いや、こんな全集の端本はいらないから、返金してもらえないかね」

「返金ですか？　そりゃ勘弁してくださいよ。値段をつけると二百円にもなりませんからね」

「しかし、揃いの中の一冊として、千円ぐらいには評価していたんじゃないのかい」

「弱ったなあ」須藤は手近の棚に視線を泳がせたが、そのとき偶然に永井路太郎の『星あかり』が目に入った。「——村野さんのお宅は碑文谷(ひもんや)でしたね？」

「そうだよ」

「永井路太郎が居るでしょう？」

「ああ、例の時の人ね。今度地区センターで講演会をやるよ」

「おや、そうでしたか。それはぜひ聞きたいですね。入場は自由ですか？」

「そんなことは知らんよ。掲示板で見かけただけだからね。ところで、返品はどうなるのかね？」

「わかりましたよ。ご希望の通りにしましょう」

須藤はさっさと電話を切った。永島はとっくに昼食をとりに出てしまっていた。詩の仲間は十二時ごろから来店することが多いので、その前に食事をすませておかないと、機会がなくなることがある。

少数だが熱心な客で、ほとんどが勤め人のようだった。かなり遠くから来るようで、昼休みと同時にとび出しても、ここまで三十分はかかるということらしい。帰りは二時ごろになるが、適当にごまかせるのだろう。

その一人で、何となく顔見知りになった客が本を開いていたが、須藤と眼が合うと挨拶をした。四十前後の、落ちついた感じの男である。

「いらっしゃい。そのへんの本は二、三日前に仕入れたものですよ」

「なかなかいいものがありますね。この小林宜園（こばやしぎえん）の『大正未来記』という本は知りませんでした。未来記やユートピア関係の本を、仕事の関係でコッコツ集めているんですが……」

「未来ものは、時どきコレクターがいますね。『二十三年未来記』とか『新未来記』とか、ね」須藤は相手がためらっているのを見て付け加えた。「引いときますよ」


五千円の値札がついていたのを剥がして四千五百円に訂正すると、包装紙にくるんだ。


「大手町ですか？」

「いや、霞が関です」

「そうですか。近頃の神保町は、学生が減ったかわりに、大手町や竹橋からのサラリーマンが少しずつふえていますが、霞が関からでも来られないわけではありませんね。日比谷での乗りかえは面倒だが、地下鉄で三駅だから」

「地下鉄がなければ、この町はどうなっていたでしょうかね。国鉄のどの駅からでも歩いて十分なんてところに、当節の一般読者は来ませんからね」

お役人かな――と思ったが、今は聞かないことにした。

「ユートピアものが出たら、取りのけときます」

「出ましたらのけときますと古本屋……」

「おや、その川柳、ご存知でしたか？」

「はっはっは。詩の本ばかり読んでるわけじゃありませんよ」


詩の仲間が、ぼつぼつ集まりだした。

4

碑文谷地区センターでの講演は、電話で問い合わせてみると一月二十三日、日曜日の午後とわかった。須藤は最近評判の写真雑誌「ｆａｒｃｅ」の一か月前の号を書棚の抽出しから探し出すと、折から帰ってきた永島に店番を頼み、一ブロック先のソバ屋へ行った。

力うどんを注文すると、彼は雑誌のページを開き、「永遠の一発屋、永井路太郎の長ーい青春――星は何でも知っていた」と題するコラムを読んだ。

〈老年の悲劇は、彼が老いたからではなく、彼がまだ若いところにある〉とは、かの有名なオスカー・ワイルドの言葉ですが、いまや全世界の老年の悲劇を一身に体現しつつあるのが、永井路太郎（79）です。

三島由紀夫さえ読んだことのない若い世代にとって、昭和の初期という時代――それも限りなく大正に近いころにデビューした永井路太郎などという作家など、来るべき老齢社会のおぞましいシンボル以外の何物でもないでありましょう。

しかし、人間どこかに一つは取柄があるもので、中高年以上の世代にとって、永井路太郎こそは永遠の青春、不死のシンボルなのです。考えても見てください。二十二歳のときの処女作『星あかり』でデビューいらい、実質的にはたった一作だけで文学史上の人物となり、激動の昭和五十八年間を生き抜いたのですから、これはもう十分に現代の奇蹟。マクワーターも三舎を避けるというべきでありましょう。

なに？　マッカーサーの誤植ではないかって？　マクワーターというのは知る人ぞ知る、ギネスブックの編者なのですよ。そのマクワーター氏が手を拍ってよろこびそうなのが、今回永井路太郎が主役を演ずる破目になった〝最年長の美人局事件〟なのです。しもじもの我らには無縁のことながら、近ごろ熟年有名人の死の蔭には、必ず妙齢女性の姿ありと。永井先生は別段熟年でもなければ、死とも関係なく、しかもお相手は〝妙齢〟などとはお世辞にも申せません。

右の写真を見てください。永井氏の左に皺だらけのオチョボ口をキュッと締めているのが、弟子の峯村千栄さん（65）。その左が夫の峯村幸蔵さん（68）。師走の一日、忘年会の帰り、永井氏はこの弟子とタクシーに同乗し、その手を握った。「これはいつもの習慣だった」（永井氏）。ところが不幸にも、その日助手席に乗っていたのが峯村サン。「お前ら何を乳繰り合ってるんだ！」というワケで、あとは何やらわからぬ修羅場と藪の中。夫が「精神的苦痛」で訴えれば、永井氏は「明白な美人局」と逆告訴。

三人合わせて二百十二歳の痴情劇。六か月後の「ｆａｒｃｅ」が楽しみなこと。ちなみに忘年会の夜は満天の星空でした。星の罪――、このウガチがわからないあなたは凡人です。PHOTO　タツノ・ノリヒコ。

写真には蛸坊主のような顔に薄い色の入った眼鏡をかけた男と、我の強そうな女、それに一見商店主のような男が並んでいた。見つめていると食欲を失いそうな気がして、須藤は雑誌を閉じると、折から運ばれてきた力うどんを手元にひきよせた。

5

土曜日の午前十一時ごろ、池田という男から電話がかかってきたとき、須藤は一瞬だれのことかわからなかったが、「東日新聞出版局の池田です」といわれて、二日前の菅野の約束を思い出した。「できれば今日の午後が都合がいいのだが……」という。

その日は夕刻から組合の集まりがあるし、三時に永島が帰ったあとのアルバイトを、まだ俚奈に頼んでいなかった。しかし、池田も都合がありそうなので、即座に承諾すると、相手は満足したように電話を切った。

須藤は一階の小高根書店に入ると、世相年表を二、三冊引っぱり出して戦後のおもなニセ札事件を拾い出し、メモした。あらためて気づいたのは、迷宮入りが多いことだった。これはいったいどういうことなのだろうか？

永島に三時以降のことを頼むと、須藤は早目に外へ出た。約束の時間は午後二時だから、多少の時間はある。須藤は日比谷図書館へ立ち寄ってみた。

久しぶりに見る図書館の内部は、あいかわらず学生の姿が多かった。受験と卒論のシーズンである。混雑の中で須藤はあわただしく書名索引を引いてみたが、意外なことにニセ札の関係書は目ぼしいものが少なかった。わずかに山鹿義教(やまがよしのり)『贋造通貨』と古市清(ふるいちきよし)『にせがね捜査――がん幣刑事の十三年』という二冊だけが目についたので、借り出してざっと目を通した。

プレスセンター・ビル内のクラブは閑散としていた。二時を五分ほど過ぎたころ、五十代の半ばと見られる白髪の、顔が大きな男がノート五、六冊をかかえ、早足で入ってきた。池田久吉であった。

「菅野さんから電話をもらいましてね。すぐ予定表を見たんですが、いまゴタゴタしてましてね。じつは昨年退職なんですが、つごうで一年延ばしてもらって、この二月にやめるんです。それまでに七点ほど、かかえこんだ仕事を片付けたいと思って。来月に入ると、ちょっと余裕がなくなると思うんですよ」

須藤は礼を述べると、森田一郎との関連で石川一郎事件について調べていると言った。

「あのころはね、私はサツ廻りの記者だったんですよ」と池田は古いノートを開きながら言った。「古い話でね。私も忘れていることが多いんだが、千円札が聖徳太子の図案だったころですよ。ええと、それは昭和二十五年一月に生まれてますねえ。三月には早くも毛筆書きの第一号ニセ札が京都で出現、四月にも京都で印刷したものが現われています。その後九年間に約三十件の犯行があって、三十四年夏の石川一郎事件となるわけですね」

「三十四年の出来事――ミッチー・ブーム、南国土佐大ヒット、第二次岸内閣……。うーん、一口に四半世紀前とはいえ、古いですねえ」

須藤は今更ながら、自分がとてつもない無駄をしているような思いに駈られてきた。

「こうした欄外注記の形でトピックを追えば、たしかに古く感じますが、社会の基調には変ってない部分も多いですよ」

「しかし、私の当面の目標は失踪した人間ですから……。やはり二十四年間消息不明というのは、生存の可能性がゼロに近いということですね」

「何という人でしたっけ?」

「森田一郎です」

「ああ、その名前は覚えていますよ。石川一郎事件でリストにあげられ、行方をくらました人でしょう?　ところがその二年後に、より大規模な『チ－37号事件』があって、そのときも容疑者にあげられたんです」

「え？　一件だけじゃないんですか」

「前回に逃亡したのが怪しいと見られたんでしょうね。なにしろ『チ-37号』は戦後最大のニセ札事件ですから、容疑者だけで五万人にのぼるといわれたくらいなんですよ」

「主に印刷関係者と聞いていますが？」

「戦後間もないころは、売れない画家が丸三日もかけて一枚の百円札を模写したという話がありますよ。戦死した長男を思って、２３４７９７（にいさんよなくな）という番号を付けていたといいますがね。しかし二十五年ごろになると、もう精巧な印刷技術を駆使したものが出てきて、三十年代に入ると幼稚なものは通用しなくなります。印刷はシロウトでは無理ということで、主としてその方面の人が疑われることになってしまうんですよ」

「石川一郎も印刷関係者ですか？」

「わかりません。お宮入りですから。出来工合はあまりよくありませんでしたが、使い方がプロなんですね。コロタイプで全体がボケており、聖徳太子の顔がまっ黄色なため〝黄ダン千円札〟などといわれたほどですが、夕闇にまぎれて盛り場のスタンドやタクシーなどで使うために、わかりにくかった。むろん、犯人はいつまでも通用する札ではないと知っていたようで、たった二日間に三十一枚を使うや、パッと姿を消してしまったんです」

「人相や特徴は？」

「それがむずかしかった。被害者の証言が矛盾するんですね。一つは〝三十歳前後で背は低く日焼けしている〟、もう一つは〝二十七、八歳、背が高く色白〟というわけです」

「複数ですか?」

「最初はそうと考えられたが、追及していくとどの証言も自信がなくなっていくんですね。無理もないんです。顔や格好が印象に残りにくいシチュエーションを選んで出没しているんですから。結局一人ということになり、モンタージュ写真がつくられました。これですよ」

「ほう。どこにでもあるような顔ですね」

「最大公約数をとったのだから、やむを得ません」

須藤は新聞の切抜きをつくづく見た。三十歳前後の、サラリーマン風ともブルーカラー風とも見える、いかにも平凡な男である。森田一郎ともまったく似ていない。

「それで捜査はどうなったのですか?」

「一般からの情報を集めると同時に、印刷関係を重点に聞きこみを行なったんです。そのうちにローラーやインキを売る店で、石川一郎と名乗る男が事件の一か月ほど前に現われ、材料を買っていることがわかった。モンタージュ写真ともある程度似ている。名前も偽名くさいというので、色めき立ったわけだが、印刷関係者にはそれらしき人間がいないんですね。ニセ札はコロタイプで刷られていましたが、これはもともと少部数の高級美術印刷用で、ガラス板に薄いゼラチン膜を塗り、それに写真製版の技術を応用して焼きつけ、一枚一枚じか刷りするんです。能率の悪い方法だが、いちおう本物の写真に近い効果が出るんです。当時、コロタイプの職人というとある程度数をしぼることができたんですが、その中に該当者はいなかった」

「モンタージュ写真が現物から遠かったんではありませんか？」

「その通りでしょうね。警察も自信があったとは思えません。それに関連することですが、当時の捜査三課長が、ためしに犯人に似た風体をして、タクシーに乗ってみたんです。四十五分間に十一回も乗りかえ、暗いところでゴソゴソと本物の千円札を払って運転手に渡したが、だれ一人それを開いてみる者はなかったんです」

「一般の関心が低かったんですか？」

「それもあります。もう一つは、自分だけはまさか引っかかるまいという気持もあるでしょう。スタンドの売り子やタクシーの運転手などは何しろ忙しいし、不特定多数の客ばかり相手にしている。ビクビクしていては商売にならないんです」

「ところで、森田一郎が疑われたのは、どういういきさつからですか？」

「ええと、その人は」と、池田はノートを二、三冊開いたり閉じたりしていたが、「石川一郎事件のときには〝その他多勢〟の一人じゃなかったんでしょうか。ちゃんと捜査に協力していたようだし、まだ失踪していなかったんですからね」

「しかし、失踪の動機になるほど、しつこく調べられたのでしょう？」

「あるいはそうかもしれません。しかし、この件については有力なホシが浮かばなかったせいか、警察の特別な動きもなく、私のノートにはメモひとつ残っていません。森田一郎の名が出てくるのは、じつは二年後の『チ－37号事件』からなんですよ」

6

ロビーには他の客の姿もなく、遠くのボトル棚を背にしてボーイ長が時折こちらを窺っているだけだった。池田はタバコの煙をゆっくり吐くと、当時に思いをはせるように眼をつぶった。

「ニセ札事件というものは忘れられるのも早いもんです。個々の被害者にはそれほど大きな被害はないし、何年もたって貨幣価値が変動してしまうと、実感が薄れてしまうんですね。しかし、当時は大さわぎでした。なにしろ三十六年の十二月から二年間に三百四十三枚という大量枚数がバラまかれ、通貨の信用にかかわる事件となってしまったからです。それが原因で、千円札のデザインが伊藤博文（いとうひろぶみ）にかわったんですからね。捜査の規模も警視庁では二千五百人以上の人員と五千万円をつぎこんでいます。いったい、ニセ札の発見が遅れるのは、つかまされてしまった者が届け出ても、めんどうな取調べを受けるだけで、一文のトクにもならず、だれも金を返してくれないところにあったわけですが、この事件ではあとのほうになって、届け出た者に三千円、さらに一万円もの報償金を出した。まったく異例の事件でした」

「たしか中学生が発見して報償金をもらったら、クラスメートのやっかみを受けて登校拒否症になったとかいう事件を思い出しました」

「われわれサツまわりの記者も、クビがかかっているという気持でした。記者クラブは七社会といいましてね、毎日ネタはないかと待機してるわけです。そ知らぬ顔で花札や麻雀などやってね。本社から電話が入る。『A社のやつが早版の交換を断わったが、ガンペイに関係したことだとまずいから、ちょっとさぐってくれ』とか、『B社の動きがおかしい。もう一回印刷所をまわってみてくれ』とかの指示が出る。気づかれちゃ大変だから、何気ないふりして麻雀に戻りますが、そのうち一段落するのを待って、トイレにでも行くふりをしてとび出す。まあ、大事件のときはいつもそうですが、あのときは長丁場ということもあって、本当に神経を使いましたよ」

「範囲が広かったという記憶がありますが?」

「東北、関東、中部の順でね。じつに精巧なやつを慎重に使っていた。警察が特徴を発表すると、すぐ修正してくるんだからたまらない。しまいには警察も秘密主義になってしまいましてね。めったに情報をリークしなくなった。新聞記者と親しくなった刑事はガンペイ特捜班から外されてしまうというさわぎ。こっちも必死だから、ちょっとした情報にもすぐとびつく。国際偽造団とか何とか、いい加減な記事がずいぶん出たもんですよ」

「印刷関係者はどの程度調べられたんですか?」

「基礎調査といってね、昭和初期から東京で技術をみがいた者が五万人もいるんだが、その一人一人についてカードをつくっているんですよ。ここにメモがあるが、本籍、現住所、営業所または勤務先、氏名、生年月日、凸版、凹版、平版その他の業種別、写真製版、修正その他の技術別、経歴年数、備考……といった内容です」

「ずいぶん詳しいが、東京だけというのはどういうことでしょうか?」

「印刷が史上最高の出来ばえだから、東京の職人という目星をつけたんですよ。見れば見るほどホンモノのように思えたほどです。何しろホンモノと同じ工程で作られたんですからね。ただ一つ、用紙が印刷用紙で、紙幣用に特漉(とくずき)されたものとはちがうんです。だから、発見はほとんど地方の銀行支店とか、日銀の行員でしたね」

「森田一郎の名がうかんできたのは?」

「三十七年の四月に、ニセ札が東京で発見されてからです。それまでは秋田と福島両県で百二十五枚も発見されたが、ローカルな事件だと思っていたら、いっきょに東京へやってきたんです。私が七社会に配属されたのは五月ですが、そのときにはリストにあがっていたようですね。もっとも、はっきりと書くわけにはいきませんでしたが」

「どういう点が疑われたんですか?」

「ええと、ここにメモがありますが、まず第一に本人が行方不明になっていること」

「いつから行方不明になったんですか？」

「三十四年秋ごろとしかわかりません。もう一人、森田一郎の雇っていた職工も行方不明なんですね。これもあやしいということになったようです」

「足の悪い人でしょう。どうも気になるんですが、何という人だったんですか？」

「わからないんです。印刷所には三畳ぐらいの部屋があって、そこに寝泊りしていたようなんですが、神保町地区の人たちに聞いても、名前を知らないんですね。住民登録もしていない。このチ－37号事件は外国人の存在も取り沙汰されたことがありますが、私もその線と関連があるのかな、と考えたことがあります」

「印刷所へ行ってみたことがおありですか？」

「もちろんです。あれはたしか救世軍の裏あたりで、地番は神保町二丁目でしたね。路地の奥のボロ屋で、一階には旧式の平圧式印刷機、二階には馬があって……」

「馬ですって？」

「ああ、活字棚のことですよ。当時の印刷屋は植字のことをチョクジと言ったりして、独特の用語が多く、すっかり馴染んでしまったもんですよ。出版部に関係するようになったのも、そうした因縁からです」

「印刷所では何か見つかりましたか？」

「とくにあやしいところもないんですね。ニセ札は凹版印刷やダルマ印刷機が用いられたということですが、そんなものはないし。職工の寝ていた煎餅蒲団がカビ臭くなってましたよ。破目板が真黒くなっているほど古い建物でね。床は印刷機を入れるためか新しく補強してありましたね」

須藤は池田の示した概念図を見たが、とくにピンとくるものはなかった。

「独自に取材はなさらなかったんですか?」

「一応はやりました。家屋の持主は、地元に古くからいた荒物屋でしてね。戦後間もないころから森田に貸していたんです。家賃は最初のころは三百円ぐらいだったのが、失踪のころには五千二百円になっていて、だいぶ滞納していたらしく、荒物屋では怒ってましたっけ」

「何という店です」

「ええと、柾木商店です。その後、なにかのついでに寄ってみようと思ったら、店はなくなっていましたね。十年ぐらい前のことです」

「ほかには、どういうところを取材なさいました?」

「同業者とはほとんど交流がないので、やむなく森田一郎と取引のあったところ、つまり印刷の発注をしたところはないかと、中小の出版社をずいぶん調べましたよ。しかしふしぎにそちらの方面の仕事もしていないんですね。広告やチラシもやっていない。自分のところで一時出していたエロ本の印刷だけということのようでしたね」

「森田の出版活動は、実質的には二十九年ごろ終ってますが、その後約八年間もなぜ開店休業の印刷所を置いていたんでしょう?」

「そこですよ、私があやしいと思ったのは。警察だって、そのへんは考えた筈なんですがね。しかし、なにしろ物証がまるでないんです。紙やインクを発注した形跡もなければ、手がかりとなる形式の印刷機もない。じつはニセ札には特殊なヘラの跡があって、有力な手がかりとされたんですが、そんなものを残していくほどの阿呆でもないし……」

「わかりました」と、須藤は手帳を閉じながら言った。「最後にもう一つうかがいたいんですが、池田さん個人としては、森田はクロだとお思いですか」

元記者は腕組みをすると、深く息を吸い込んだ。

「あのころは七分三分の割合でクロだと思ってましたがね。なにしろ奇怪な点が多すぎるんです。しかし、その後この事件についてふれた本を読むと、ほかにもずいぶん容疑者がいたんですね。群馬県の某とか……。何年か経って、森田の出版のほか、多彩な経歴について知ったわけですが、いわばアングラ文化人とでもいうべきところがあって、他の容疑者とはタイプがちがいます。正直いって、よくわからなくなりましてねえ」

「じつはニセ金についての本を読んだのですが、引き合わないということが書いてある半面、検挙率は五〇パーセントと低いんですね」

「引き合わないというのは、直接の投下資本は取り戻せないということですね。このチ－37

号にしても、最初六、七十万円の資本が必要といわれました。それに対して三百四十三枚しか使ってないから、半分しか回収していないことになりますね。しかし、すでに所有している機械があるのなら丸もうけです」

「たしか無期か三年以上の懲役でしたね」

「そうです。時効は十年。もう切れてます」

「つかまる可能性がフィフティー・フィフティーとなると……」

「私はこの事件は複数による綿密な犯行で、従来の犯罪者タイプとはちがうと思います。ふつうのサラリーマン的な感覚の人という可能性もある。戦後も十数年経ったころから、犯罪者のタイプもいわば多様化してきますから、それまでの常識では律しきれなくなるんです。しかし——あらゆる犯罪が成り立つには、情熱が必要なんですね。直接の動機が何であれ、実際に手を下す原動力となるのは情熱ですよ。どこかに突出(とっしゅつ)したところがないと、精巧なニセ札を苦心して製造し、二年にもわたってコツコツ三百何十枚もバラまくなんてことはしないものです」

「なるほど。たいへん参考になるお話をありがとうございました。ところで、当時の捜査官を誰でもいいからご存知ありませんか?」

「さあ、私の親しかった人で、いまでも喋ってくれそうな人は……、亡くなった人や消息を知らない人が多いですからね。一人、あのころ四十代の人で楢橋(ならはし)という人がいましたね。取っつきは悪いが、温い人柄でした。警視庁がマスコミ対策をきびしくしたときも、何かと便宜をはかってくれたもんです。足利署に重要なホシが挙げられた時も事前にリークしてくれましたが、それが原因で下ろされてしまって……。いま健在なら、七十近いですがね。まったく、あの頃の警察は広域捜査が不得手で、県警同士が足の引っぱり合いを演じていましてねえ」

「──また、何か思いついたらお電話させてもらいます」

三時の茶を飲みにくる人々で、ロビーは賑いはじめていた。

7

翌日は定休日だったが、須藤は在庫目録をつくるために早くから店へ出て、正午を過ぎたころ、俚奈を伴い、ライトバンで碑文谷に向かった。彼女から〝時の人〟にぜひ逢いたいとせがまれたからだ。

車内で、彼はニセ札と森田一郎の関係について、概略を語って聞かせた。

「社長、あまり深入りしすぎない方がいいわよ。その人、だれかに消されたんじゃない？」

「まさか。それはテレビの見過ぎだよ」須藤は否定したが、あまり自信はなかった。「神出鬼没の人物だからね。どこかに隠れているか、それとも病死しているか」

「病死なら、警察に名前がわかるはずよ」

「必ずしもそうとは限らない。それに森田一郎が偽名だとしたら、永久にわからないだろうね」

「怪人二十面相のような人だわね」

「二十面相か。陳腐だが、そうとしか言いようのない人物だな」

「そんな相手に勝てっこないわ。まさか明智小五郎気どりじゃないんでしょうね」

「そんなことはないが、リッチな依頼だからね。手がかりだけでも摑みたいんだ」

「いい加減のところで妥協できないのが、社長の性分だからねえ。もっと商売気を出しなさいよ」

「出すと深入りということになるんだ」

「どうだか……。でも、万一相手が生きているとすると、よほどの事情があるのはたしかだから、ヤバイわよ」

「女の子がそういう言葉をつかうと、意外に実感があるね」

須藤は苦笑したが、このとき嫌な予感がした。

碑文谷に着いたのは一時すこし前だった。地区センターはお役所風の二階建てで、玄関脇に「文芸講演会、講師永井路太郎氏（作家）、演題『私の愛と死』、午後二時～四時、入場無料」と看板が立っていた。

会場は二階の集会場で、椅子が百脚ほど並べられていたが、聴衆はまだ一人もいなかった。わずかに右手前方の司会者席に、センターの係員らしき男が緊張した表情で旧式のテープレコーダーをテストしていたが、須藤と俚奈を見ると、警戒するような表情で言った。

「どちらからおいでですか？　碑文谷の方ですか？」

「神保町の本屋です。先生にサインをもらいたいと思いまして」

「そうですか。それなら……」

二人は最前列に坐った。

「これはどうだい」

須藤はポケットから古い文庫本の『星あかり』を取り出した。

「わあ、意外と用意がいいのね。でも、こんなに汚れていては、気を悪くしないかしら？」

「座右の書といえばいいさ。それよりも、気のきいた質問の一つも考えておいたほうがいいな」

二十分ごろから、ボツボツ聴衆が集まりだした。カメラマン風の男が入ってくると、係員が断わろうとして、押問答となった。

「だれでも入場できるんでしょう？」

「写真をとっては困ります。先生から厳しくとめられているんです。私どもの立場もありますから」

カメラマン風の男はなおも文句を並べていたが、思い返したように出ていった。

「きっと、この会はスキャンダルが発覚する前にきまっていたんだよ」須藤が推理した。

「刑事問題だし、主催者としては断わりたかった。だが、永井路太郎のほうでは〝逃げた方が負け〟という頭があるから、頑張ったんだろう。これはおもしろいことになるぞ」

定刻十分前には、係員が四人に増えた。聴衆席はほとんど満員である。主婦が半分ぐらい、あとはサラリーマン風が多い。多くの人たちは、永井路太郎などという過去の作家について、何も知らないのではなかろうか。ただ、地元名士がスキャンダルを起こしたというので、好奇心からやってきた。テレビのアフタヌーン・ショーでも〝女の事件〟としてとりあげたようだから、知名度は高いといわなければならない。

二時を五分ほど過ぎたところで、永井が姿を現わし、センターの係員がコチコチになって開会の挨拶をした。

「……先生は文壇歴五十数年、いまなおその中心にてご活躍中で作品数も多く……目下ライフワークをご執筆中にて……今回はとくにご多忙中のところをおいで頂きまして……なにとぞご静聴を……なお、写真撮影は先生のご希望にて、固くお断わりします」

永井は写真から想像したよりも小柄だったが、健康そうな赤ら顔で、鋭い目つきと意志の強そうな口もとが印象的だった。一礼すると聴衆を傲然と睨みまわし、老人特有の甲高い声で喋りはじめた。

「私はこの四月に八十歳になります。四十にして惑わず、五十にして天命を知る、六十にして耳順う、七十にして心の欲する所に従えども、矩を踰えず、などと論語にあるが、その先は書いてない。人生七十古来稀なりというくらいだから、八十から先のことは考えなかった。頼りないもんですよ、淋しいもんですよ。日本には、西の山八十の坂は高くとも猶登るべき峰ぞ遙けき、という歌がありますがね。これは強がりであって、もう階段を登る気力もありません。いつおむかいがくるのか、わからんという状態なんです。

　年をとると、まず感じるのが孤独。もう一つは時間の長いことだ。いつまでたっても日が暮れない。一人でじっと坐っておって、だれ一人話相手がないというのは、若い人にはわからん辛さですよ。だいたい七十五を過ぎると同年輩の友人がほとんどいなくなる。八十を過ぎると兄弟すらもいなくなってしまう。子供はいますがね、親がいつまでもくたばらないのにしびれを切らして、寄りつかなくなります」

　聴衆は静かに聴いているが、時折かすかにシャッター音が聞こえた。壇上からは見えないのだろうか。

　永井は年齢に似合わぬ精力的な話しぶりで、よかれ悪しかれ、まだ枯れていないという印象を与えた。命が旦夕に迫ったことを強調する老人ほど、この世への執着が強い。自ら老兵などと称しながら、体力も壮者を凌ぐ例がある。

しかし、永井の話の内容は、いかにも老人らしい繰りごとが多く、筋も混乱していた。——だれからも毛嫌いされる老境にあって、唯一の拠りどころといえば夫婦関係である。中国の書物に「糟糠の妻は堂より下さず」とあるのは、貧窮を共にした妻を生涯大切にすべきであるとの教えだが、これは利害関係のない間柄というものが、いかに尊いかを示している。金や地位ができてからの人間関係は、どうしても利害がからむものだ。表面(うわべ)は猫なで声で、内心は「このヒヒおやじ、早くくたばれ」と思っている。しかし、夫婦とはむずかしいもので、そうなってはいかんと努力していても、惰性的になると利害中心の人間関係とかわらなくなってしまう。ここで必要なのは夫の甲斐性である。ぬかみそも月に一度は底からかきまわさなければ死んでしまう。ぬかみそくさい妻にもふだんのアフターケアが必要だ。そうでないと、近ごろの女房族のように、定年を待っていたかのようにいきなり「私にも定年をください」と言い出し、慰謝料を手に入れてドロンしようとたくらむようになる。もともと女というものは粘土のようなもので、男の指先一つでどのようにでも柔くなりもするし、一日水をやるのを忘れていると、すぐ干(ひ)からびてカチカチになってしまう。かよわい陰花植物のようなもので、自然のできそこないである。自然である以上、モラルからは超越したもので、ラ・ロシュフコーが『女が貞節なのは必ずしも貞節からではない』と言ったのは、非常な洞察といわねばならない……。

俚奈が居眠りをはじめた気配に、須藤はあわてて腕を突いた。

「ときどき頷くんだ」

「だって、頷くようなところ、ないもん」

「しっ」

そっとあたりを窺うと、二、三の主婦がさかんに合点合点をしている。これはいけない、目立たなければ来た甲斐がないと、須藤はさかんに頭を動かしはじめたが、そのうち瞼が重くなってきた。

気がつくと、拍手が終って講師が額(ひたい)をぬぐっているところだった。係員は早く散会にしたいという素振りをあらわに示しながら、聴衆に質問を促した。

最初に中年の主婦が手を挙げて、家にいる老人が孫と折り合いが悪いけれども、どうしたらよいかという質問をした。それをきっかけに同じような質問が二つ、三つ出た。みんな、似たような悩みをかかえているのだ。最初に予想された雰囲気とはだいぶかけ離れたものになった……。

そのとき、中年の男がやおら立ちあがった。

「先生に伺いますが、老人は——その、いつまで恋愛能力があるんでしょうか。ご経験にしたがってご教示願いたいんですが」

失笑が起こり、つぎの瞬間、会場の空気がピンとひきしまった。

「老人とセックスのことかね」永井はあっさりと受けて立った。「そりゃ、あんた、パスカルもいうように『恋愛に年齢はない』。早い話が、あんただって、まだおしまいじゃないんだよ。もう少し顔を洗って、ひげでもそって、いい服を着れば、一割がた男っぷりがあがるかな。まあ、四十五まではなんとかなる。私なんか六十になるまで、女性のほうからお願いに来たもんだよ。それ以後も、本人はＯＫさ。しかし、人間は美意識を失ってはだめだね。ラ・ブリュイエールもいうように、『色気づいた老人は自然における大なる奇形である』。したがって、わからんようにやればいいんだ」

笑声の中で、中年男がいささかムッとした顔付きで再び質問に立とうとしたとき、俚奈が手をあげた。

「ハイ、そこのお嬢さん」

「あの――」俚奈は立ちあがったが、質問を用意していないことは明らかだった。「それで……ええと」

須藤は係員が制止しそうな気配を見て、咄嗟にうかんだことばを囁いた。

「陰花植物、陰花植物」

「あのう、陰花植物って、どういう意味でしょうか」

爆笑。須藤は思わず目をとじた。しかし、意外にも講師は上機嫌だった。

「そこがお嬢さんの気にいらなかったんだね。一種のたとえですよ。文学的比喩。わかる？いまや生活者としては、男のほうが無能力で、どちらかというと陰花植物になりさがりつつある。もともと男は法律や社会的習慣の庇護がないと、弱い動物でしかないんだね。そのことはセックスの行為にもあらわれていて、私の体験によると……」

係員が小走りに駈け寄り、腕時計を示した。講師は話の腰を折られて不快気な顔をしたが、

「残念ながら、時間だそうです。超過勤務はないそうですから、これで」

型通りのお辞儀をすると、さっと引っこんでしまった。

8

それから三十分後、須藤と俚奈は永井の家の書斎に案内されていた。もうほとんど仕事をしないのか、一閑張の机の上はよく整頓されている。縁側からは午後の明るい陽ざしが入りこんでいた。

「さあ、ゆっくりしていきなさい。そうか、親子じゃないのか。そういえば全然似ておらんな。顕花植物と陰花植物だ。はっはっはっは」

お手伝いらしい若い女性に紅茶を用意させると、永井は須藤の名刺を見て、そのかみ神保町の露店をひやかした思い出を語った。

「昭和の初めだ。あんたたちは知らんだろうが、神田小唄という歌があった。――肩で風切

る学生さんに、ジャズが音頭とる神田神田神田神田、屋並屋並に金文字飾り、本に言わせる神田神田神田――、夢だねえ。聖橋とか、ニコライ堂といった固有名詞が、いまでいえば原宿、六本木といった地名と同じ響きをもっておったんだからね」

「モボだったんですね」

「いや、山梨から出てきた田舎者だからね。一人前の顔して遊んだが、いまから考えると恥ずかしいもんだ。そのころ、私の下宿は四谷大番町、いまの新宿区大京町にあってね。日曜日の午後など暇なときは神田くんだりまで散歩に出かけたもんですよ。駅前にプランタンというカフェーがあってね。そこが新思想の同人の溜まり場だった。いまは名前も知られていない作家が集まってね。沢井一真、篠村一覚、古賀譲、岡村憲二などという、才能ある連中がうようよしていた。まだ十代の者もいたね。昭和三年の共産党検挙に引っかかったやつもいるし、中国で戦死したやつもいる。あのころは――」

「戦後の神保町はご存知ないんですか?」

「知らんわけじゃないが、そのころ私はもう四十代の後半でね。そう、今のあんたと同じくらいの齢だよ。大学の講師を二つ三つかけもちしていた関係で、ときどきは本屋廻りはしたもんだよ」

「先日あるところで」と、須藤は慎重に言った。「神保町をめぐる作家たちという話題が出ましてね。そのとき水木会の思い出話がありました」

「――水木会？　ああ、ずっと昔のね。そういえばしばらく忘れていたなあ。しかし、いったいだれがそんな思い出話を？」

「木曾川建一氏です」須藤はじっと相手の眼鏡の奥をすかしてみたが、何の表情も読みとれなかった。

「木曾川――。懐しい名前を聞くね。いまどうしている？」

「元気でしたよ。もうお孫さんもいて……」

「そうだろうな。私が水木会で会った頃はまだ金ボタンの学生服を脱いだばかりの頃で最年少だった」

「どういう関係で水木会に入ったんですか？」

「よくは知らんが、たしか岩井慎一郎の弟子、いまでいうアルバイトじゃなかったかな。フランス文学の下訳をやっておったが、本のことに詳しくてね」

「学生時代から蔵書家だったんですか？」

「いや、きみ、あのころの学生なんかいまにくらべれば貧乏で、岩波文庫さえやっとという状態だよ。だから古本屋街が賑わったのかもしれんな。やつが学校を出てから、多少とも本が買えるようになったのは、資産家の娘をもらったからだ」

「美人で金持の娘というわけですね。木曾川というのは、そんなに魅力のある男だったんですか？」

「いや、どこといって取柄のない、ただ本が好きな、まじめな青年というだけのことだった」

須藤は考えこみながら、庭に視線をうつした。額入りのヌード写真が脳裏をよぎった。あの写真と〝資産家の娘〟はどこで交差するのだろうか。

「木曾川氏の奥さんは、いまどうしているんですか？」

「死んだ――いや、死んだという噂だね」

「へえ、いつごろです？」

「昔のことだよ。もう、かれこれ二十五年ぐらい前になるかな」

「自殺ですか？」と、俚奈が頓狂な声で叫んだ。須藤はあわててとりつくろおうとした。

「いや、自殺ということはないでしょう。病気ですか？」

永井はじっと須藤と俚奈を見くらべていたが、やがて押し殺したような声でいった。

「あんたたちは何だね。木曾川のことをほじくり返してどうするのかね。文学の話というから、その気になって話をしたんだが、どうやらちがうようだね」

「じつのところ」須藤は必死になって活路を求めようとした。「私たちは、ゆえあって森田一郎のことを調べているのです。戦後間もなくの雑誌でその人のことを知りましてね。うちは古本屋ですが、出版もしてみたいと思いまして、『東西愛書家列伝』とか『異色出版人列伝』といった企画を考えているんです。森田という人に何となく惹かれて……。これは本当です」

「森田という男は愛書家でも出版人でもないっ」脳天からしぼり出すような大声だった。「あれはごろつきだ、封印付きだ、外道だ――」

須藤は永井の両手が小きざみに震えるのを見た。廊下に小走りの足音が聞こえて、さきほどの女性が顔を出すと、永井は呻くように言った。

「薬を……」

女は部屋の隅にある手文庫の中から、白いカプセルを二、三錠とり出すと、なおも震えている老人に手渡そうとしたが、うまくいかず、下に落としてしまった。

「さ、アーンして！」

女が命令するように言うと、老人は顎をガクガクさせながら口を開いた。そこへ手早くカプセルが投げこまれた。

「だいじょうぶですか？　おやすみになったほうがいいのでは？」

俚奈が傍へ寄って、カップを片付けながら心配そうに言うと、老人は一つ大きく息をしながら、意外に平静な声で言った。

「すまん、お嬢さん。まったく醜態を演じてしまった。なあに、この程度ならすぐおさまる」

女は老人の膝に毛布をかけ、ストーブの炎を調節した。

「申しわけありませんでした」須藤が立ちあがった。「また出直してまいります」

「まあ、まあ、いいからお坐りなさい。老人はこれだから嫌われるんです。長く生きるということは、自然に反することなんだな。こんなカプセルに頼らなければ、もたないんだから」

しばらくのあいだ、老人は瞑目し、かすかに息をついていた。蒼白い顔色に、やや生気が戻ってきた。女はそれを見とどけると、空のコップを盆にのせて下がった。

「——私は生涯に三人の妻をもった。その二番目の家内には、三つちがいの妹がおってな。気だてのよい子だったが、——手っとり早くいうと、森田の背信行為が原因で自殺してしまったんだよ」

「自殺ですって？」

「あれは昭和三十二年の二月だった。あき子は——これが義理の妹の名前だが、横須賀線の保土ケ谷駅で飛びこみ自殺をした。最初は身元がわからず、私もそんなこととは夢にも知らなかったが、行方不明の届けが出ておって、二日目に私のところへ照会があったんだよ。無惨な死に方でね」

「失礼ですが、先生の奥さまはそのときおいくつですか？」

「三十と……三か」

「妹さんはちょうど三十歳ですね。もう結婚していらっしゃったんですか？」

「そう。人妻だった。——ところで、きみは木曾川から何も聞いとらんのかね？」

「妹さんのことですか？　いいえ」

「それなら、わしの口からは言えんな。少なくともいまは言えん」

老人は急にガードを固くしはじめた。須藤は心の中で舌打ちし、挽回を試みた。

「しかし、あの方は普通の人よりオープンなところがあるという印象を受けましたが」

「オープン？」老人は鼻を鳴らした。眼鏡の奥は窺いにくいが、須藤をうさん臭く思っているのはたしかなようだった。「どういう意味か知らんが、あの男は性分からいっても決してオープンではないからな。若いときの性格が、いまごろになって変るとも思えん。あれはじつに陰険な男なんだから。用心せにゃいかんよ」

「……」

「用心といえば、森田にもあてはまることだ。何といっても外道だからな」

「しかし、もう亡くなっているんでしょう？」

「え？　そうそう、とっくに亡くなっておる。さっきから聞こうと思っておったんだが、あんたは森田について、どの程度知っておるのかね？」

「どの程度って……白紙同然ですよ。だれに伺っていいのやら、まったく雲をつかむような人ですからね」

「それなら、雲を仰ぎ見るだけでやめることだな。近づいて雲の中に入りこんだところで、水滴を見るにすぎない。ロマンといい美というが、畢竟(ひっきょう)距離ということにすぎない。――これはだれの名言だったかな」

「わかりました、よく考えてみます。それでは……」

須藤は挨拶するために立ちあがった。そのとき、いままで縁側からの照り返しで見えにくかった、長押（なげし）の上の写真が目に入った。おそらく永井が新婚時代における文学同人の集まりであろう。中年の永井と、ずっと齢の若い妻が、同人たちに囲まれていた。

その妻の顔を見て、須藤は息を呑んだ。

あの、ヌード写真の女性だったのである。

第四章　指紋のない男

1

印刷の用語には、どうして、「原稿を突っこむ」とか、「ゲラ刷り」とか、「ゲタをはかせる」とか、「なめ」とか、「ぶらさげ」とかいう、上品でないことばが多いのだろう——。

かつて、ある画家がこのような意味のエッセイを書いていたことを、須藤は思い出していた。

印刷所に一歩足を踏み入れてみると、そこはきれいごとの世界ではないことがわかる。まず印刷インキを扱うから、壁も床も職人の作業衣も、黒くよごれている。紙も一冊一冊の判型に断たれる前の全判という大きさは、一辺が一メートル近くあり、それを千枚単位の重量で取引するのであるが、五十キロから百キロもある。大きな紙に刷るには大きな機械が必要だ。輪転機のごときは、特別な倉庫のような建物が必要だ。大きな機械は大きな音をたてる。

騒音は、印刷にはつきものである。活字の鑽孔機を打つ音、活字鋳造機から活字が打ち出され、自動的に組まれていくときのすさまじい音、オフセット印刷機や輪転機の回転音、これらの機械の作動開始をつげるけたたましいベルの音……。

輪光堂は、神保町から徒歩で五分ほどの、水道橋に近いところにあった。従業員百人余りの中堅企業であり、活字鋳造からオフセット製版、印刷までを手広く行なっている。

「そんな昔の話ですか？」応待に出た長沢という営業課長はしばらく考えていたが、「活版の係には四十代以上の社員がいますが、三十年近い前の話とすると、四十五以上ですかねえ。そうすると……。ちょっとお待ちください」

十分ほどしてから戻ってきた彼は、活字鋳造の係が知っているかもしれないと言う。案内を乞うと、三階の作業室に連れて行かれた。

狭い室内に何台もの機械が置かれ、鉛を溶かす臭いと活字を鋳込む金属音で噎せかえるようだ。

係の名は龍之口といい、おだやかな顔をした小柄の男であったが、親切に応対してくれた。

「はっきり覚えていないが、むかし救世軍の傍にあった、何とかいう印刷所でしょう？」

「場所はそのへんと聞いてますが」

「わたしは中学を出て印刷工になったんだが、最初は九段にあった印刷会社に入ったんですよ。ところが、そこによく足の不自由な人が、活字を買いに来てましてね」

「ちょっと待ってください。あなたが以前に勤めていた印刷屋は、何ていうところですか？」

「小さなところで、白川活版所といいますがね。十年以上まえにつぶれちまいましたよ」

「足の不自由な人が来たというのは、いつごろのことです？」

「さあ、わたしが入る前からのようですからね。丁度、営業の人が留守で、私が応対したことがありますよ。それが二十六、七年じゃなかったでしょうか。とにかく、その人は口がきけないんですよね。だれかの書いたメモを持ってくるんですが、『姦』とか『艶』とか『閨』とかいう字が多いんで、ああ〝ワ印〟だなとわかりましたね。もしかしたら、私が応対したのが最後じゃなかったかなあ。それまでどこの人か知らなかったので、場所をきくと、一生懸命に神保町の方角を指してね、つぎにこうやって太鼓をうつまねをするんですよ。それだけじゃわかりませんよね。わたしが変な顔をしていると、ハーモニカを吹く真似をするんです。田舎出の私は戸惑うばかりでしたけど、だれかが『救世軍の傍だよ』と助け舟を出した。そうしたら、その人、涙ぐんでましたね。遠いむかしの話だが、忘れられませんね。――ちょっとごめんなさい」

龍之口は右の上にあるレバーを押した。溶けた鉛が斜め左下に向かって少しずつ流れ出し、用意された真鍮型の活字母型へと入りこみ、すぐに何本かの活字になって出てきた。じつに巧みな装置であるが、油圧式の、一昔前の概念でつくられた機械で、須藤のような素人の眼にも、こうしたものが写植に変わっていくのは時代の必然に思われた。その場合には、龍之口のような熟練工も消えていくのだろう。

「その人が持ってきた、メモの字体を覚えていませんか?」

「そりゃ、無理だね」

「その人の特徴をもうすこし思い出してもらえませんか?」

「小柄で、背はわたしのこのへんかな」と、彼は自分の顎のあたりを指した。「坊主頭で、蒼い顔をしてね。粉がふいたように白っぽい顔だったね」

「足はどっちが不自由だったんですか?」

「ええと、そういわれると……」龍之口は後向きになったり、再び振り向いたりして足をひきずる真似をしていたが、「たしか右足じゃなかったかなあ」

「けっこうですよ。つまり、身体障害者のうえ、不健康に見えたということですね」

「あの人はその上に職業病じゃなかったのかなあ」

「というと?」

「いや、植字工にはよくあったことですけどね、鉛を扱うもんだから、鉛毒にかかるんですよ。貧血になったり、歯の肉が青くなるんですよ。胃や腎臓も悪くなる。ひどいときには幻覚症状もおこるそうですね。わたしも二十代に腹痛に悩まされましてね。鉛疝痛(なまりせんつう)っていうんですが、冬なんか辛いもんでしたよ」

「その人は明らかに鉛毒とわかりました?」

「わたしも当時は小僧っ子だからねえ。はっきり観察できたわけじゃない。しかし、その後、ニセ札事件があって、刑事がしつこく印刷所へ聞き込みに来たとき、営業の者が『あの人は指紋がなかった』と言っていたのを耳にしましたからね」

「指紋がなかった！　本当ですか？」

「たしかにそう聞きました。ずいぶん可哀そうな人だと思いましたよ。じっさい、子どもの時から活字をひろっていた人には、そういう人が多かったもんです。いまは健康管理に気をつかっているし、全体に栄養もよくなっているので、鉛毒はほとんど見られませんがねえ」

「ほかに、その人について何も聞いていらっしゃいませんか？」

「それだけですね」

須藤は機械音に頭が痛くなって、室外へ出た。

2

「三十年前と、機械の原理そのものは変りません。ただ、施設が近代化というか、よくなっていますね」

長沢は一階の製版室に須藤を案内した。暗室に大きなカメラと、オートメーションの現像設備があった。

「現像液が補充されて、疲れてくると新しいものが補充されるんです。ここで撮影したネガを拡大して修正し、それを印刷指定通りの寸法にして亜鉛版に焼きつけます。これを腐蝕して凹凸を出すには硝酸を使います」

「だいぶ臭いますね」

「腐蝕製版に特有の臭いです。この大きな槽の中に入れて十分間ほど腐蝕すると、ここに出ているような版ができます」

週刊誌の漫画とおぼしき版が、左右逆になって出ていた。インキの乗らない個所は腐蝕されて凹んでいる。

「これが凸版で、凹版の場合はインキの乗る個所が凹んでいるわけです」

「この装置は何ですか?」

須藤は腐蝕槽に付いている小さなタンクを指して質問した。

「これは添加剤で、オイルと水ですよ。この混合比率が、少し前までアメリカの特許だったんです。添加剤を入れないと、うまく腐蝕できないんですね」

「その向うにあるのは?」

「あれは使用ずみの廃液を、そのまま捨てるわけにはいかないので、中和槽を使って亜鉛を除いてから、PH(ペーハー)を検査して放水しているんです」

「こう見ると、たいへんな施設ですねえ。むかしの町の印刷屋はどのようにしていたんでしょうか?」

「むろん、公害防止施設なんかありません。要するに、すべてが手作業ですね。亜鉛版の腐蝕も、小さな水槽の中でゴム手袋をはめてやっていたんでしょうね。わたしは世代的には新しいですから、そのころのことはよく知らないんですよ」

「版の出来さえよければ、印刷機の性能は二の次なんでしょう?」

「そうですね。能率が上がらないだけですよ。一枚一枚刷っていて間に合うなら、極端な話、ダルマ印刷機のようなものでもいいわけです」

須藤は考えこんだ。やはり、腕さえあれば簡単な施設でも可能なのだろうか。

「むかしは印刷の技術をもった人が、趣味でニセ札づくりに挑戦、というケースもあったそうですね」応接間で、彼は四方山(よもやま)話めかして言った。

「趣味というか。ちょっとイタズラに二、三枚つくってみるが、むろん使う気はない、といったことはあるんじゃないですか。ただ、何枚もつくるということは経費がかさむし、やはり実益ですね。十年以上前に大分市の印刷業者が、五千円札を十億円分も刷って、使う前にバレた事件がありましたが、この人なんかカーキチで、モデルガンを改造したり、ニセ軍票をつくったりしていたということを読んだ記憶があります。やはり、そうした性格の持主じゃないでしょうか」

「それと、事業に行きづまるとか、経済的動機がからむんでしょうね。それはともかく、ここにニセ札が一枚あるとして、プロの印刷屋さんが見たら、どこの紙、どこのインキ、どこの機械とわかりますか……」

「特徴のあるものならわかるかもしれないが、ありふれた紙などは無理です。インキもそのまま使うことは稀で、配合しますからね。機械の癖というものも、わからないものです。元来、印刷というのはあらゆる癖や偏りをなくして、きわめて標準的な、規格に合った文字や紙を提供するという発想にあるわけだから、そう簡単にはわかりませんよ。まあ、活字がどこのものということぐらいは絞れますが、写真製版となると、いまわたしがここで写真をとって製版しても、日銀で製版したものと同じ理屈ですから……」

「しかし、技術のない一般の人は無理でしょう？　製版技術、印刷技術はある程度年季が要るんでしょう?」

「もちろんですが、今は機械がオートメ化されているので、かなり短縮されてますよ」

「三十年前は?」

「そのころは、まだ徒弟奉公して、長い年月修業するというパターンだったでしょうね」

「ニセ札づくりは引き合わないといいますが、そうともいい切れないようですね」須藤は先日らい思っていることを口に出してみた。

「引き合うという意味を収支償うという意味とすれば、印刷設備に経費、手間賃、人件費などを考えて、ペイするのは大変ですよ。今は機械が良くなっているから、値段も高いです。

一万円札を百枚使いきるのは、大変なことですよ。しかし、三十年前という時点をとってみると、旧式の、それも減価償却が済んでしまったような機械を使って、千円札を百枚も刷り、全部使ったとすれば、それはそれで引き合ったのではありませんか？　ほかに世を騒がすのが主な目的の場合もあるでしょうし。そうなると引き合うということばの意味が微妙になりますね。ましてニセ札事件の検挙率はあまり高くないということですから……」

帰りぎわに須藤は鑽孔機を見せてもらった。約二千三百字の漢字キーを備えた大型のワープロのような機械に向かって、数人の係が相当な速さで原稿の文字を打ちこんでいた。ワープロとちがうのは、紙テープに文字の記号が、一定の孔の排列によって記録されることで、これが別室の活字鋳造機にかけられると指定の活字をその場で自動的に鋳造して組むことになる。ちなみに鑽孔のスピードは一日に二万三千字ぐらいで、早い人は一冊分打ちあげてしまう。活字鋳造機のほうは一分間に百四十字ぐらい、校正はまったくの手作業で、比率はぐっと落ちる。このへんが最後まで合理化のむずかしいところだが、いずれにせよ活字を最初から指でひろって組むという方法は過去のものとなってしまった。——指紋のない印刷工が、薄暗い裸電球のもとで一つ一つ淫靡な文字をひろっているような図は、とうに過去の遺物となっているのである。

3

輪光堂印刷を訪ねた日の午後、須藤が店にいると、「いるかい?」

中森(なかもり)書店の若主人が顔を出した。この建物から五十メートルほど、神保町の交差点に寄ったところにあって、目下改築中である。須藤とは比較的ウマが合う同業者だった。

「店にいては商売にならないんだがね」

「いやいや、逆に本のわかる店主がいないと、客が寄りつかないもんさ」

「うちは、本に魅力があるから」

「言うねえ。そこまで言える店は、神保町広しといえども三軒とはないぜ」

「いや、主人とくらべて相対的にという意味さ。なにしろ、この主人が全く魅力ゼロということは、女性客が来ないということを見てもわかる」

「四階まで上がってくる客はいなくなったということさ。うちも、今度の店は四階まであるんだから心配でね。上は貸しビルだが。——ところで、用というのはほかでもない。七日に来てくれるかい?」

「七日、と。しまった、あんたのところの落成式だっけ。ここのところ、忙しくて返事を忘れていた」

「時間を少し変えたからね。招待客が三百人ぐらいになるんで、銀行や建築関係は十一時、同業者は一時に分けようと思うんだ」

「そりゃ、たいへんだね。おれはどうみても銀行に縁がないんで、一時ということだね。では出席させていただきます」須藤は抽出しの中から案内状を見つけ出し、ハガキに記入して手渡した。「それにしても、最近はビル・ラッシュだねえ。この通りは軒なみじゃない？」

「小高根書店の高層化がハズミをつけたのさ。十一年間で外観は一変したねえ」

「しかし、この不景気でいったいどうする気だね」

「頭がいたいね。まあ、先を楽しみに頑張るさ」

「地下鉄も、あと二本くるしね」

中森は、ひとしきり油を売ってから帰っていった。そのあと、須藤は溜まっていた目録の校正にとりかかった。三十分ほどの間に二人の客が入ってきたが、すぐ出て行ってしまった。

校正の終りのほうにさしかかったとき、須藤は『人間研究』という雑誌の端本があることに気がついた。原稿を永島につくらせたので、そのようなものが在庫本の中にまじっていることを忘れていたのである。彼は書棚の下にしつらえた抽出しから、それを引っぱり出した。増刊で、『日本性人物研究号』とある。『人間研究』は昭和二十五年から二十八年にかけて発行されていた、性的エッセイを主とした月刊誌で、矢田辺(やたべ)源三(げんぞう)や長橋国太郎などの仏文学者、高田久(たかだひさし)や中田清三(なかだせいぞう)のような研究者、宮森重男や伊東声羽(いとうせいう)のような画家までを動員していた。内容は『肉蒲団』の紹介やチャタレイ裁判の論評、当局者による変態性欲や性犯罪のドキュメント的紹介、南京虐殺事件や「前線兵士の性生活」といった当時流行の真相暴露式の記事など、今日から見れば幼稚だが、当時としてはなかなかの衝撃力に富んでいたもので、須藤も高校生時代に古本かゾッキで一、二冊を読んだことがある。

いま手元にある増刊号は、記紀万葉から現代まで、いわゆる色豪を俎上に乗せているが、目次を一瞥した須藤は、その中に佐藤正三の「梅原北明を論ず」という文章を見つけた。中身は、現在ではよく知られていることばかりだが、末尾の一節にちょっと気になる部分があった。

北明が鈴蘭通りの喫茶店に出入りしていたことを書いていたから、ついでに救世軍横の鳩屋にも馴染みの経営者がいたことを付記しておく。このBという男は昭和の初めにエッチング画家として売り出したが、左翼弾圧のさい転向して仲間の信義を喪い、その後技術を生かして印刷所を開いたが、事情あって工場ごと手放し、近所に喫茶店を開業したというもの。内々は秘密出版(といってもエロのほう)も手がけていたらしい。喫茶店も戦争を経て代が替わってしまったが、屋号は変わらないので、神保町を通りかかるたびに、ふと思い出される。

この記述は、森田一郎と関係がないのであろうか。たとえば、この印刷所を、戦後になって森田が購入したか借りたというような……。彼の戦前、戦中の経歴はいまだに不明だが、かりに戦後間もなく中国から引揚げ、何らかの方法で小金をにぎり、古い印刷機を買ったということは十分考えられる。

それに、この佐藤正三の記述は、よく読み直してみると北明と強い関連があるというものでもない。やはり、森田とも密接な関係をもっていた佐藤が、その絡みで一言つけ加えたものではなかろうか。

いずれにせよ、印刷所の大家であった柾木商店を探し出すことだ。さもなければ、昭和初期のエッチング画家を探さねばならないことになる。これは大変なことだ。

須藤は溜息をついて、雑誌を閉じると、目録の該当個所を抹消し、店頭にあるほかの雑誌に替えた。とりあえず、この雑誌も一つの参考資料にはちがいない。

時計を見ると六時を過ぎていた。店じまいをしようと立ちあがったとき、エレベーターの音がした。暖房中なので、店のドアは閉まっていたが、近づいてくる足音がハイヒールなのがわかった。

「ごめんください」

ドアから覗いた女の顔を見て、須藤は頭の中の記憶細胞を必死にフル回転させた。早く思い出さなければならない——相手はこちらを知っている——こちらも、むろん相手を知っている——ほら、ついこの間の——。

「いらっしゃい」須藤は頭をわずかに下げた。「この間の、岩沼さんのところでお会いした方ですね？」

「さようでございます」

女は芝居がかった口調で言うと、後ろ手で静かにドアを閉めてから、ゆっくり近づいてきた。

4

「そう驚かなくてよろしいでしょう？　もう面識はあるんですから。それとも制服のほうがお気に召して？」

「おや、聞こえたんですか？」

「そりゃあ、あんな大声でおっしゃるんですもの。閑静な住宅街ですのよ」

女は薄汚れたソファの上にハンカチをひろげると、その上に浅く腰をかけ、身体のわりには細い脚を斜めにした。黒のリブセーターの胸に、大げさなブローチが光っている。あのとき三十歳台の後半と踏んだが、近くで見ると目尻にだいぶ疲れが見える。しかし、肉感的な鼻と唇が、その欠陥を補っていた。

「なにかおもしろいお話がありそうですね」須藤はいささか気圧されて、態勢を整えようと試みながら言った。「わざわざ制服を脱いでお越しいただいたからには……」

「それほどでもありませんの。わたくしとて、いつも制服を着た役割人間を演じているわけではございませんから」

「そうですか」須藤は灰皿を差し出しながら言った。「ぼくは、制服はわりと好きですがね。一九四〇年代の外国映画で、女優が軍服姿で出てくるのは、まあ大好きとまではいかないが、このごろの服よりはいいですね。とくにあのころのスーツはいい。グリア・ガースンが『心の旅路』の中で、コールマンの秘書として出てくるでしょう？　きりっとして――」

「映画のお話は今度うけたまわるとして、あまり時間がございませんので――よろしいかしら？」

「どうぞ。もう暖房がとまる時間ですから」

「おや、それは依頼人に対して失礼じゃないこと？」

「依頼人？」

「そうですのよ。このわたくしが依頼人なんですの。あなた、本の探偵でいらっしゃるんでしょう？」

「岩沼さんから聞いたんですか？」

「そう、岩沼から」女はわざとらしくパトロンの名を呼び捨てにした。夫婦気どりなのだろうか。

「本なら、いつでも喜んでお探ししますよ」

「人は？」

「原則としてお引き受けしません」

「岩沼の件は？」

「あれは、そもそものいきさつが本探しということで、お伺いしたんですが、話の成り行きで人探しとなってしまって。しかし、まだ正式にお引き受けしたわけではありませんよ。可能かどうか、一か月の予備調査の期間をいただいてます。慎重にしてよかったと思いますね。岩沼さんは簡単に考えていられるようだが、これは大変な仕事です」

「だれにでもできることなら頼みませんわ」

「本なら多少ルートがありますから、七〇パーセントの発見率ですが、人となると……」

「自信がないのに、お引き受けになったということは、つまり詐欺でしょ」

「これはきついな。だから引き受けたとはいってません。一か月後、つまり二月の八日までにできるだけの予備調査をします。経費は余ればお返しします。公明正大じゃありませんか」

「いまのところ、いかがですの？　続行なさるおつもり？」

「そんなことをお答えする必要はありません。依頼人への守秘義務があります」

「あら、もう筒抜けですわ」女は余裕のある笑みを浮かべた。「岩沼の秘密など、ないも同然なんですのよ。なんでも打ち明けてくれるから。でも、私の秘密は必ずしもそうではありませんの。これは女として当然ですわね？」

「ぼくは、学割をふりまわす女性はきらいです」

「どうも、わたしたちウマが合わないようね。出なおしてこようかしら」

「いや——」

須藤が言いかけたとき、ドアが乱暴に開いた。

「社長！」俚奈だった。「クルマ、出るわよお」

須藤の車がいま車検中で、小高根書店の店員に最寄駅まで送ってもらう約束になっているのだった。

「ああ、ちょうどいいところへ来た。当探偵事務所の助手、小高根俚奈です」

「どうも。白石です」女は仕方なく、上半身だけ向きをかえて、いやいやながら挨拶をした。

俚奈はふくれっ面で店の中へ入ってくると、窓に近づいて言った。

「社長、開けましょうか。なんだか、すっごく空気が汚れてるみたい」

女は無表情で立ちあがった。

「それでは、また」

「ちょっと待ってください、まだ……」

「よろしいんですの。やっぱり中止することにしますわ」

——ドアが荒々しく閉じられ、階段を駆け降りる足音がつづいた。須藤は俚奈と顔を見合わせた。

「ばかだな、俚奈は。いいカモだったのに」

「あれは社長の手に負えないわよ。位負け」

「なにをいうか」

須藤は窓辺によって、女が店の前に駐車した高級車に乗り込むのを見ていた。それは九段の方向に去った。

「おかしいわねえ」俚奈がいった。「わたし、あの人の顔、どこかで見たことがあるの……」

第五章　夜の蔵書家

1

京浜東北線の桜木町駅を降り、改札口を出て左の地下道へ入ると、そこは野毛に通じている。

汚れた階段をのぼって地上に出た須藤は、どちらの方角に行くべきか、一瞬迷った。無理もない。ほとんど四半世紀ぶりなのだから。

デパートらしきビルや大きなパチンコ屋が見えるが、極端に人影が少なく、やたらに大きな音を発してコンテナーやバスが走り抜ける。かつて、このあたりは赤提灯や大衆食堂、場外馬券売場などが建ち並び、レコードが流行歌をがなりたて、人いきれで気分が悪くなるほどだった。二百メートルほど離れた堀川のたもとには、一日中日雇い労務者が所在なげに佇んでおり、一種の名物とも見られていた。

そのような風景も今は跡形もなく、京浜地方に特有の、単に車が通過するだけの街になりさがってしまったようである。

須藤はいい加減な見当をつけて、大船(おおふな)方面へ続く高架線の下へと歩いていった。そこに、見おぼえのある川があった。右手に行くと、かつて労務者を相手に商売をしていた酒屋があった。

なつかしさを覚えて足を早めた須藤の前に、ゴーストタウンのようにさびれた、人気のない商店街が現われた。それが昔の野毛の一角だと気がつくまでに、少し時間がかかった。

野毛が横浜随一の繁華街だったのは、戦後間もなくのころだった。幕末の歌で知られる野毛山から伊勢佐木町(いせざきちょう)方面をつなぐ大通りには、両側の商店に向かいあうようにして二列の露店が並び、せまいトンネルの中を客がひしめいていた。安い靴や古着、進駐軍の横流れ品である洋品類、時計、ライターなどが幅をきかしていた。通りを中心に映画館、大衆食堂、飲み屋などが建ち並び、独特の活気を呈していた。

しかし、昭和三十五年ぐらいから、伊勢佐木町や横浜駅西口、元町(もとまち)などが整備されると、人気は移行してしまい、野毛地区は急速にさびれてしまった。最寄駅である桜木町から先に根岸線が延長され、ターミナルでなくなったことも没落に拍車をかけた。

そして、いまも野毛は存在している。にぎやかな町から、ある日突然人々がいなくなってしまうというＳＦの設定さながら、凍りついた時間の中をかすかに息づいている。

学生時代に愛書家だった須藤は、年に一、二回、この野毛にある古書店にやってきた。暇だったこともあるが、そのころの東京の近郊都市の中で、野毛の本屋と少し離れたところにある麦田町から大和町にかけての古本屋には、捨てがたい個性があった。後年、〝散歩好きの雑学老人〟といわれた愛書家、植村仁一が、「横浜の古本屋」という名エッセイの中で、そうした店の何軒かを愛惜をもって描き出しているほどである。

しかし、そのエッセイが書かれてからでも、すでに二十年近い歳月が経過している。おそらく、ほとんどの店が姿を消しているにちがいない、と須藤は思いこんでいた。

――ゴーストタウンのようだが、間違いなく昔のたたずまいを示す街の一角を眼にしたとき、彼は眼を疑った。そして、次の瞬間、間口二間ほどの小さな、懐しい古本屋の姿を見た。

「おや、いらっしゃい」

大きな眼鏡にベレー帽をかぶったあるじから、二十数年前と全く同じの、にこやかな微笑とともに迎えられたとき、須藤は涙が出そうになった。かつての夢多き身も、いまは人生の盛りをとうに過ぎて、風采のあがらぬ中年男になってしまっている。さまざまな時が過ぎていった。しかし、このあるじは、まるで昨日来た客に会うかのように、何気なく迎えてくれる。

「おじさん、元気？　少しも変らないねえ」

須藤は少し声がつまるのを感じたので、あるじから視線をそらして周囲の棚を見まわした。三坪ほどの店で、商品のほとんどが新書判や文庫本である。あるじの背中にあたる棚にだけ、柿山蕃雄の『絵画辞典』や中野正人編『世界好色文学史』、吉川観方『二千六百年風俗図史』など、比較的高価な本が数冊並んでいる。これも以前と変わらない光景である。ただ、売物の横にビニ本が山と積まれていることと、風俗雑誌の表紙が露骨なＳＭ調になったことだけが、ちがいといえばちがいである。

　あまり欲しい本はなかったが、須藤は五、六冊を選んで台の上に置いた。あるじは、以前とまったく同じように眼鏡をずり上げ、背中を丸くして鉛筆で記した売値を覗きこむと、

「三千二百円」

　一割引の金額を言った。

「悪いね。年中来るわけじゃないのに」

「いえいえ、ろくな本がなくって」

「以前はこの棚のあたりに、『あまとりあ』や『奇譚クラブ』が積んであったね。それに『夫婦生活』とか……」

「そんなこともありましたね。いまは写真でないと」

「これは実用品だね」

「そう、あのころの活字の本は贅沢品でしたね、今になってみると」

「趣味豊かだったね」

「趣味というかね。金もうけだけじゃない本屋が、何人かいたもんですよ」

「いつもふしぎに思ってたんだけど、このお店にはよく本が集まっていましたねえ」

須藤は仙花紙のカストリ雑誌や、性的文献研究誌が山と積まれているのを目のあたりにしたときの、噎せかえるような感じを思い起こしていた。

「ウチなんか、場末の古本屋ですからねえ。いいものは入ってきません。しかし、蛇の道は蛇というのか、辺鄙（へんぴ）なところにある本屋のほうが、目立たないから出入りしやすいんですね」

「メッカだったってわけ」

「メッカもすさまじいが、常連の方がずいぶんいました。みなさん、いまどうなさってるか。若い人の中には、えらくなった方もいますよ」

須藤は旗色が悪くなってきたので、質問を切りかえることにした。

「版元からの持ち込みはなかったの？」

「ボツボツとありましたよ。たいていは特価本の業者からでしたがね。上野のガード下やアメ横の近所に月遅れの雑誌を扱う問屋があってね。そのうちのあまり売れないものがウチあたりへ廻ってきたもんです。組合もあったが、わたしゃそういうもんがきらいだから、ずっとアウトサイダーで」

茶色のセーターを着た、小柄の、五十年輩の女性が読物雑誌を二冊と競馬新聞を買って行った。気がついてみると、店頭にエロ週刊誌と競馬新聞を入れたスタンドが置いてあった。

「ところで、あのころの話なんだけど」須藤はあるじの表情を見逃がすまいと注意しながら、

「森田一郎という人、知ってる?」

「森田……」あるじは遠いところを見るような表情で答えた。「いましたよ。しかし、その川で死にましたよ」

2

須藤が野毛の場末の古本屋を訪問したのは、ノスタルジアに駈られてのことではなかった。一月の三十日に小高根閑一が退院してきたので、さっそく善後策を相談した。

「三十四年から三十五年にかけての営業日誌は、支部長時代だから、ここにとっておいてある。ほかの年代のものは千葉の倉庫に放りこんであるからな」

閑一は雑巾で埃を拭うと、組合の会合や市会の記録、自店の営業メモなどに見入っていたが、

「ここに、神田警察署と防犯懇談会ならびに新年宴会を神保町平山(ひらやま)旅館にて開催、会費千円、参加者六十五名——とあるね。このころ毎年開いていたんだが、余白に「定休日、森田」と書き込みがある。これはわしの記憶では二つのことが話題になったということだ」

「定休日はもうわかりましたが、森田の件が出たとは、耳よりですね」

「たしか課長クラスの人だったと思うが、昨年の状況を報告したついでに、森田の消息を知らないかと、みんなに質問したんだ。一同、そういえば近頃見かけないなあ、という話になったが、取引のある者は何人もいなかったし、話はそのまま立ち消えになった」

「なんだ、ずいぶん頼りない話ですね」

「いや、こうした手がかりがあると、芋づる式に思い出すもんだよ。そのあと森田に会った憶えはないから、うちがあいつの本を置いていたのは、三十四年までだったと思うね」

「そうでしょうね。石川一郎の件がその年の夏。容疑者というか、参考人になったのが夏から秋にかけて……」

「もう少しわかるといいんだがね。それで、新年会のあとだが、わしは何となく気にはなっておった。二年ほどして、もう一回ニセ札事件があったわけだが、そのとき巡回してきた刑事に、森田は横浜で日雇いをしているうちに、川に落ちて死んだのではないか、という話をした覚えがある。刑事は笑っておったがね」

「そんな話をどこで聞いたんです？　この前病院で会ったときは、伺いませんでしたね」

「別の人間のことを思っていたのさ。戦前に、そういう死に方をしたエロ本屋がいると聞いた。しかし、病院でじっくり考えてみると、どうも森田自身もそういう末路をたどったという話を聞いた覚えがあるんだ」

「だれから聞いたんです？」

「さあ、組合の集まりか、お客さんからか……」

「日誌に書いてありませんか」

「噂話まで、こまかく書いてないよ。とにかく、野毛の橋のたもとに浮かんでいたというんだ。たしかめようと思ったが、どうも無責任な噂のようだし、そのまま忘れてしまった」

「わかりました。いずれにせよ、今日の収穫ですね」須藤はメモをとると、先日のノートに手をいれたものを閑一に示した。「この十項目のうち、判明しているのは一項目だけです。木曾川の妻は、どうやら永井路太郎の義理の妹のようで、鉄道自殺をとげたそうです。どうやらその事件のからみで、木曾川は森田をひどく嫌っているようですね。あとは、ちょっと調べればわかる項目もありますから、依頼人に約束した期日までに、片付けたいと思います。たとえば森田の本拠がいまどうなっているか、印刷所の職工がいなくなった時期などです。しかし、森田の経歴とか、失踪の真因となると、最終的にはそのころの警察関係者を探し出さないと無理でしょうね」

「木曾川の勤めていた会社名なんか、なぜ本人に聞かなかったんだ?」

「そういう雰囲気じゃなかったもんで……」

「待てよ、うちが以前に目録を送っていたことがあるかな?」閑一は棚の下の方から厚紙で補強した名簿をとり出した。「ちょっと探してみたまえ」

「こりゃ大仕事ですね。五十音順じゃないから……。まあ、この件はちょっと引っかかるだけで、もしかしたら何の関係もないかも知れません。一日だけ貸してください」

「自宅しか書いていないかも知れんよ」

「大野盛男という人は、取引がありますか？　『好色本一夕話』の著者です」

「それもたぶん書いてあるだろうよ。ところで――」閑一はきびしい表情になって言った。

「この件はどこまでやるつもりかね？」

「どこまでといいますと？」

「あんたも常識がないね。ある人間が失踪して二十年以上になれば、もう生きてはいないか、よほどの事情あってということになる。事情がある場合は、相手もそれなりの煙幕を張りめぐらしているから、一仕事だよ。危険が伴うかもしれない。死んでいる場合にしても同様さ。人知れず亡くなって、だれにも気づかれないということもあり得るが、それよりも関係者が死の事実をかくしているということも考えられる」

「犯罪をおかしている場合ですか？」

「当然だよ。森田と交流があるということだけでも、かかり合いになるんだからね。いずれにせよ、あんたがいままでに会った者の中に、真相を知る者がいたかも知れん。森田が生きていれば、筒抜けになっているよ」

「おどかさないでくださいよ」

「そういうこともあり得るといったまでだ。わしの印象では、アクが強いところはあるが、そんなに悪い男とは思えなかった。しかし、だいぶ金には困っておったようだし、人間追いつめられると、なにをするかわからんからな」

「そういうことでしょうね。私としては、興味半分、実益半分というところなんです。これだけの謎を帯びた人間像には魅力を感じますね。近頃の人には見られない、スケールの大きな人間のように思えてきました。もう一つの理由は、依頼人から手付金と当座の経費の仮払いをもらってしまっていることですよ。もともと、本の探偵は興味でやっているのではありませんからね。不況の折から、こういう金離れのいいお客さんはありがたいんですよ」

「そういう人間は、いつまでも頼れないよ。気分しだいで、いつやめると言い出すかも知れん」

「そのへんは用心していましょう。いずれにせよ、予備調査の期間はあと十日もあるし、予算も余ってますからね。野毛の川に浮かんでいたという件を中心に、調査代行業も使って、もう一押ししてみるつもりです」

「いいだろう。ただし、わしは知らんよ」

――これが五日前のことだった。そのあと、須藤は小高根閑一から借りた名簿から、以前に木曾川がアルバイトをしていた会社が渋谷の富岡（とみおか）商事というところと判明したが、電話帳を見ると同名の会社が三軒もあるので、調査は保留することにした。

それよりも、大野盛男の住所がわかったことのほうが収穫に思えた。木曾川に教えられ、あらためて十数年前に出た『好色本一夕話』を読んでみると、『女人礼讃』の内容やその発行者である森田の失踪についても触れていて、斯界の事情に通じているようだった。森田が限定部数頒布したという雑誌についても、情報が欲しい。住所は横浜市中区の豆口台（まめぐちだい）というところで、根岸線に乗れば桜木町から三つ目の山手（やまて）駅下車である。

さっそく電話を入れると、相手は小高根書店から目録を送ってもらっている関係からか、非常に好意的で、芋貝山房の本ならほとんど所有しているし、森田についても『好色本一夕話』に書いたこと以外に、少々知っていることがあるということだった。須藤はさっそく面会を申し入れ、二月五日、土曜日の夕方にきめた。ついでに桜木町付近の古本屋の噂を聞くと、「まだ一、二軒あるようですよ」ということだったので、当日寄り道をするつもりで出かけて来たのである。

3

根岸線が桜木町を出ると、すぐに大きな陸橋にさしかかる。

須藤は窓から下を見おろした。むかし、日雇い労務者がたむろしていた大江橋（おおえばし）が見え、そのむこうに野毛商店街の一角がチラと視野に入ったが、先刻の古本屋までは見えなかった。

大江橋の奥は花咲橋（はなさきばし）である。広い堀川にはきれいに塗装した艀が四、五隻浮かんでいた。かつて労務者を相手にしていた水上ホテルは、影も形もなかった。川の上に張り出す形で建てられた不潔な木造建築で、おそらく防災上の見地から取りこわされたのだろう。

そのホテルの床下の水面に、昭和三十八年六月のある日、一個の腐乱死体が浮いていたのである。

「そりゃ、昨日のことのように覚えてますよ。俯伏せになって、毛がこんなにふくらんで見えましてね。川のすぐ傍に住んでると、むかしはよく土左衛門にお目にかかったもんですよ。けど、その中に出版屋が二人もいるとはねえ」

「二人？」

「そう、二人。といっても一人はね、このあたしがまだ五つか六つの頃ですよ。大正時代。鈴田正一（すずたしょういち）という人がいましてね、東京でエロ出版をやっていたが、何度もあげられて、食いつめたあげくが、この桜木町へ流れてきたんですよ。お天道さまにあたれないので、年中蒼い顔をして、女房子どもからも見離されてね、それでも男は一人じゃいられないから、どこかの遊廓の遣手婆と同棲して、まあ共同経営者にしておったわけですね。ところが、この女が酒癖が悪く、あたしが子どものころも、よくこのへんの路上で、へべれけになって寝そべっているのを見たもんですよ。酔っ払いは多かったが、女だからね、目立つんですよね」

「結局、どうなったんです？」

「酔っ払って、川へドブン、でさ。一巻の終り。——婆あが死んだあ、婆あが溺れたあ……。あのときの子どもたちの声を、六十五年以上たった今もはっきり覚えてますよ」

「それより、森田の時はどんな様子だったの?」

「あのときは、まだこのへんも人通りがあったから、たいへんな騒ぎでしたよ。店にこうしてるてえと、みんなが右の方へ、花咲橋のほうへと駈けていくんです。日曜日の夕方ごろでしたかねえ。あたしは気味わるいから、はじめは行かなかったんですが、暗くなって警察から呼びに来たんです。そのころ、町会長をやっておったもんでね。雨が降り出して、見物はみんな帰っちまったあとへ、あたし一人が首実検です。橋のたもとに何やらふくらんだものがあって、ビニールの覆いをとると巡査がパッと懐中電灯をつけたんです。顔がこんなにふくれていましたよ。片目が白く、片目が無いんです。あたしはその場にしゃがみこんでしまいましてね……」

「森田だった?」

「その場では何もわかりません。知らない人だと言うのがせい一杯でした。二、三日は顔が瞼に浮かんできて、ずいぶん気色悪い思いをしましたが、それもやがて忘れて、二十日ばかり経ったころに似顔絵が貼り出されました」

「モンタージュ?」

「なんでも脇腹に刺された傷があって、殺人事件ということになったんです。しかし、新顔の労務者らしく、なかなか身元が割れない。とうとう業を煮やした警察が、似顔絵をつくったんですよ。この店の横にも、銭湯にも貼り出しました。それを見て、あたしはハッとしましたね」

「似ていたの？」

「すぐに、だれかに似ていると思いましてね。半日考えたんですよ。ようやく、むかし一、二度この店へ来たことのある森田だと気がつきました」

「しかし、水死体の顔じゃないんでしょう？」

「もちろんですよ。ふだんの顔を想像で描いたものです。ところが、髪型は全然ちがうけど、広いおでこや大きな鼻や、丸い顎がちょっと尖ったような顔が、じつによく似ていました。眼鏡はかけていませんでしたが、これは水に投げこまれたときに落としたんで、警察が気がつかなかったんでしょうね。あたしはそっと鉛筆で、そのモンタージュの顔に眼鏡を書きこんでみました。ちょうど子どもがいたずらをするようにね。――そこに現われたのは、まぎれもなく森田の顔だったんですよ」

「ニセ札事件で、森田が容疑を受けていることは知っていたんですか？」

「知っていましたとも。うちと取引のあったことが、何かでわかったんですね。立ち廻った跡はないかと、寿(ことぶき)署から二回も刑事が来ました」

「――で、死体が森田とわかって、どうしたんですか？」

「最初は黙ってましたよ。もう一回、首実検はご免でしたからね。もっとも、あとから聞いたら、仏はどうにも仕方なくて焼場に運んだということでしたが——。とにかく、十日間ほど考えましたね。しかし、袖ふり合うも何とやらで、あたしは仏が可哀そうになりましてね。毎日、そのへんの労働者を見ていても、気が咎めるんです。あの連中のなかには、気立てのいいやつも多かったんですよ。よく小説本やエロ本を買ってくれてね。そういうわけで、とうとう決心してパトロールの巡査に話したんです」

「色めきたったでしょう」

「ところが、さにあらず。頭から疑ってかかるんですよ。似顔絵は東京にも廻っていたようですが、そちらのほうから手がかりがないのはどういうわけか、というんですよ。あたしが森田だと言ったもんで、何人かの人に確認したらしい。ところが、みなさん違うと証言したようでね。おかげであたしはすっかりあやしまれちゃってね」

「警察は慎重だからねえ」

「一人、中年の眉毛の太い刑事が、あたしの話をまじめに聞いてくれましてね。何度も来ましたよ。しつこく質問されましたよ。指を見なかったか、とか……」

「なに、指？」

「はい。どういう意味かわかりませんがね。そのうち、刑事は来なくなっちまいました。もう一人、ちょうどその頃、背広姿の男が来ましてね——このあたりは、きちんとした身なりの人は目立つんですよ――その人も、やはりこまかに質問したあと、『そうか、それなら絶対にまちがいないようだ。あいつもとうとう年貢をおさめたか。これはいろいろ世話になったお礼です』と言って、五万円置いていきました」

「だれですか、それは?」

「名前は言いませんでした。森田の友人とだけ名乗りました」

「五万円ね」

「いまの三、四十万円ですかね。受けとる理由はないんで、固くことわったんですが、車で逃げるように行ってしまって。東京ナンバーの車だったことをかすかに覚えてますよ」

「ずいぶん奇怪な話ですね」

「あたしも気味が悪いので、そのお金は使わないようにしていましたがね。ちょうどそのころから不景気になって……。新書判のベストセラーや歴史ものがたくさん出て来て、カストリ雑誌のようなものは売れなくなった。その切り換えがむずかしくてね。仕入れも変えなければいけないし……。あれやこれやでつい手をつけちまいましてね」

「なに、かまうもんですか。で、その男は二度と現われなかったんですか?」

「ええ。しかし、顔は今でもよくおぼえてますよ」

須藤は、今度の探索で会った人々の顔写真を揃えなくてはならない、と思った。

4

「山手……山手……」

車内アナウンスの声を聞いて、須藤は我にかえると、淋しいプラットホームに降り立った。改札口を出ると、住宅地の真ん中にある駅だった。須藤は通りすがりの主婦に道をたずねると、大野盛男の家へと向かった。

郊外らしい住宅地帯を行くこと十分余り、道は人通りの少ない丘陵地帯に入った。左にはスパルタ教育で知られる高校の広いグラウンドがあり、右は高い崖が迫っていた。

五時を過ぎていた。陽はすでに傾いて急に寒さがつのってきた。須藤は手帳にはさんだ略図をとり出すと、方角をたしかめたのち、ダスターコートの襟を立てて歩を早めた。

そのとき、彼は背後に跫音を聞きつけたように思い、振りかえってみた。西の空は濁ったように赤く、その下に連なる丘がにぶい青色に見えた。いま来た道が二岐に分かれるあたりに、小柄な、年輩の女性が歩いていた。須藤が立ち止まって眼を凝らしたとき、一方の道から自転車に乗って塾へ出かける中学生たちの一団がやってきて、その女性の直前を横切った。つぎの瞬間、彼女の姿は消えていた。

たぶん、あの女性はもう一方の道を急いでいたのにちがいない——と須藤はしいて思いこもうとした。しかし……あの女性は茶色のセーターを着ていたような気がする……。

須藤は自らの意志に反して、かすかに身震いをすると、ポケットに手を突っこんで足を早めた。

5

「蔵書一代か。まさにその通りなんだなあ。おれの本なんか、ほとんどが発禁本かエロ本だからね。子どもに後生大事に守らせるというもんじゃなし。第一、うちの息子はコンピューターの技師だからね」

大野盛男はゴルフ焼けした顔を歪めるようにして自嘲の笑みを浮かべると、膝に乗せた猫を撫でまわした。

「しかし——」須藤は二十畳敷の部屋の三方に、ぎっしり並んだ書架を眺めながら言った。「これは大変なもんですねえ。何冊ぐらいあるんですか?」

「プロなら一目で計算できるだろう? 奥に書庫があってね、それを含めて一万ちょっとかな。数だけは斯界随一さ」

「主なものはほとんど揃っているわけですね」

須藤は手近の棚を見た。『ずいき物語』『多情多淫』『未開紅』『ある新妻の手記』『のぞかれた女たち』といった題名が見える。仙花紙本らしく、粗末な造本である。

「そのへんは発禁というより、ガード下で売られていたインチキ本だよ。やはり戦前のものでないとね。右手の棚がそうだ。ここに出してあるのは中級品だがね」

「ホーム商会産制研究所編『予防及び衛生器の説明書』……こんなものまで発禁ですか。酒井潔(さかいきよし)『らぶ・ひるたァ』はセミ・クラシックですね。羽太鋭治(はぶとえいじ)のものは、以前よく見かけました。『医学上より観察したる児童の性慾生活』『性典』『性鑑』『チャームの仕方とモーションのかけ方』。時代ですねえ」

「いや、表現は大時代かも知れないが、人間世界とはおもしろいもので、どんなに知識が進化してもモーションのかけ方一つ知らない者がいるんだ。悩める人間は多いんだ」

「エロ本読者イコールまじめ人間説ですか?」須藤は谷口靖の話を思い出した。「私もそう言われると内心忸怩(じくじ)たるものがありますが、やはりこの種のものを一生懸命——書く人、つくる人には、常人とかけ離れた面があると思うんです」

「遠慮はいらないよ。読む人、買う人、集める人間は異常といいたいんだろう?」

「そうはっきりとは言えませんが」

「同じことだよ。弁解はしない。むしろ、このような世界はイクストラ・オーディナリーだからこそ意味があり、値打ちがあるんだから。堂々とした趣味とはいわない。高尚な理屈をつけようとも思わない。コソコソした趣味なら、大いにコソコソした味を楽しみたいね」

「なるほど。私も絵に描いたような、健全な趣味娯楽というと、ちょっと反発を感じます」

「それは他人様の自由、勝手におやりなさいというだけだ。人間だれでも、一つだけは本音を吐露できる趣味が必要だ。まあ、別荘だね。建売住宅に住んでいるが、心の奥に夢の別荘を持っている、という気持」

「心の別荘ねえ……」

須藤は全面的には共鳴しがたいものを感じて、大野の顔から視線を逸らした。高台に張り出した大きな窓から、海が白く光っているのが見えた。

「私などが見ても、これだけの発禁本や軟派本が集まったのはふしぎですね」

「別にふしぎはないさ。天の時と地の利を得たからだよ。本は熱意や金だけではとても集まらない」

「というと？」

「戦後、まだ本が安かった十五、六年間に、基礎的なものは集めてしまったこと。もう一つは、たぶん知っているだろうが、おれは軍隊から帰ったあと、議員秘書をつとめたが、この人が公安関係の出身者でね。押収本を入手する便宜が得られたことだよ」

「むかしの発禁本は内務省から国会図書館に引きつがれたのではないんですか？」

「それは旧出版法にもとづく納本だよ。いま、約二千二百点が国会図書館にあるが、そんなものは個人でどうなるものでもない。発禁と決定して押収された本は、どこに永久保管するといった規定はない。いちおう焼却処分というのが不文律なんだよ。戦前、戦中は思想関係の発禁本が、風呂屋の薪がわりにされたもんだ。おれが集めはじめたのは戦後だが、それでも焼却処分には変わりがない。ま、そうした本を湮滅（いんめつ）から救い出したことで、だいぶ文化に貢献させてもらったと思ってるよ」

「たしかに思想関係も多いですね」須藤は苦笑しながら、離れたところにある棚を見た。

「思想のほうは、同じ発禁でも確信犯でしょうが……」

「いや、好色本もかなりのものは確信犯だよ。いまはともかく、昔はやむにやまれず作っているという連中がいたもんだ」

「信念をもって、ワイセツじゃないと主張する……」

「いや、ワイセツということは知ってるんだ。とにかく自分からワイ本とか写真が好きでたまらず、そういうものを広めることに生きがいを感じるんだな。むろん、そこには当人の器量の問題もあって、ただガリ版刷りの本をつくって地下ルートをコソコソ売り歩くだけという手合から、研究的な内容の雑誌をつくって文化人に書かせたりするという例にいたるまで、だいぶちがいはあるがね」

「しかし、営利もからむでしょう?」

「そりゃそうだが、思想書でも最後はソロバンずくだからね。むしろ好色ものを何度実刑をくらっても、反抗的な気分も手伝って出版を続ける人間は、金もうけの道ならほかにもあるわけだから、営利とはいいがたいね。とくに戦前の場合は、当節のように性的人間がヒーローになれるような状況じゃないからね」

「鈴田正一なんか、悲惨だったようですね」

「おや、よく知ってるね。おれの子どもの時代の話だから、あとで聞いた話だがね。家を何軒も借りて、一軒の家では原稿書き、一軒では会員名簿づくり、一軒では発送をするというぐあいだったそうだ。何回も監獄へ叩きこまれて、とうとう妻子には逃げられ、印刷所からも取引を断わられ、最後は蒼白い幽霊のようになってガリ版のローラーを握っていたというんだがね。あそこにある『旅枕』、ちょっと厚い本があるだろう？　あれは鈴田が出版した本だよ」

「森田一郎という人をご存知でしょうか？」

須藤は声に抑揚をつけずに言った。

6

「森田……」

大野が答えようとしたとき、サイドテーブルの上のインタフォンが鳴って、

「あなた、お食事はどうします？」

夫人の声がした。さきほど茶を出しに現われたが、大野より一まわりは若い感じだった。もっとも、大野自身も現在六十歳前後のはずだが、数年は若く見える。

「いいよ。外へ出るから」

須藤は時計を見た。五時半をまわっていた。

「変な時間にお邪魔して……」

「いや、お近づきのしるしにお食事をさしあげようと思ってね。ふだんは固い仕事だから、こういう本の話をする相手がいないんだよ。エロ本といえば、いまはビニ本か、さもなければビデオの時代だからね。こういったものはいくらでも需要があるが、もう好色文献に興味を示す手合はいなくなってしまったね。まったくなげかわしい」

大野は右手の書庫へ入ると、一束の雑誌を持ってきた。地味な白表紙に毛筆の書体で『珍

書』と記されているだけの、まことにパッとしない雑誌である。

「森田という本屋は、典型的な好事家だったんだね。この雑誌は性文献紹介誌ともいうべきもので、今から見るとじつにまじめなもんだ」

「なるほど、艶本書目集成、小噺年表、艶相雑考、猥褻とは何か、年中交合故事……だいぶ全文複刻という企画が目立ちますね。おや、これは森田の編集後記だ」

最終刊の第十号は、昭和二十八年八月の刊行だった。その巻末には、次の文章が載っていた。

> あっという間の半歳。ふり返ってみれば辛いことばかりでした。あとからあとからトラブル出来。「カンゴクにブチこむぞ」などとオドカサレテ、来る日も来る日も逃げ歩いたり、ついには借金取りに追われたり。でも、考えてみれば良い薬になりました。どうせ自分はズボラで気狂いだ、ナンテ思い込み、独りでいい気になっていたんですから、言ってみりゃ自慰ですネ。しかし、罰金もなんとか納めたし、モロモロの件は片付いたし、これからは専念して珍本づくりにボットウできるでしょう。あれやこれやで、スッカリ予定が狂い、会員各位にはなんとも御詫びの言葉もないほど御迷惑をかけて了いましたが、心機一転、当初の計画を確実に続けるべく、可能な限りの努力を続けてまいります。「ニセ本は嫌だ」という気持だけで仕事を続けていきたい。「本物をつくって何故

悪い」という信念を、どこまでも貫きたいところです。

つぎのページに活版刷りの葉書が一枚挿んであった。大野薫(おおのかおる)あてとなっている。

残暑の候御清適御慶び申し上げます。

此度「珍書」が弾圧を蒙り、関係書類、資料等を押収され、小生も警視庁にて取調べを受け、書類を検察庁へ送られ、近く改めて法の裁定を待つ事となりました。

この機会に堂々と処信を披瀝し、事業の健全なる運営を計りたく存じて居ります。勿論「珍書」は続刊、計画も鋭意進行致しますが、若干の遅延を見るに到りましたことをお詫び致すと共に、一層の御支援の程を御願い申上げます。

尚、或は当局から問合せがあるかも知れませんが、下記の件を御含置の上、決して「任意提出」などされませんよう御注意下さい。

芋貝山房も健在です。御放念の程を。各位に御迷惑は及ぼしません。

注意事項

○本会は組合組織である。

○会費は一か年1000円。

○「珍書」は相互の研究機関誌で、会員に無償交付す。但し会員は之を責任を以て保管する。

昭和二十七年八月

組合・稀覯書研究会

事務代行芋貝山房（浦和市小馬場）

「任意提出はしなかったんですね？」

「当然だよ。そんなもんにいちいち応じていた日には、コレクションは成立しないからね。もっとも、警察をハネつけることができたのも、当のおやじが公安関係だからね。獅子身中の虫とはこのことだ」

「おやじというのは秘書をしておられた議員ですね」

「そう。親分肌の、じつに顔の利く男だった。電話で、ごちょごちょ言うな、と一喝するだけでOK。ほかの会員は提出させられたらしいがね」

「どの記事でしょうか？」

「まあ、『穴相撲四十八手』か、『女大らく宝開』か。おれの想像では、森田が書いた〝猥褻を否定する〟という文章のせいだろう。警察は挑戦的なものを嫌うからね。小林多喜二もそのために殺された」

「この件は罰金だけで、実刑はくらわなかったんでしょうね」

「何とか逃げたが、その直後に『女人礼讃』の二号版が槍玉にあげられたんだよ。考えてみれば、昭和二十二年だったか、正妻版を出したときはパクられなくて、今回だけ引っかかったというのもおかしいが、それだけ睨まれるようになっていたことがわかる。警察はチャタレイとのからみもあって、やる気だった。組合なんて言いわけはみとめなかった。組合員、つまり購入者の中には、大学の教授や作家など、ずいぶん有名な人もいたようだね。だいたい、森田は一般大衆にはアピールしようとしなかった。ダイレクトメールなども、もっぱら有名人や大学の先生といったところを狙って出していた。おれなんざ相手にされないから、自分から申し込んだが、本名を使うと職業がバレると思って、女房の名前から『子』の字を除いて偽名を作ったというわけだ」

「バレなかったですか」

「どうやらわかってしまったらしいね。起訴された時に、何とかならんでしょうかと電話をかけて来たから。適当にごまかしておいたがね。あとで弁護側の証人になった大学の教授が、森田被告は憔悴していたが、あくまでワイセツ文書ではない、自分は貴重な文献が湮滅するのをおそれて会員に配付したのだと、堂々と主張したそうだよ。なんでも、印刷したものは必ずのこるから、そこに刊行の意味がある、自分のやったことは日本文化のためと信じているし、そのためにはしっかりした、本物の本をつくりたかった、という見解を述べたようだ」

「結果はどうなったんですか?」

「罰金十万円に処せられて、その後は鈴田正一と同じ運命さ。印刷屋からは相手にされず、したがって本も出ない。裁判のとき名前を出されたといって、組合の有名人は文句を言う、村八分になりながらも二、三冊出したが、そのうちニセ札づくりに落ちぶれたとかで、どこかに失踪してしまったよ」

「消息はわからないんでしょうか?」

「わからん。だいぶ追及されたようだがね」

「無責任な興味からですが、当時の警察関係者をご存知ありませんか。いま健在の人がよろしいんですが」

「さあて、もう昔のことだからなあ。トップの人はみんな亡くなっているし、現場で全体をつかんでいた人は、もう相当の年だろう?――おや、もう六時半だ。ちょっとそこまで、飯を食いに行こうか」彼は膝の上の猫をおろした。「おや、ミーが口もとを洗ってる。明日は雨かな。おれの郷里は岐阜でね、猫が耳でなくて口もとを洗うと天気が悪いという俗信があるんだよ」

7

　大野がベンツを駈って案内してくれたところは、そこから二十分ほどの中華街だった。須藤は十数年前のサラリーマン時代に一度だけしか来たことがなかったので、久しぶりの変りようにおどろいた。ほとんどの店が立派なビルに改築されているところは、神保町と一脈通じるものがある。むろん、雰囲気はまるで異なっている。ここは異国である。ただし、どこの国かといわれれば、現在の中国でもない、アメリカのチャイナタウンでもない、まったく独自の世界を形成しているものとしか言いようがなかった。

　大野は一軒の店に入っていくと、その店の常連といった顔でマネージャーと交渉していたが、あいにく個室が空いていないということで、一階の広間の上手に通された。すぐ前には小さな舞台があって、中国人の女性が胡弓を演奏していた。

　酒が運ばれて来たので、須藤は酔わないうちにと、さきほどの続きを蒸し返した。

「森田という人は、生きている可能性はあるんですか」

「さあ、まずないだろうね。生きていれば六十代の半ばだろうが、もうどこかで死んでいるんじゃないかな。あるいは外国で死んでいるか。いま思い出したが、戦時中は中国にいたことがあるという噂も耳にしたことがあるからね」

「徴用ですか？」

「それは知らない。探すとすれば軍隊記録を調べるか……。もう一つ、森田は生家が印刷屋だったということも聞いた覚えがある。この方面も突つけばわかるんじゃないかな。いずれにせよ、当時の捜査官の名は、昔の知り合いに聞いとこう」

「おねがいします」

料理を片付けるあいだ、話は四方山話にうつった。舞台では奇術がはじまっていた。ずんぐりして、色の黒い坊主頭の男が、中国語で説明をしながら箱の中から水の入ったガラス鉢を出したり、消したりしていた。

「あれは、近ごろテレビで人気のある孫大来だよ。ネタをどんどん公開しちまうところに人気があるんだ」

テレビも見ないし奇術に興味も持たない須藤は、そろそろアルコールが廻ってきたので、さきほどから気になっていたことを話題にした。

「野毛の古本屋をご存知ですか？」

「いまでも二、三軒あるようだね」

「大江橋のたもとです」

「知っているよ。いかにも場末の本屋だが、戦後十年ぐらいはよく艶本が並んでいたもんだよ」

「あそこの主人が、森田の水死体を見たと言ってましたよ」

大野は黙って老酒(ラオチユウ)を飲んでいたが、

「見たと言ったら、それでいいじゃないか」

「どうも信じられないところがあるんですが」

「森田のことを、いやに熱心にこだわるね」

「いや、そうでもないんですが……」

須藤は大野の視線を逸らせ、舞台に眼をやった。ちょうどパラパラと拍手が起こって、一礼した孫大来が、大野を見かけると、目顔で挨拶した。大野が呼びかけた。

「元気かね」

「先だってはどうも」

低い声だが流暢な日本語で受け答えをすると、素早く舞台裏へ引っ込んでしまった。

「商工会議所の催しで呼んだことがあるんだよ」

「日本人ですか？」

「——やつの書いた本に『奇術三十年』という本があるよ。これがヒントだ」

大野は謎めいたことをいうと、席を立った。

第六章　八階からの眺め

1

二月七日の月曜日は大安だった。須藤は一時過ぎに、永島と入れ替わりに店を出ると、中森書店の新築落成披露パーティーに赴いた。

小高根書店と同様、間口の狭いペンシルビルだが、外壁は沈んだグリーンのタイルをあしらって、なかなか重厚なムードを出している。

入口には紅白の幔幕を張りめぐらし、花を飾り、中森の一族が礼服で迎えている。入ってみると、すでに一階から四階は棚に本が詰められ、住居となるべき七階と八階が式場にあてられていた。

地元の議員による乾杯の音頭でパーティーがはじまった。須藤はひとまわりして、親しい同業者と雑談しているうちに、先日会った「日本愛書通信」の浅野を見かけた。大勢の中にあっても、銀髪だから目立つのである。

「やあ、その後、調査は進捗しましたか?」

「お蔭さまで——と言いたいところですけど、正直のところ、かえって後退してしまった部分もあります。まったく正体のつかみにくい人ですねえ」

「そりゃそうでしょう。われわれ同世代の者でさえ、解せないところのある人ですからねえ」

「しかし、調査につれて魅力も感じるようになってきました。善悪いずれにせよ、危険な魅力がありますよ。近頃はすぐ底の割れてしまうような人が多くていけません。やはり戦後の混乱期には、変わった人がいたんですね」

「さあ、私たちの眼から見ると、当時の人たちは生きるのに一生懸命でしたからね。危い橋を渡らなければならなかった。あの人はそこを踏み外して、塀の外側に落ちたのとちがいますか?」

「政治家みたいですね。ぼくは橋から突き落とされたという気もしますが」

「とにかく、歳月という距離を置いてみるとね。人間というものは大きく見えるもんですよ」

「そうですかねえ」

須藤はビールを一口飲んでから窓辺に寄った。高層ビルの少ない神保町は、八階からでも相当の範囲まで眺望がきく。そこは西側の靖国神社方面であったが、近くに神保町の交差点と銀行が見えた。この銀行のあるところは、かつて青空古書展が開催されていた場所で、小高根閑一の回想によれば、三十年ほど前に神保町一帯の古書街案内図があった。その左がスーパーマーケット、さらに左が通り一つ隔てて救世軍の建物……。

「浅野さん」須藤は招待客の一人と話しこんでいる浅野に声をかけた。「ちょっと、お話し中すみませんが……」

「なんでしょう」

「あの救世軍の裏に四階建てのビルがありますね？」

「あれは、ええと、近代社（きんだいしゃ）でしょう」

近代社というのは、学参ものと絵本の老舗（しにせ）である。

「それはわかってますが、救世軍のすぐ裏手に、近代社との間にはさまるような格好で、小屋のような建物が見えませんか？」

「屋上にタンクがある建物ですか？」

「その右です」

「ああ、黒っぽい瓦屋根の建物ですか。あれがどうかしましたか？」

「だって、あのへんに森田の印刷所があったんでしょう？」

「……」

浅野は驚いた様子で一歩窓に近寄り、しばらく眺めていたが、

「うーん、そうでもあるようだし、ないようでもある。たしか、とうの昔に取りこわされたという話を聞きましたがねえ」

「しかし、あの瓦は戦前のもんでしょう？　ぼくはある資料から、森田が戦後間もなく、古い家を借りるか購入したという仮説を立てているんですよ」

「そういえば、あの古ぼけた瓦の色は、九段の方へ向かってずいぶんたくさん見られますねえ。あのへんは戦前のままのしもた屋が残っているんです」

「一度調べてみたいなあ」

「これから一緒に行きませんか」

「そうですか。では、ドロンしましょう」

　十分後、二人は救世軍の前に立っていた。震災のあとに建てられた、いかにも古めかしい建築だが、独特の味をもっている。

「はてな。この裏手には、どこから入ればいいんだろう？」浅野はそういうと、建物の裏にまわってみたが、南側の隣接の商店との間には人の入れるような余地もなかった。北側は近代社のビルで、こちらからも入れない。念のために、そのブロックを一周してみたが、やはり外部からは入れないようだった。

「このあたりのビルで聞いてみましょうか？」須藤は途方に暮れて言った。

「ええ、それもいいが……。いっそのこと大家に聞いた方が早いでしょう。すぐ傍ですから」

「店を畳んだと聞いていましたが」

「いや、まだあるでしょう」

裏通り、つまり〝さくら通り〟を九段方面に二百メートルほどいくと、まだ昭和初期の建物が残っている一画がある。酒屋、ソバ屋、文具店などが建ち並び、通りに草花の植木鉢が出してある。都心ではめずらしい、戦前の庶民生活のたたずまいを、たとえ痕跡程度にせよのこした地域である。

荒物屋はすぐに見つかったが、店名は出ていない。須藤は浅野につづいて薄暗い店の中へ入っていった。古い型の薬罐や金盥がぶら下がっている。老女がタバコ売場で店番をしていた。

「こんにちは」浅野は大きめの声で言った。

「柾木商店はこちらですか?」

「いいや」

「ちがう?　では、このへんに柾木商店という荒物屋さんがありますか?」

「いいや、もうないね」

「ない?　店を畳んだという意味ですか?」

「いいや」

「弱ったな。どっちですか?」浅野は頭をかいた。須藤が思いついて、

「おばあちゃん。この店がもと柾木商店だったんでしょう?」

「そう。ずっと前から成瀬（なるせ）商店だよ」

「柾木さんはどちらへ行きました？」

「わからんね。わからんようになってしまった」

埒があかない。しばらく堂々めぐりをしているところへ、革のジャンパーを着た五十前後の小肥りの男が入ってきた。息子らしい。

「いらっしゃい。なにか？」

浅野が名を言って用件を繰り返した。

「ああ、柾木ね」男はちょっと顔をしかめると、「行方不明なんですよ」

「いや、柾木さんが目的じゃないんです」須藤は一縷の望みを賭けて言った。「あの救世軍の裏の建物が、いま誰の所有なのか、知りたいだけなんです」

「建物？　いったいどういうわけです？」主人は疑い深そうに二人を見くらべた。

「私たち二人とも」須藤は言った。「この近くに店をもつ本屋ですが、あの建物についてほんの少し知りたいことがありましてね。ちょっとその辺で十分ほど、お時間をさいてもらえませんか？」

神保町では本屋といえば最も信用がある。主人はなおも怪訝そうな表情だったが、近くの喫茶店についてきた。

2

「たしかに、あそこには印刷屋がいたようですね。埃をかぶった印刷機を見たことがありますから」荒物屋の主人は、おしぼりでゴシゴシ顔を拭きながら答えた。「しかし、それはもう二十年近く前のことだからねえ」

「いや、印刷機が今なくてもいいんですよ」須藤は苦笑しながら言った。「建物があればいいんです。いまも、柾木商店の名義なんですか？」

「柾木は行方不明です。私の母方の叔父の、つれあいの兄という、ややこしい関係になるんだけどね、ま、それはどうでもいいや。とにかく、私はそいつに欺されたんだね」

「欺された？　親戚にですか？」

「親戚といったって、ほとんどつき合いがなかったんですよ。それを固い収入（みいり）がある店だからって言われておやじが引き受けたんです。二十年前っていうと、六十歳ぐらいですかね。退職後に荒物屋というわけだね。ところが、こんなさびれたところでしょう？　もともと柾木の父親が店を開いた明治の末ごろはね、このへんは今川（いまがわ）小路に近くて、本屋も多いし、繁昌したもんだと言います。ところが震災以後は、駿河台（するがだい）下のほうが賑やかになっちまって、いらいずーっと場末だね。よくこんなところにと思うが、古くから住んでいたから、家作が少しあったんだね。おやじもそれが魅力で引きついだんだと思うよ。ところが聞くと見るでは大ちがい――」

「それで、あの建物も家作ですか？」

「いや、引きついだときはもう人手にわたっていたよ。あのへんの出版社が買ったんじゃないかな。しかし、話のようすでは、まだあの建物が残っているということかね。信じられんなあ」

「いや、遠くから古い屋根を見かけただけですから、もしかしたら間違っているかもしれません」須藤は慎重に言った。「それより、柾木さんという人はいったいどうしたんです？　急に店を売りたいとおっしゃったんですか？」

「くわしいいきさつは知らないんです。私も若かったしね。それまでは淡路町（あわじちょう）に住んでたんですがね。比較的近所に住んでいるということで、白羽の矢がたったんでしょう。おやじは五年前に死んでしまったし」

「そうでしたか。で、柾木さんはいつ行方不明になったんですか？」

「店を売って二年ぐらい経ってからじゃないかな。はっきりした記憶はないがね」ここで主人は再び猜疑心を起こしたようである。「いったい、柾木が何かしたのかね？　こっちはかかり合いになるのはごめんだからね」

「とんでもない」浅野が笑みを浮かべながら打ちけした。「私たちは本屋ですからね。昔のことを調べていて、当時の印刷屋さんのことを知りたいと思うようになったんですよ」

「そうかね」主人はまだ解せないという表情だったがコーヒーを一口飲むと、自分から話し出した。「その印刷屋のことはなにも知らないがね、たしか足の悪い職人がいて、ときどきこのへんを歩いているのを見かけたもんだよ」

「どんな様子でしたか」

「どんなって……。黒い眼鏡をかけて、口をひきつらせて、汚れた黒っぽい歯がのぞいているのさ。夕方などに家の前を通りかかって、じろっと覗いていくんだ」

「名前など、ご存知ありませんか？」

「そういうことはいっさい知らず、ということだね」

「森田一郎という名前は知りませんか？」

「さあ……」

「私は柾木さんその人に関しては、興味がないんです。しかし、その職人を使っていた森田という人間に関心があるわけです。ひとつ協力していただけませんか。お礼はあまりできませんが」

「いや、礼など……」主人は探るように須藤と浅野の顔を見くらべた。浅野は咳払いをして立ちあがった。

「では、私は社に用事がありますから。また」

須藤はあえて引きとめなかった。

3

三十分後、須藤は小高根書店のビルに戻った。閑一はレジに坐っていた。

「どうだい、うちのビルの方が立派だろう」

「いやあ、新しい方がいいですね。エレベーターとか階段の具合とか」

「本屋は古いムードがいいんだよ。若いもんと同じようなことを言っては困る」

「毎日仕事で通っているのと、趣味とはちがいますからね。もう古くなったなあ」

「冗談じゃない。十年目ぐらいから、ようやく古色が出てきて、だんだんよくなる法華の太鼓だよ。家賃をまけさせようと思ってもそうはいかんぞ」

「バレたかな。——ところで、あのビルの八階の窓から、おどろくべきものが見えましたよ。なんだと思います？」

「さあ、このへんから富士山は見えんだろう」

「古いなあ。張りつめた気分も殺がれてしまいますよ。いいですか。このへんの古い家に特有の、黒っぽい瓦が見えたんです。森田の印刷所じゃないかと思うんですが」

「まさか。あの頃の建物が残っているわけがないよ」

「いや、ぼくは今度の件では、たいていのことには驚かなくなっているんですよ。十分ありうることでしょう?」

「信じられん。もっとも簡単にたしかめられるだろうが」

「そう簡単ではないんですよ。建物が周りのビルにとり巻かれてしまって、どこからも近づけないんです。たぶん、近代社の地所になっていると思いますが」

「近代社の社長なら、よくうちに資料をあさりに来るから、聞いてみようか」

「お願いします。まったく、今度のことは伝聞ばかりで、具体的な証拠がほとんどないんですからね。それから、浅野さんに手を貸してもらって、大家をたずねてみましたが、柾木商店というのは二十年近く前に、やはり行方不明になっているんですね」

「ほう、それは妙な符合だな」

「森田と関係があると思いますね。いまあの荒物屋を経営しているのは親戚の成瀬という人で、五十歳ぐらいの人です。知っていますか?」

「顔は知っている。神保町ってところは日用品を売る店が少ないからね。わしも家内が生きとったころは……」

「ええと、それで母親というのが、もう七十代でしょうね。すっかりボケてしまっています。

仕方なくその息子から話を聞いたんですが、ちょっと興味ある話を引き出しましたよ。柾木は初代が明治時代に店を開いたんですが、その二代目は、現在生きていると八十歳ぐらいになるんですね」

「そのくらいかな。わしも見かけたことがある。二十年前で還暦ぐらいだからな」

「戦時中、中国へ出征したそうですが？」

「そんなことだったかな。わしは南方……」

「中国というあたりが、森田と結びつきませんか？」

「可能性はあるな」

「大ありですよ。戦後間もなく、引きあげてきた森田がこのあたりに印刷所を見つけたのは、本屋街ということもありますが、一つには戦地で知り合った柾木との縁ですよ。ぼくの想像では、一時寄寓していたのではないかと思います」

「浦和は？」

「そのあとに移転したんですよ。それについては、ちょっと考えたことがありますが、もう少し調査してからにしましょう。とにかく森田は中国にいる頃から出版を思いつき、戦後すぐ印刷機を入手したわけです。もしかしたら梅原北明の影響があるのかもしれません。北明も中国にいましたからね。資金をどのように調達したかは謎ですが、金額は張りませんからね。印刷所の建物は、戦友の柾木の家作を借りたわけです。これで一つの重要なことが説明できました」

「しかし、柾木という人は行方不明という話じゃないか。裏がとれないだろう？」

「なんでも、急に店を成瀬さんに譲ったあと、二年目ぐらいに消息を絶ったということです。別の家作のことでトラブルが起こったとき、昔からのいきさつを聞こうと連絡したところ、どこへ移転したのかわからず、気にはなったがそのままにしておいたところ、ずるずる二十年近く経ってしまった、というんです。親戚ってそんなもんでしょうかね」

「わしも親戚とは葬式のときに顔を合わせるぐらいのもんだよ。戦後も金を借りに来た奴がいてね」

「とにかく、柾木というのはそんなにある名前じゃありませんから、少し時間があれば洗い出せると思います。あのころの夫婦は亡くなっているかもしれませんが、当時四十歳近い次男とその妹がいたということですから、妹は出戻りらしく、中学生ぐらいの女の子がいたそうですよ。覚えがありませんか？」

「妹というのは、いつも店に出ていた人かな。おとなしいというより、さみしい感じの……」

「そのへん、ひっかかりませんか。近く、もう少し究明してみようと思うんです。成瀬さんによると、柾木商店の時代からあの店の顧客となっている人は、もう少ないということですが、そのころの一家の事情をよく知っていそうな人は、二丁目の金言堂（きんげんどう）のお婆さんじゃないかということでした」

「あの金棒引めが。何を知るもんかね。何年かまえ、組合の運動会に出たとき、みんなが〝ビリ閑、ビリ閑〟というから、いったい尋常小学校時代のアダナをどうして知っているのかと思ったら、あのくたばり損いが過去何十年にもわたって言いふらしておったんだな。まったく、わしは錦華小学校へ入ったことを今でも悔やんどる」

「年甲斐もない。まったく最近は年齢と共に枯れない老人がふえてきましたね」

「わしのことじゃないだろうね。いずれにしても、あんな婆あに聞くだけ廻り道だよ。それに、この前も注意したと思うが、いいかげんにしといた方がいいぞ。それだけわかれば、もって瞑すべし」

「そうでしょうか。わからないことだらけで、いま手を引いたら丸損だと思うんですが」

「いや、そんなことはない。人間を追うことは、本を探すこととはちがう。とりわけ犯罪者となるとね」

「ぼくは犯罪者として森田を探しているんではありません」

「そんな理屈が相手に通じるもんかね」

「死んでいるかもわかりませんし。とにかく、これまでのところは、ぼくの手の届くところを中心に、小手調べで当たってみただけです。好奇心をみたしただけのことだったかもしれません。それでも依頼人の岩沼という医者は、けっこう満足するんじゃないでしょうか。というのは、医者というのは、いろいろ顔が広いものです。お役所の記録を見たり、興信所のようなものを使ったりするのは簡単なもので、ぼくに依頼する前に、すでに手をつけているのは明白です。その点はピンとくるものがあったので、主に本や印刷の関係者に当たったわけですが、はっきり生死を結論できるものは何も得られませんでした。逆に、ぼくの頭の中で、森田というふしぎな人間のイメージが、ものすごくふくらんで来ているんです。このまま手を引くことは、気持が許しませんよ」

「万年書生だねえ」閑一は、先日の支部長時代の日誌をパラパラめくっていたが、あるページを見て言った。「森田の印刷所は、屋号を藤花堂（とうかどう）印刷といったんだな。ま、どうでもいいことだが」

「ちょっと見せてください」

売れのこりの日記帳を用いたらしく、「昭和三十三年」という扉の文字をペンで抹消し、「三十四年」と訂正してあった。その二月十日の項に、〈目録印刷依頼、五百部、藤花堂印刷、森田、納期二月末〉というメモがあった。

「これは森田に直接依頼したということですか？」

「いや、そうではないかもしれない。ふだんは森田、森田と言っとったから、見積書に藤花堂印刷とあるのを見て、そのまま写し、森田と注を入れたんだと思うよ」

「このころの日記を全部貸してもらえませんか？」

「いいとも。あまりこまかいところは見るなよ」

四階から電話がかかってきた。アルバイトの永島が、三時になったので早く交代してもらいたいということだった。

4

一昨日、市で仕入れた各冊千五百円から二千円程度の品のうち、ほぼ一割を目録販売用に取り除けて、残りの約四十点をいま棚にある本と差し替えた。常連は一週に一度、十日に一度と通ってくる。そのとき、本棚に何の変化もなければ、足が遠のいてしまう。ただ変化をつけるだけでなく、一般の古本好きの食指を動かしそうなものが必要だ。しかし、それは年年むずかしくなってきていた。

ありふれた全集ものや教科書的な本ばかりでは活気がない。さりとて、あまり毛色が変わりすぎた趣味本も需要が限られる。だが、店に来る客は〝何か掘り出しものはないか〟という僥倖やイベント性を求めている。須藤は自分が収書マニアであった二、三十代の頃の経験からも、それがよくわかるのである。

ところが、掘り出しものは滅多に出なくなっている。須藤のような者の立場からいえば、市場では出品者が値打ものと知らずに出し、当方も知らないで安い値をつけた場合が、掘り出しものとなる。こちらが高い本と知っていて安く買い入れたとすれば、売値はやはり高い値をつける。それは習性というより、次に同じ本を仕入れるとすれば、売値では買えないと思うからである。

面白そうな本の仕入れにも、従来とは異ったコツが必要となってきた。戦前から戦後の昭和三十年ごろまでにかけて出版された、いわゆるクロっぽい本は急速に姿を消しつつあるから、中心はそれ以降のシロっぽい本ということになるが、量産傾向になってからの本は全体として安手なものが多く、貴重感や本としての品質も低くなっており、そうした本ばかりで棚を構成すると、貸本屋や特価本屋に近い雰囲気になってしまう。

新しい本でも国文科や英文科の学生相手にしぼるという方法もあるが、そうしたジャンルにはすでに大手の専門業者がいて、とうてい歯が立たない。

結局、少数の熱心なマニアか、何となくひやかしに来店する浮動客を相手にせざるを得ない。そのためには、ちょっぴり毛色の変わった個性をもつことだ。一隅にいつも変わった辞書を置くとか、文庫や新書の絶版本のみを常時五十点ぐらい備えて置くとか、映画のプログラムを置くとか、要するに神保町に足を運ぶ者が何となく立ち寄りたくなるような品揃えをしておくのである。〝本の探偵〟という広告を出しているのも、一風変った店という印象を与えるためであった。

広告料の安い新聞雑誌を選んで出し続けているが、半年ほどの間に四十件ほど依頼があった。ほとんどが卒論用の文献探しで、ちょっと神保町を探し歩けば容易に入手できるものばかり。値段も安くて、とても手数料など取れないというケースだったが、顧客を開拓したい一心、小まめにセドリをして、仕入値で売ったことも多い。当初あてにしていた初版本や限定本の探求依頼はほとんどなかった。これはすでに専門店が存在するからであろうし、もともと高価本の収集家は、新米書店に一本釣りの探求依頼などしないものだ。〝本の探偵〟は一種の宣伝と割り切っているが、時には利益を生みそうな依頼に出くわさないこともない。しかし、最近の例は、一見単純なようでいて面倒なケースが多かった。さらに、珍しい本は所蔵者が限定されているので、結果として人探しになってしまう傾向があった。

そのような理由で、今回の事件が発端から人探しであったことにさほどの違和感も覚えなかったし、ある程度の困難を伴うことも覚悟の上であった。ただし、刑法上の対象になっている人物であるから、これまでの相手とちがって不案内な面での調査も必要となってくる。この点については、従来利用している調査代行業を利用すればよい。多少の経費はかかるが、須藤の動けない範囲をカバーしてもらえるだろう。

須藤はノートに調査依頼事項を書き抜いてみた。三、四週間もあれば可能な事柄である。ひょっとすると柾木一家の行方などが、手間どることになるかもしれない。元刑事の楢橋の行方にしても、まったく同じ心配がある。

須藤がこれらの項目の上にマル印をつけたとき、電話が鳴った。

5

「岩沼だがね」

中年女性のような声を聞いた瞬間、だれだか思い出せなかった。イワヌマ……いわぬま……。

「あ、どうも失礼しました。ちょうどご連絡しようと思っていたところです」

「一か月経つからね。どうだね、その後……」

「ええ、かなり捗（はかど）りましたよ」

「で、どうだった？」医師はせっかちに言った。「生きとるか、死んどるか」

「それがどうも、わからないんです」

「なんだ。何もわかってないじゃないか」声が急に不機嫌になった。

「申しわけありません。順序というものがあって。なにしろ、ご承知のように一風変った人物で、しかも二十年以上も前のことですからね」

「そりゃそうだが。ずっと期待しておったものでね。まったく不明なのかね」

「まったく、というか……。ご存知かどうか、捜査の対象になっていた人ですね。それがいまだに発見されていないとすると……」

「あのね、きみ、わたしは推理を聞こうとしているんじゃないんだよ。依頼したのは、あの男が生きているのか死んでいるのか、調べてくれということだった筈だ。そのいずれにしても、推理や当てずっぽうではなく、ちゃんとした証拠がほしいわけだ。そのためにアドバンスも払ってある」

「それはわかってますよ。当方としては相手が相手で、いきなり人探しというのは前例がないもんだから、一か月間の考慮期間を頂いた筈です。その結果、現時点ではたしかに生死がはっきりしませんが、いちおうの線をつかんだので、第二段階をお引き受けしようと……」

「わかった、わかった」医師はせっかちに言った。「いつまでに結論が出る？　わたしとしては一刻も早く解決してもらいたいんだ」

「その後、飯島からは何とも言ってきませんか？」

「来ないが、いずれ現われるだろうよ。だから一刻も早く解決を、と言ってるんだ」

「その件についてですがね……電話ではこまかなお話もできませんし、近くお邪魔をしてもよろしいでしょうか？」

「ああ、かまわんよ。今度の日曜日はどうかね？」

——承諾して受話器を置くと、須藤は顔をしかめて伸びをした。時計を見ると七時である。

五階の閑一の住まいへ上がっていくと、俚奈を相手に焼酎を一杯やっているところだった。

「球磨焼酎のいいのが入ったんだよ。まあ、飲んでいきなさい。俚奈じゃ話相手にならんから」

「私だって、おじいちゃんでは話にならないわ。六十八歳っていえばいいのに、大正四歳だなんていうんですもの。ユーモアにも何にもなってないわ」

「まあまあ」須藤は空いている椅子へ坐りこんで舌なめずりをした。「ジジマゴ喧嘩は鬼も食わないってね。今日の肴は何ですか」

「気の利かん孫娘だよ。ちょっと塩辛でも買ってくりゃいいのに。ばかの一つ覚えみたいに伽羅蕗なんだから」

「何ですって？　ついこのあいだ胃の手術で病院から出てきたばかりなのに、もうこんな辛いもんに焼酎ですか？　俚奈、少し注意しなくちゃだめだよ」

「だって、文句いうと『おれは大正四歳だ』なんて駄々をこねるんだもん」

「やれやれ。今のうちに、この故老に思い出話を聞いておいたほうがよさそうだね。いくら悪は栄えても、人間の寿命には限度はありますからねえ」

「はいはい。しかし、年寄りは敬いましょう」閑一はコップを目の高さに捧げて乾杯のしぐさをした。「昭和十二歳と昭和三十九歳にも敬意を表して」

「しらけるわねえ」俚奈はむくれて、テレビのほうに行ってしまった。須藤は苦笑しながらメモ帳を取り出した。

「岩沼から催促がありましたよ。調査はどうなっているかって……」

「いやにせっつくね。じたばたしても、失踪してから二十年も経っているのに」

「そこが一つの謎なんですね。ていよく金をゆすられているというが、その原因は父親が艶本を購入していたからという。森田のところにあった名簿が人手にわたったらしいというんですが、また彼を探したとしても脅迫者が引っ込むのかどうか。このへんが最初から曖昧なんですね。何か隠しているが、突っついて依頼人を逃がしては元も子もないから、黙っていたわけです」

「それでいいんだ。理由はこちらで考えればいい。だれが見ても、岩沼には森田の生死をたしかめなければならない、強力な理由があるようだね。名簿はもちろん口実さ」

「そうだと思いますが、機会があれば岩沼の父親というのがどんな人だったのか、調べてみたいですね」

「渋谷で開業していたということだったな」

「そのほか、岩沼の周辺では、愛人と見られる白石という女性がいますね。先日店に現われた……。この女が何を依頼に来たのか、動機は何なのか」

「そのへんは慎重にしないと、大魚を逸することになるぞ」

「もう一つ気になるのは、森田が刊行物の付録としてつくった芋貝だよりに、山東省という名前が出てくることです。柳田国男の『山島民譚集』が山東省のカードの中にまぎれこんでいたという……。最初、柳田国男の本を探そうとして、山東省の項にまぎれこんでいることがわかったのか。それならいいんですが、どうも山東省を検索しようとして、余計な柳田国男の本を見つけたというほうが、真相に近いような気がするんですが」

「いずれにせよ、森田の過去は旧軍関係を調べなければ」

「岩沼の関係はそのくらいですね。しいて言うなら、あのドラ息子と女性の関係ですが、これはあとまわしでいいでしょう」

「いずれにしても、依頼人そのものが謎めいているのは、いつものことだね」

「そのことが森田の失踪とどこでつながってくるのか、という問題ですね。一つ気になるのは、当時の森田を紹介したマンガに、前身が坊主で医者でブンヤでMPで……とあることですね。二十面相的な人物という印象に加えて、医者という要素が加わっている。これは岩沼と無関係なんでしょうか。さらに出身が浅草ということですが、他の人からの証言で印刷屋の倅という線が出ています。それはもうひと押ししたいところです」

「厄介な奴だな。あの当時はそんなに大人物だとは露ほども知らなかったね」

「思い出しましたが、岩沼は森田とニセ札の関連を口にしませんでした。実際に関係があったのかどうかは別にして、容疑者だったという噂ぐらい耳にしなかったんでしょうか。強いて口にしなかったとすると、その動機が問題になりますね」

「しかし、ニセ札関連ということは、ちょっと調べはじめればわかってしまうことだから、その点は隠せない。一つ考えられることは、岩沼が自分と森田との関係をあくまで距離を置いたものに見せたいと思っていることだね。探索の理由づけに父親を持ち出したり……」

「この点は限りなく灰色ですね。あとは飯島という脅迫者のことです。一度会いたいですねえ。住所という池袋のビルを、実際に調べてみましょう」

「本当の住所を明かすものかね」

「一応当たってみます。次が木曾川建一です」

「あ、その人の最大の謎は」と、俚奈が言った。「ヌード写真よ」

6

「お前は黙っていなさい」

閑一が叱りつけると、

「きゃあ、不愉快」

俚奈は横を向いて、テレビのボリュームを高くした。これはいつものことで、話し声は耳に入るのである。

「ヌードについては、正直のところ驚きましたね。あの異様な雰囲気は忘れられません。しかし、なぜそんなものをかけておくのか、今のところよくわかりません。木曾川夫人がかつての文豪永井路太郎の義理の妹にあたることは、まず事実だが、ヌードを残して自殺したという背景が、今のところわかりません。さらに木曾川が娘や孫と、なぜギクシャクしているのか。どうもここには森田が一枚嚙んでいる気がするんです。最初、木曾川は彼と関わりのあったことを、あまり強調したくない様子でしたが、だんだん思い出すにつれて感情が激した様子でした。重要なカギを握っていそうですね」

「あの男も、本だけを集めている幸福な人間と思っていたが、いろいろあるんだな」

「ほかには、いつかメモにも書いておいたように、森田がのちに日雇いになったというような説の出所ですね。これについては、横浜での調査結果もからんできますが、背後に何者かが存在しているようですね」

「わしのカンでは、まったくのつくり話だね」

「それならだれがつくったか、ですね。それから、二十九年に裁判の判決があってから、三十四年のニセ札容疑までの五年間、事実上出版活動は停止状態ですが、その間なにをやって生活していたのか」

「佐藤正三の線を調べることだね」

「やあ、そうでしたね。私淑とまではいかなくても、艶本研究の権威ともいうべき先生ですからね。森田とは想像以上に密接だったのかも知れません」

「刊行物に解説も書いているし、案内状に名を連ねたりしている」

「ひとつ、チェックしてみましょう。つぎが永井路太郎ですが、森田のことでよほど腹に据えかねることがあるようで、外道呼ばわりしていたのは驚きでしたね。しかし、全体としてあの人は偽善的な感じで、言うことに信用が置けない感じです。しかし、義理の妹のあき子という人が自殺したという点は、まさか嘘ではないでしょう。これはすぐ確められます。自殺の原因を知れば、永井や木曾川との結びつきや、森田との絡みがわかるでしょう」

「そういうことが一番むずかしいんだよ。関係者が秘密にしたがるところだからね」

「とにかく、昭和三十二年二月の、鉄道自殺の記録を探してみましょう。──つぎが池田という元新聞記者の話ですが、警視庁記者クラブに居た人だから、事件の概要は知っていましたが、独自の調査はあまりしていないようでした。もっとも、森田の印刷所の内部についての証言は、参考になります。当時の段階で、小出版社や印刷所の聞き込みを行なっていますが、これが完全には信用できないことが、あとでわかっています。もう一つ、そのころの現場の捜査官として、楢橋という人が有力であったことがわかりました」

「現場で叩きあげた人は、恵まれずに退職してしまうことが多いからね」

「むずかしいとは思うが、探してみたいですね。池田という人の話では、まだ考えなければならない点もありますが、一応このくらいにして、つぎは輪光堂印刷の龍之口という人の話です。日時は正確には特定できないが、だいたい森田が艶本出版の末期、裁判の前のことだと思うんですが、龍之口という人が、以前の勤務先、白川活版所にいると、森田に雇われていた足の悪い工員がよく活字を買いに来たそうです。しかも証言によると聾唖者だったようなんです。これは注目すべき証言で、いったいこの工員は無口のせいか、ほとんど口をきいた人がいないんですが、聾唖者ということは考えもしませんでした」

「だいぶ鉛毒に悩まされていたようだし、そのときよほど体調が悪かったんではないのかね。声が出なかったとか……」

「そのへんはもう一度、龍之口という人に確かめてみましょうか。ほかに証言を求めるとしても、白川活版所にいた営業マンを今から探すのは、なかなか骨が折れそうです」

「そこまでは必要ないだろう。信用できると思うよ」

「あまり信用できないのが、横浜の本屋と大野盛男です。本屋のほうは日雇いの水死体を森田と証言していますが、八割がた灰色ですね。問題はその動機です。それから、中年の刑事が何度も現われて、指を見なかったか、質問したというのは重要ですね」

須藤はふと、夕暮の根岸の付近で見かけた、小柄な中年女の姿を思いうかべた。今となっては記憶もボケてしまっていて、本当に見たのかと言われると自信がない。しかし、あれは幻だったのだろうか？

俚奈は電話で友人と埒もない話に興じていた。閑一は酔いがまわったらしく、眼を閉じて椅子にもたれている。

第七章　空家の謎

1

近代社を訪れたのは、翌々日の午後だった。

あらかじめ閑一から電話を入れてもらったので、社長が出てきた。五十前後の事務的な感じの男である。

「変ったご用件ですね」と、彼はソファに坐りながら、訝しげに須藤の顔を見た。「うちの物置に興味をお持ちとはね」

「えっ、物置ですか？　すると、正式にはこちらの地所ですか？」

「もちろんですよ。それがどうかしましたか？」

「あの建物は、もとからこの敷地にあったものですか？」

「うちのビルができる前から、という意味ですか？　いや、私は十八年前に親父からこの会社を受けついだもんで、はっきりしたことは知らんが、あの古さからいえば、以前からあったもんかもしれませんね。一人、古い社員がいますから」

彼は内線で竹内（たけうち）という社員を呼んだ。そのあいだ、須藤は立ちあがって、額に入っている「戦前の神保町二丁目」というペン画を眺めていた。救世軍の建物の横に、鳩屋という喫茶店がある。淡い彩色がほどこされ、J・Oというサインがあった。

「古い絵ですね」

「ああ、おやじの絵ですよ」社長はこともなげに言った。「大沢譲二といいましてね。ちょっと絵心があったんですよ」

「もしかしたら――」須藤は懸命に自分を落ちつかせようとしながら「印刷屋さんを経営しておられた方ではありませんか？」

「そうですがね」社長はもう一度、不審気な顔に戻った。「よくご存知ですね」

須藤が返事に詰まったとき、竹内という老社員が入ってきた。温厚そうな顔で、色艶はよいが、咽喉の皮膚はたるみきっている。おそらく、この出版社の番頭なのだろう。社長と須藤に一礼をすると、かしこまるようにソファの隅に浅く腰をかけた。

「中庭にある物置は、うちがここへビルを建てる前からあったんだろう？」社長が訊ねた。

「はあ、もとの資材倉庫でございますね。あれは会長から戦前のものだと伺っております」

「こちらの方がね」と、社長は須藤を指した。「あの建物の由来を知りたいとおっしゃるんだ。私も、ふだん忘れておる関係から、レクチュアしてください」

「さようですか。あの資材倉庫は、戦前にこのへんにあった学校の宿直室として使われていたというお話です。その後、どういういきさつがありましたのか、会長がお借りになりまして印刷所をはじめられ、戦争中は外地へいらっしゃった関係で閉鎖ということになり、戦後の二十二年に別の印刷屋さんが入ったんでございます」

「それから？」須藤はこまかい質問を控えて、全体の筋をつかもうとした。

「その後、会長が当社を創立しまして、ご存知のように受験参考書、教育関係書一筋にやってまいったわけです。場所はこのあたりをよく知っているからということで、現在地の西側に木造の社屋を建てたのが昭和三十一年でございました。だんだん社業が発展するにつれ、周囲を少しずつ広げていって、今日のようになったわけでございます。最初あの建物は当社とは何の関係もなかったのでございますが、東側に発展してまいりました関係で、土地買収の話も出ました。このころには印刷屋も倒産いたしておりまして、機械だけが埃をかぶっているという状態でございましたが、どういうわけか大家が手放しません。大家というのは、この近くの雑貨屋でございますが、それがいっこう土地を売らないんでございます」

「なにも理由は言わなかったんですね？」

「ただ売りたくないの一点ばりで、会長も『これは値上りをまってるんだろう』とおっしゃって、建物を一時倉庫に借りるということで満足なさっていたのです。十八年前にこのビルを建てたとき、北側からの狭い私道をつぶしてしまいました。その後、お隣りに銀行の寮が建ちまして、南側の私道も銀行専用になってしまったのです」

「ちょっと補足するとね」社長が言った。「このビルの東側の部分も、その雑貨屋の土地だったんですよ。小さなアパートがあったんです。それを買収した関係で、地続きの倉庫も欲しいということになったんだが、手放さないので賃貸契約を結んだんです。あとから銀行が寮を建てたとき、入口がなくなるので困ると言ったんですがね。頭を下げられてしまって、うちとしても自分のものに出来るという気持がありましたから……結局あの建物はビルで囲まれることになっちまったわけですよ」

「ところが建物ができてから」と、竹内は話を引きついだ。「急に売りたいという話です。いったいどういう理由なのか想像もつかず、戸惑いましたが、結局ゆずって頂きましたわけでございます」

「私が社長になってからは、なにしろ薄汚い建物なんで壊してしまいたいと思ったが、そのあとを空地にしておくのももったいない。増築するには半端だ。返品倉庫として使ってるうちに時間が経ってしまいましてね。オイル・ショック後は経営の多角化というやつで、オーディオやパソコンのソフト部門を別のところにつくって、ここは出版だけにしたんだが、近ごろはもう人をふやさないんで、あの地所に建て増しをするなんて、考えることもできません。しかし、いつまでも放っとくわけにはいかんですね」

「いつも申しあげているように、消防からもうるさくいわれますから」竹内は社長を非難がましい眼で見た。

「ところで」と、須藤は肝腎な要件に移った。「ご迷惑かもしれませんが、その倉庫をちょっと見せていただけないでしょうか」

「それはいいが……いったいどういう理由からですか？」社長は三たび不審気な顔になった。

「いや、理由といっても、たいしたことではないんです」須藤はここでヘマをやったら百年目と、必死の思いで弁解した。「神保町の風土記を書いているんですが、その倉庫にいた印刷屋さんという人が、なかなか個性的な人でしてね。ぜひ全体像を知りたいと思いまして――」

社長は一拍置いてから言った。

「いいでしょう。竹内さん、鍵を持って来なさい」

2

倉庫の外壁に塗った茶色のペンキは、こまかくひび割れて、その一つ一つが反りかえって剝離しかかっていた。扉は頑丈なつくりだったが、風雨にさらされて寸法が狂ってしまっていた。

竹内が南京錠を外して扉を力いっぱい引っぱると、土埃が落ちてきた。

「たしか、この一年ほど開けたことがないもので……」

入口近くのスイッチをひねると、裸電球が点った。中央に粗末なテーブルがあって、そのうえに百冊ほどのショタレ本が雑然と放り出してある。右手、すなわち西側に階段が見え、左手の奥には小さな炊事場と仕切りがあった。むかし畳が敷いてあった場所であろう。畳をはずして床を修繕したらしく、タイルは周囲の黒く汚れた板壁より新しく見えた。すべてが薄い埃に覆われている。

「二階を拝見させて頂けませんか?」

「どうぞ。今ご案内しますから」

竹内が先に立って、軋む階段をのぼると、ざわざわという音が潮のごとく巻き起こった。

「ごきぶりですよ」

社長が苦笑まじりに言うと、スイッチをひねった。床の上をごきぶりの大群が移動していたが、どこかに穴があるらしく、数秒後に一匹も見えなくなってしまった。

「何を食べてるんでしょうかね」社長が気味悪そうに言った。

「このあたりはごきぶりが多いんですよ」竹内は床をトントンと蹴りながら、「こちら側に銀行の寮がありますが、食堂に出没して困るそうです。小猫ぐらいの大きさのねずみもいるそうですよ。どこもかしこも近代的なビルになってしまうもんだから、動物や虫が追われてくるんですね」

床のところどころに包装用の紙が落ちているだけで、何の変哲もない殺風景な眺めだった。須藤は床に、活字棚を置いた跡でもないものかと思い、しゃがんで観察したが、そんなものは見当らなかった。窓は板を打ちつけてあった。

「毎日の仕事に紛れて、つい放ったらかしにしていたが」と、社長は呆れ顔で言った。「これは火災や地震のときの危険もあるし、早く取り壊そうや」

「そうですね。金、土の二日かければ、きれいになりますですよ」竹内はうれしそうに答えた。

須藤は窓の傍の羽目板に、鉛筆で漢字が書いてあるのを見つけた。「鮑」や「燻」といった文字が辛うじて読みとれた。植字をしながら、足りなかった文字をメモしたものらしい。

「これは職工が書いたもんでしょうね」須藤はなおも目を近づけて一字一字を判読していった。「曝、笊、鳰、漿……なるほど。この字は何て読むのかな？　加久之見牟……かくしむ……」

「なに、かくす？　どこに書いてあるんですか？」

社長が歩み寄ってきた。その字は窓から少し離れたところに、目の高さに書かれており、ほかの筆跡とは異なっていた。森田の筆跡かどうかは明らかでないが、もとは一連の文字だったのを、その上から紙を貼ったことがあるらしく、剝がしたさいに文字も消えてしまったと見える。

「かくす、ねえ……」

社長と竹内は顔を見合わせた。しかし、彼らの脳裏に何が浮かんだのか、いまの須藤には興味がなかった。彼はこのとき、以前に聞いたことのある言葉——たぶん固有名詞を思い出そうとして必死になっていたのである。

3

「会長さんが、戦時中印刷所をやめて、中国に行っておられたということですが、具体的にはどちらの方面だったんですか?」

もとの応接室に戻ったとき、須藤は質問を続けた。社長はどこか上の空だった。

「中国? ああ、大連ですよ」

「いまもお元気なんですか?」

「もう七十八歳ですからね。いろいろ故障はあるが、なんとか生きてますよ」

「当時のことを覚えておいででしょうか?」

「まだ、もうろくしていませんがね。しかし、戦争中の話はあまりしたがらないんで、息子の私もくわしくは聞いたことがありません。ここ十年ぐらいは、大連の写真集などを見て懐しむようになりましたがね」

「そうですか」須藤はなおも食いさがろうとして、ためらった。大沢譲二の口が重いのは、おそらく戦前の転向に原因があるのではなかろうか。森田が中国に行っていたという噂と、大沢が大連に居たという事実は、どこで結びつくのだろうか。さらに柾木との接点は？

「須藤さんは……」と、社長は須藤の名刺をもう一度見ながら言った。「〝本の探偵〟ですか。なにか父が関係しているんですか？」

「いや、とんでもありません。最初にお話ししたように、あの倉庫を借りていた印刷屋さんが、むかし出版も手がけていたので、書誌学的な見地から調べているんです。ほかにはまったくといってよいほど資料がありませんのでね」

「なんという人です？」

「――森田といいますが、ご存知ありませんか？」

「耳にしたことはありますよ」竹内が答えた。「なにか警察沙汰を起こした人ではありませんか？　二、三度聞き込みがありましたよ。新聞記者も嗅ぎまわっていました」

「ほう、刑事や新聞記者がねえ」社長は神経を尖がらしてきたようだった。「なにをやらかしたんですか？」

「なんでもニセ札使いだったという話で……」竹内は声をひそめた。「刑事は何もいいませんでしたが、何となく噂が出まして」

「何も確証はないんですよ」須藤はつとめて明かるい口調で言った。「もし確実な証拠があれば、指名手配されている筈でしょう？　当時はその種の事件があると、常に印刷屋が疑われたということですからね」

「しかし、聞き込みがそんなにあったのは、かなり疑いが濃かったということでしょう？」

「そうではないと思います。なかなか個性のある人だったから、それで多少は疑われたのだと思いますよ」

須藤は自分が森田を弁護するような役廻りになっていることに、内心苦笑せざるを得なかったが、意外なことに、それは必ずしも悪い気持ではなかった。

「個性的な人？　その人はいま生きているのですか？」

「いや、資料がないということをいま申しあげたように、その人を知る手がかりがきわめて少ないんです」

「生死不明というわけですか？」

「たぶん、亡くなっていると思います」

「名前は森田といいましたね」竹内が出しゃばり出た。「そう、思い出した、森田一郎だ。石川一郎という名と、共通したところがあるんで覚えていますよ」

「まあ、むかしの話ですから」須藤は時計を見た。「忙しいところを申しわけありませんでした」

部屋を出るさい、社長は笑顔で挨拶を返したが番頭の竹内は無表情に須藤の様子を窺っていた。

4

「よし、わかった。わたしが森田を探しているということは、だれにも知られてはいないだろうね」岩沼は自宅の応接間で須藤の調査結果を聞き終ると、強く念を押すように言った。

「そりゃあ、依頼人の秘密ですからね。一言も洩らしてはいません。しかし、あちこちで森田のことを書きたいなどと、いいかげんなことを言って歩いたもんで、評判になってるかもしれませんよ。その点は、あらかじめうまい口実を考えておけばよかったと思いますが……」

「まあ、それは仕方がないだろう。で、これからの予定は？」

「金と手間のかかることは後まわしにしてきたんですが、警察や司法関係の資料を必要なだけ集めてみます。また、森田の行方を知っているとみられる雑貨屋、戦前と戦中の経歴、女関係などももう少しつめてみます。それによって失踪の原因がつかめると思いますが」

「原因はどうでもいいんだよ。わたしが知りたいのは、今生きているのか、いないのかという結論だけなんだ」

「ですから」と、須藤は腹立たしさを表情にあらわさないよう、つとめながら言った。「このように複雑な事情のもとに失踪した人は、原因から入っていく必要があるんです」

「本籍とか、印刷関係とか、もとの住所、転居先などを調べればよいではないか」

「いま調べさせています。三週間ほど余裕をください。ただし、並の人とはちがいますから、そういった方面はあまりアテにしないでください。もしかしたら、すでにお調べになっているんではありませんか？」

「いや」医師は眼を逸らした。「はじめからだめだと思ってね」

「すでにご存知のことがあるなら、教えていただかないと困ります。二重手間ですし」

「あんたの独自の線から調べ、見当をつけてもらったほうが、新しい材料も出てくると思ってね。事実、かなりわかってきたじゃないか」

「やはり、評価はして頂いているんですね。ところで、一歩先へ進むために、どうしても伺っておきたいことが、二、三あるんですが」

「なんだね」

岩沼は急に身構えるような顔つきになった。縁側から枯山水の庭が見える。よく手入れされているが、雪もよいの空の下では妙に寒々しく見えた。

「森田の本を購入して名簿に載っていた人は、ほかにも何人かいるようですが、飯島という脅迫者はなぜその人たちをゆすろうとしないんでしょうか？」

「さあ、それはあんたの報告によると、木曾川、永井、大野といった人たちのことだろう？理由は考えられるがね」

「どういうことです？」

「木曾川という人は失礼だが落魄しているようだ。永井はもう棺桶に片足をつっこんでいるような存在で、こわい者知らず、恥知らずになっている。大野にいたっては、バックがおそろしいからね」

「なるほど、それはそうかも知れませんが、なぜあなたを狙ったんでしょう？　もう当事者であるご尊父は亡くなっているんですからね。親のことなど知らんと突っぱねることだってできるでしょう。世間だって、故人のプライバシーには寛容なものです。失礼ですが、ご尊父は非常に有名人というのでもない。脅迫者としては言いがかりがつけにくいのではありませんか？」

「そりゃあ、息子であるわたしの立場からすると、親についてあれこれ言われることは信用商売だけに困るんだよ。わたしの身にもなってみたらいいでしょう」

「そうでしょうか。岩沼さんご自身が毅然としていればすむことでしょう」

「あんたはわたしにお説教をするつもりなのかね？」

「とんでもない。森田の失踪と関係のなさそうな人を、一人一人消去していきたいんです。

便宜上、第一にご尊父をとりあげてみましょう。渋谷で開業医をなさっていたが、昭和三十年に亡くなられた。森田とは面識があり、電話で本を催促したり、食事をしたりするほど親しい仲だった。当時の刊行物についてた月報やチラシ、裁判の新聞切抜きなどが残されているところを見ると、森田への関心は深かったといえるでしょう。しかし、それだけでは脅迫の種になることはありませんね」

「その通り。冷静に考えればそういうことだ。しかし、名簿がどのように悪用されるかと思うと……」

「岩沼さんがきびしい態度をとればいいことです。どうも、よくわかりませんね。私は二つの可能性を考えました。第一はご尊父が森田に対してシンパ以上の関係がある場合です。つまり、パトロンとして財政的な援助をなさっていたとか、お医者さんとして特別なことをなさったとか」

「あんたは何を言いたいんですか？」

「まあ、聞いてください。森田は資金に困ったとき、他の会員からお金を借りようとした形跡があります。それなら、親しかったであろうご尊父に相談をもちかけない筈がない。たぶん、二十八年ごろにいくらか借りていると思います。しかし、よく考えてみると、単にお金を貸しただけで第三者の脅迫の種にはなりません。これが共同経営者のようになって、艶本出版に乗り出したというなら別ですがね」

って くる筈だ」

「とんでもない話ですよ。第一、そんなことをしていたら、あんたの調査にすぐ浮かび上がってくる筈だ」

「艶本収集にはかなりの熱意をもった方ですが、お医者さんというのは執筆者と同じように、タイプとしては集める一方か、艶笑エッセイなどの雑文を書く一方なんですね。とても出版にまで手を出すという発想はないものです。このへんが本の世界の興味深いところで、おたがいに分業が成り立っているんです」

「それならいいじゃないですか」

「残るはもう一つの可能性です。それは、この件がご尊父といっさい関係がないということです。まあ、お聞きください。あくまで岩沼さんご本人の事情なのではないかと思うんです。そうでもなければ、これほど熱心に調査の依頼はなさらないと思うんです」

「依頼人の動機などはどうでもいいことだ。あんたは私に言われた通り、森田を探せばいいんだ」

「そうはいきません。脅迫がもしあったとして、その動機がはっきりしなければ、森田への線が辿れないことに、やっと気がついたからなんです。つまり、飯島という男が、どういう理由から森田とこちらの関係をつかみ、なにがゆえに商売になると思ったのか。岩沼さんはおそらく飯島から、森田が生きていると言われたんでしょう?」

「なにを言いだすんだ。あんたこそ脅迫者の素質があるんじゃないのか」

「人聞きが悪いことは言わないでください。本当のことを知りたいだけですよ。それとも、残念ですがここで手を引かせてもらいましょうか？　ほかの人に依頼されますか？　もっともその人は、森田が医者だったという噂話を、同じ医者であるあなたに結びつけて根も葉もないことを考えたり、ニセ札づくりの容疑を拡大解釈するかもしれませんね」

「脅迫だ。もう一人脅迫者が現われようとはね」

須藤は黙っていた。脅しというより、はったりにすぎないのだが、相手にそう言われると本当に恐喝をしているような、妙な気分になってきた。一種の快感である。

しばらく沈黙が続いた。遠くで犬が吠えていたが、それも聞こえなくなってしまった。息苦しいような雰囲気になってきた。須藤は立ちあがると、サイドテーブルの脇にある横長の本棚を覗いてみた。ありふれた大判の美術全集が収まっており、背文字が褪色していた。その上に初版本が数点積み重ねてあった。例によって、わざと置かれたものにちがいない。

須藤は少し気が楽になって、背文字を読んでいった。菊池寛『勝敗』、ミシェル『もんぱるの』、吉井勇『恋人』、佐藤惣之助『トランシット』、木下杢太郎『印象派以後』……。一見アトランダムに見えて、そうではないのだった。古本屋に見せびらかすための蔵書見本だったのである。

須藤は笑ったことを気づかれないように、相手に背を向けていたが、ふと一冊の本に気がついた。野村八郎の『武蔵野とその文学』で、古書価は数千円程度のものだが、これだけがほかの本に比較して汚れがひどかった。背表紙が焦茶色になり、下の部分をセロテープで補強してある。

「なかなか結構なご蔵書ですね」

須藤は何食わぬ顔をして椅子に戻った。岩沼はなおも無言のままである。

「木曾川さんという人とお親しいですね」

「いや、知らん」

「ご存知ないですか？　艶本の収集家としてもかなり知られた人ですけど」

「聞いたこともないね」

「本当にご存知ないんですか？」

「知らない」

須藤の頭はめまぐるしく回転した。信用できない相手だが、まんざら嘘でもなさそうだ。かりに木曾川と交渉がないとすれば、知らずに彼との間を媒介している人間を探さねばならない。白石という女だろうか？　それとも脅迫者の飯島か？

「飯島からエロ本以外のものを買ったことはありませんか？」

「買ったかも知れない。ついでのように持ってくる本を、五、六冊は買っている」

「そこにある『武蔵野とその文学』という本はいかがです？」

「忘れたね」

「そうですか。コレクターというものは、入手先を覚えているものですがね」須藤は焦りを感じてきたが、ふとあることを思いついた。「飯島はなぜ池袋の番地を教えたんです？　脅迫者がどういう目的をもって、自分の居所を教える必要があるんです？　おかしいじゃありませんか」

「たしかにおかしいが、あの男はそういうところがあるから、こっちも油断しちまうんだな。最初から、メモに住所を書いてよこしたと覚えてるが……」

「それがこの住所ですね」須藤は手帳を見ながら言った。「豊島区東池袋一丁目……、駅の東口ですね。雑居ビルしかなかったんですね？」

「該当の番地には銀行や小さなビルがいくつもあってね。個人名だけしか控えておかなかったもんで、全然わからなかった」

「控えておかなかった……というと、社名を聞いたことがあるということですか？」須藤は勢いこんで訊ねた。

「そう……たしか、一度書留を送ったことがあった……」

「それは意外です。書留が着いたなら、宛先は正確だったわけですから。社名は思い出せませんか？」

「そんなものは忘れちまったが……、まてよ、もしかしたら、郵便局の受取があるかもしれんぞ。あれは一昨年の冬だったかな」

「ぜひ探してください」須藤は懇願するように言った。

岩沼が戻ってくるまでの時間は長く感じられた。須藤は応接間の中を歩き廻り、『武蔵野とその文学』を開いてみたり、暖炉の上の古い時計をいじってみたりした。

　ようやく岩沼がクッキーの箱を三つほどかかえて現われた。

「この中にあると思うんだがねえ。なにしろ、何でもかんでも投げこんでいるもので。税理士に任せてあるんだが、雑費はほとんど照合する必要がないんでね」

「探してみましょう」

　――それから約一時間、須藤が眼をこすって大あくびをしたとき、岩沼が「あった、あった」と叫んだ。はじめて感情が顔にあらわれていた。

「ありましたか。見せてください。豊島区東池袋一丁目……川合ビル気付、飯島殿。これですよ。川合ビル……」

「しかし、これでは何の足しにもならんよ。おそらく、これは雑居ビルの一つだろう。わたしはこのへんのビルを一通りは調べているんだから」

「そういわれると、役に立たない気もしますが……、しかし、ないよりもマシですよ」須藤はしいて明るい面を考えようとした。「この日付もわかったし……昭和五十六年十二月十六日ですね。いったい何を送ったんです?」

「カネさ。カネだよ」

「普通書留で送ったのですか?」

「飯島の指定だ」

「いくら送りました?」

「二万円ぐらいだったと思う。その二、三日前、病院にやってきおって、現金で十万円よこせという。じつはわたしはちょうど往診で出かけておったが、あとで看護婦に聞くと、年末は来られないからと、帰りぎわにメモを残していった。そこにこの住所と、必ずいつまでに十万円を普通書留で送れという伝言が書いてあった」

「わかりました。これを手がかりに続行してみましょう」須藤は言った。「脅迫者は、相手を甘く見て、千慮の一失をおかしたようですね」

5

門を出たとき、須藤は横目で無意識のうちに、先日自転車のあったところを見ると、ゆっくりバス停の方向に歩き出した。

岩沼が動機を明かさないであろうことは、最初から予想したことであった。今日のところは、前回言ったことが嘘であることを知っただけで、満足せねばなるまい。それに、飯島の手がかりが得られたのは、思わざる収穫だった。

日曜日の午後は、とりわけ高級住宅街は静かだった。須藤はなだらかな坂道を大股に、リズムをとるようにくだりながら、今後のスケジュールについて楽観的になっている自分を感じていた。試行錯誤はあったが、森田についてはすでにいろいろなことがわかっている。岩沼にも広言したように、裁判や警察関係の記録は三週間もあれば入手しうる。雑貨屋の行方も、金言堂のお婆さんなどが突破口にならないだろうか。近代社の倉庫も、一、二か月の内には取り壊されて、結果がわかるだろう。

背後から車の音がした。須藤はチラとふり返ったが、倉庫の中で思い出しかけた言葉にもう一度考えを集中しようとしていたので、助手台に前夜の女が坐っているのに気がつかなかった。

「これはこれは、探偵さん」

窓が開いて、白石という女が顔を見せた。運転席には若い男がいる。どうやら岩沼の息子らしい。

「やあ、これは奇遇ですなあ」須藤は大げさな表情をつくった。「よっぽどご縁があるんですね。二人で仲よくドライブですか?」

「よろしかったら、駅までお送りしますわ」

「いや、結構。晴れた日は歩いたほうが気分がいい」

「晴れた日は中年の探偵もよく見える、ということ？　無理せずにお乗りなさい。わたくし、旧姓を柾木と申します。先日はこわいお嬢さんがいらしたので、申しそびれましたが……」

須藤は黙って徐行する車のドアに手をかけた。車がとまって、彼は機械的に後ろの座席へ乗りこんだ。そして混乱する頭の中で、車が駅とは逆方向へ走り出したのを感じていた。

「申しわけございませんわね、強制したようで」

女は意外にも真剣な表情で言った。男は無言で運転をしている。岩沼の息子にちがいなかった。

「それで？」須藤は急に怒りがこみあげてきた。「用件はいったい何です？」

「もう少しご辛抱いただけません？　すぐにお話し申しあげますわ」

「いったい、私が柾木さんを探していることを、どうして知ったんです？」

「盗聴したんですよ」息子が振りかえらずに言った。「この車にはＦＭが入ってますから」

「こわいねえ。あなたたちは情報部員になれるよ」

「なあに、もとからついているカー・テレホンに少し細工しただけですよ」

「ふーん、手先は器用なんだね」

息子は皮肉に気がついて、咳払いをした。

「まあ、そんなことどうでもいいじゃありませんの。これからいろいろお世話になるんだから」

女がとりなしたが、須藤はその一方的な調子にまたもや腹が立った。前回も感じたことだが、一種強引な性格は水商売の女性のようである。

「仕方がない。運を天に任せましょう」

女は何も言わなかった。車は目白通りを東へ向かい、間もなく文京区内に入った。

6

「この恒子(つねこ)の伯父の柾木治夫(はるお)です」

六十歳近い男が居間に入ってくると、須藤に向かって丁寧にお辞儀をした。黒と白の粗い格子縞のセーターを着て、健康そうな感じをあたえる。姪に似ず、顔の造作は万事が控え目で平凡だが、穏和な表情は初対面の相手の警戒心を解く力が感じられた。

「柾木さんですか。ずいぶん探してる人がいますよ」

「成瀬でしょう?　しつっこいんですよ。家屋と土地の売買をめぐっていろいろありましてね。面倒だから連絡を断ってしまったんです。わたしのほうも新しい商売をはじめたもんで」

「新しいご商売――」

「いや、それは今回の件には無関係なんで、ご勘弁を……」

須藤は黙って柾木治夫と、白石恒子の表情を見くらべた。岩沼の息子は、門前の車中で待たされているらしい。この家の場所は、先刻、道路標識で千石とわかった。

ちょっとの間、気まずい沈黙があった。須藤は手持ちぶさたに茶を啜ると、室内を見まわした。こぢんまりした部屋だが、ピアノの上の花びんや、壁に貼られた子どもの絵などが、ありふれたマイホーム的な雰囲気をつくり出している。

「お子さんがいらっしゃるんですか?」

「はあ、姪の子で、男の子ですが六歳になります。もうすぐ小学校で……」

須藤は居心地が悪くなって、膝を動かしたが、さきほどからのムッとした表情で言った。

「とにかく、どういうご用件なのか伺えませんか」

「それが、いろいろ複雑でして。――まことに申しあげ兼ねますが、これから申しあげることとは岩沼さんにも、それから世間にも内聞に願えませんでしょうか?」

「依頼人ということなら、むろん喋るようなことはしません。たとえ犯罪でもね」須藤は真顔でつけ加えた。「私は警察ではありませんから」

「それでは、姪から申しあげます」柾木は恒子に促した。「およそのところを……」

「およそといっても、どこまでご存知なのか」

「盗聴したではありませんか」須藤は再び腹が立ってきた。「なぜ、あんなことをなさるんです」

「いいえ、あれはもともと、あの人の道楽なんですよ。父親が自分のことをどう言ってるのか、いつも非常に気にしているんです」

「あの人というのは、むろん岩沼氏の息子のことですね？」

「そうです。彼は可哀そうなんですよ。親が医者であるばかりに、才能もないのに医学部へ行かされて……。私は相談役も兼ねてるんです」

「いいでしょう」須藤はうんざりするように言った。

「要点を言ってください」

「要点は、私のために森田を探し出して頂きたいということです」

「あなたのために？」

「ええ、岩沼のために、ではなく。お礼はします」

「それは無理です。岩沼氏のほうが先口ですから。どんな理由があろうとも、彼の利益に反するようなことはできません」

「それでは仕方がありません。私が森田の娘である、と申しあげたら？」

須藤は機械的に湯呑をとりあげ、しばらくそのままにしていた。掌に伝わってくる熱さが、彼の現実感覚を呼びさましてくれた。

「うそでしょう。そんなことが」

「うそではありません。何を好んでうそを言う必要があるんですか。岩沼も知ってることですよ」

「――そうでしたか」

須藤には、いまはじめて岩沼の依頼の動機がぼんやりわかってきた。なるほど……これは迂闊だった。

「岩沼と私は八年前から内縁関係にありました。正妻とは事情があって別居状態で、つまり、私とは事実上の夫婦といえないまでも、それに近い状態になっているんです。しかし、私もこのままでは困ると思っていましたし、岩沼のほうでも私との間に生まれた子どもが来年は小学校へ入るという年齢になりましたので正妻と別れ、私を籍に入れたいと思うようになったんです」

「そこで周囲の反対があった、というわけですね」

「それはないほうがおかしいですよ。でも、正妻が十年間も難病に悩むとなると、人力には限りがあります」

「難病――」

「具体的には申しあげかねますが、岩沼も中学、高校という年頃の子どもをかかえて、本当に困っていました。それが今は大学を出るばかりになって……。私にもそれなりの処遇はあって然るべきじゃないでしょうか」

「なぜ、あなたのために森田氏を探すんです?」

「じつは、私は昭和二十二年、柾木知子の長女として生まれたことになっており、父親はいません。つまり、森田に認知されなかったんです。私生児なんです」

須藤は黙っていたが、森田が女に対して手が早いという評判があったのを、思い出していた。

「伯父の私から補足させてもらいましょう」柾木治夫がほとんど聞きとれないような低い声で言った。「私の妹、つまりこの子の母親である知子は、戦後間もないころから森田と恋愛関係にありまして、妊娠をいたしましたとき結婚話もあったのですが、両親から猛反対を受けまして、結局この子は戸籍面では父なし児になってしまったんです。いまだったらいろいろな方法もあるでしょうが、戦後間もないころですからねえ」

「じつは母はその前に一人を中絶しているんです。もうこれ以上は罪のない子どもを殺したくないというので、非常につらい思いに耐えて私を生んだんです」

「その点も……」と須藤は重苦しさから逃れようと、口をはさんだ。「近ごろの、簡単におろしてしまう人たちとはちがいますね」

「いっそ、私を殺してくれたほうがよかったんです」恒子はさすがに声をつまらせた。「学校に入ってどんなにつらい思いをしたことか……」

「わかりますよ」須藤はあわてて遮った。「森田氏との関連だけ話してください」

「母の言うには、森田は『いつか必ず籍に入れる、時間がかかっても、両親の許しを得て結婚したい』と言っていたそうです。いまから考えると、若くて純情なカップルだったんでしょうね。男が二十五、女が二十ですから。世間知らずというんでしょうか」

「そのころから森田は出版をはじめていますね」

「そうなんです。自分の信ずる道ということで、一生懸命だったし、支持してくださる方もずいぶんあったと聞きますが、なにしろ法にふれそうなものばかりで……。祖父も『そら見たことか』と、いよいよ頑(かたく)なになってしまいました。やがて起訴されたり、ニセ札の容疑者になったりして、もうさんざん。森田も考え方が変ったためか、私の母に対しても甘いことは言わなくなりました。そのうちに失踪さわぎでしょう？　思えば二十代の母には心から笑えるような時はなかったと思います。そのころのぼんやりした記憶に、神保町の救世軍の後ろにあるボロの建物の前で、私たち母子がじっと立ちつくしている光景があります。訪ねていったが、森田がいなかったんでしょうね」

「それまでに森田はなぜ、よそに行ってしまわなかったんでしょうね？」

「安い建物がほかになかったからでしょう。昭和三十八年に森田が失踪したとき、母は現在の私とちょうど同年でしたが、がっくり力を落として、交通事故で死にました。水道橋の小さな事務所で働いていたんですが、考えごとをしながら横断歩道を渡ろうとして、トラックに引っかけられたんです」

「自殺じゃないんですか」

「そうではありませんが、似たようなものです。私にとっては大変なショックでした。何度も後追い心中を考えたほどです。それを機会に祖父は私を柾木の養女にしたんです」

「白石姓は？」

「初婚の相手です。私は看護婦の学校を出て、新橋のある病院に勤めましたが、そこで庶務の男性と親しくなって、二十四のとき結婚しましたが、あとでわかったところでは大変女関係がだらしない人で、何人も愛人がいたんです。二年ちょっとで別れる破目になりましたが、離婚届にはまだ判を捺していないんです」

「というと、……十年間も、ですか？」

須藤はあらためて、恒子の顔を見た。

「ええ、意地ですから。先方もほとほと困り果て、裁判に訴えようとしたこともありますが、世間体を考えて引っこめました。でも、私のほうでもそれ以上は続けられませんから、近く白石姓は返上して岩沼姓になります」

「それなら結構じゃありませんか」

須藤は呆れ顔で言った。

7

「ところが、また面倒なことが起ってきたんです」恒子はことばをついだ。「私の母が私を生む前に妊娠中絶を受けたといいましたが、それを施した医者が、もうおわかりのように、森田と親しかった岩沼の父親だったんです。ところが、それが法律に違反した手術だったというわけです」

「堕胎罪ですね」

「私のカンではその後も一、二回、世話になっていたらしいんですが、確証はありません。戦後の混乱期にありがちなことでしたし、岩沼の父もすでに故人となっていますが、飯島という人はどこからかその事実を掘り返してきて、岩沼を脅迫しはじめたんです」

「なるほど。それで理由はわかったけど、ずいぶん古い話ですね。たいしたゆすりの材料にはなりにくい」

「岩沼は、この話を知っている者が、森田以外にはないと考えているようなんです。私が、たとえそうだとしても森田は生きてはいないでしょうと宥めても、飯島がネチネチと『森田は生きてるかも知れませんよ、先日目撃した人がいるんです』というぐあいに、岩沼を疑心暗鬼にしてしまうんですね。プロの脅迫者の手口ですね」

「なぜ森田が生きていては困るんですか？　びくびくすることはないでしょうに」

須藤は先ほどから気にかかっていた質問を発した。

「その通りです。困ることも、びくびくすることもありません。しかし、岩沼としては、もういい年齢で、長年結婚生活には恵まれなかったから、このへんで安定したいという気持が強いんです。正妻の子は出来が悪いので、事業でもやらせて、私たちの子を医者にするんだ、などと言い出しているほどですからね。そんなときに、森田という過去の亡霊が出てくることは、あらゆる意味で邪魔なんです」

「亡霊にはなにもできないでしょう？」

「そうとは思いますが、世間的な立場や体面を気にする人たちは、なかなか慎重なものですよ。たとえば森田に対しては、いま申しあげたようないきさつから、失踪宣告が出ていないので、法的にもまだ生きている状態なんです。私に対して堂々と親だと名乗れます。私も森田に対して実子の認知を求めることができます」

「求めたいんですか？」

「いいえ。しかし、岩沼にしてみれば私と森田は実の親子だからどう感情が動くかわからないと心配なんですね」

「それなら、さっさと失踪宣告を請求すればいいでしょう。たしか七年以上経過していれば大丈夫な筈ですよ」

「そうするつもりです。ただ、岩沼が恐れるのは、森田が生きている可能性が強くなっているので、やたらに動くと姿を現わすのではないかということです。そこで半年ほど前から、ひそかに興信所などを使って調べたんですが、どうも出版の世界、愛書家の世界というものは調べにくいというわけで、あなたにお鉢がまわっていったんです」

「そうでしたか」

須藤は深く溜息をついた。岩沼の依頼の動機を知るということから言えば、廻り道を重ねてようやく振り出しに戻ったような感じである。しかし、なお釈然としないところが残っていた。

「あなたはなぜ森田を探すんですか？　岩沼さんと同じ動機なら、私に対して別個に依頼する必要はないでしょう？」

「それが別なんです」恒子は須藤の眼をまっすぐに見ながら答えた。「岩沼の動機は、森田が生存しているかどうか確認したいということです。私のほうは、死亡していてもらいたいということです」

「ほう……」

「私は父親らしい味を少しも知らずに成人しました。母は森田を愛していたようですが、子どもの私にとって、一度も抱いてくれなかったような男をなんで父親と呼ばなくてはならないんでしょうか。さんざん苦労して、いまはもう女としての絶頂も過ぎようとしているんですよ。そこでようやく人生の安定をつかもうとしている矢先に――」

彼女は再び声をつまらせた。須藤はそれを遮るように、冷静な口調で訊ねた。

「失礼ですが、岩沼さんとは、どのような縁でお知り合いに？」

「もと勤めていた病院の院長先生と、岩沼とが知り合いなんです」

「なるほど」

須藤はもう一つ、岩沼の息子との関係を問い質したかったが、柾木が同席していることでもあり、遠慮が先に立った。

「あなたは、いつごろまで神保町に住んでいたんですか？」

「そうですわね。十九の年に看護婦学校の寮へ入りまして、いらいほとんど帰りませんでしたから、もう十七年も……」

「本屋街を歩いたことは？」

「いいえ、全然」

「わかりました。では結論ということですが、森田に出てきてもらっては困るとおっしゃる。つまり、森田が見つからなければ、岩沼氏に『死んでいます』と安心させること、見つかったら私から森田を説得して、あなたの幸福をぶち壊さないようにする、ということなんでしょう？」

「うれしいですね。のみこんで頂いて」

「しかし、こんなむずかしい要求はありませんよ。私には到底できませんね」

「そんなに固く考えることはありませんよ」柾木が沈黙を破った。「もう生きてはいないと思います。ただ確証は得られないでしょうから、五分五分か不明という場合に、岩沼さんに対して『死んでいる確率が七割』と仰言っていただければいいんです」

「やはりむずかしい」須藤は腕組みをして、しばらく考えたのち、ついに決心した。「貴重な事実を打ち明けていただいたことだし、せいぜい努力してみましょう。但し、状況によってはお約束できませんよ」

第八章　古書の手がかり

1

判決

本籍、東京都台東区松ケ谷一丁目
住所、埼玉県浦和市小馬場二〇七
出版業　森田　一郎
大正十一年四月六日生
右者に対する猥褻文書販売被告事件につき当裁判所は次の如く判決する

主文

被告人森田一郎を罰金十万円に処する

右罰金を完納し得ないときは千円を一日の割で換算したる期間被告人を労役場に留置する

訴訟費用は被告人森田一郎の負担とする

起訴理由

被告人森田一郎は出版業芋貝山房の社長として出版販売を行なって居る者であるが、宇須美久徳（筆名宇須美不問堂）の著作なる『女人礼讃』の出版を企画し、その内容に別紙の如き男女交接の記述のあることを知悉し乍ら之れを出版し、昭和二十八年七月ごろ第一組合稀覯書研究会を通じ百二十四冊を売渡し、もって猥褻文書の配布を為したるものである。

判決理由

被告人は本件を猥褻文書に当らぬから無罪であると主張し、その理由を著者の卒直な女性観を表現した文学作品であり、一読羞恥や嫌悪の情は全く起こらないとする。さらに江戸期の春本として定評のある『はこやのひめごと』『あなをかし』『逸著聞集』等と同一の古典として扱ったとし、配布方法も特定少数の研究者を対象としたものと主張する。

性道徳や性倫理は時代によって変化があり、猥褻の基準も絶対のものはあり得ない。

弁護人の主張の如く戦後男女の交際は往時にくらべて自由かつ開放的になっていることも否めない事実であるが、性生活の紊乱が一国の文化の盛衰、社会悪の助長に大なる関係を有することが自明である以上、性的交渉が純潔を保つべきであることは論をまたない。性生活は閨中の秘事として夫婦間に於て経験すべきであり、それを公然と表明したり、いたずらに性慾を刺激するようなことは、今日の社会に於ても厳に取締る必要がある。

もとより文学は倫理道徳の教科書とは異なる目的を有し、人生の真実の追求を行なって読者の趣味教養、美意識の向上につとめる目的を有し、その場合に陋劣な情慾の発露動作を描写してその欠陥を指摘する必要を生ずる場合もあるが、斯様なさいにも自ずから超えることができない一線がある。その具体的描写が平常な普通人に対して情慾の発動を連想し、羞恥、嫌悪の情を惹起せしむる時は猥褻文書にあたる。

著作の動機が文学にありとするも、善良な家庭団欒の席において読むに憚るところがあるならば、すなわち猥褻文書としてとりあげられるのである。

本件は特定の組織を通じての頒布であるが、頒布の動機は被告の主張するような文化資料の保存という性格を逸脱して、表紙に具象的な女性恥毛の写真版を印刷し、あまつさえ、それに女性下着を模した白布を添えるが如き、普通人の正常な性的羞恥心を害し、善良な性的道義観念に反するものである。

佐藤証言、瀧山証言、堀証言により、著作の文学的評価の判断は各人において行なわれるべきであるが、著作が刑法第百七十五条の猥褻文書に該当するかどうかの判断は、法解釈上の問題である。裁判所は単に法解釈の適用を行なえばよいのである。すなわち、この著作が一般人に与える性的興奮、刺戟の程度については、裁判所が判断を下すべきものである。

本書は女体の美を説き、性行為の礼讃を行ない、交接の具体的描写に及んでいる。しかし、「性交」が「詩」であり、「詩」であるからこそ「想像の翼を張って自在な個所へ侵入する」と称して上流の婦人に対して淫らな行為を連想し、その下半身の特徴や交接の露骨卑猥な描写をなすことは一種の詭弁にすぎない。交接の描写中に「出来るだけ破天荒な離れ業を演じ、閨中の楽しみを深刻に」云々の文言があるが、そこには不健全下劣な性愛遊戯以外のものはなく、「両股を開くとそこに小さな肛門に続き、淡紅の会陰部を窺はせる」云々の描写に示されるように、全文の意図は好奇心の挑発に存するが如き観あり、そこに何ら吾人の高尚な情緒に共感寄与する文学的魅力はない。

現下において、かかる文書の販売を許すことは健全な風俗を紊し社会風致上の弊害を助長する虞あるものといわねばならず、刑法第百七十五条にいわゆる猥褻文書であると断ぜざるを得ない。

被告は会員組織により有償配布したと主張しているが、会員の資格選考は全く形式的で、学歴、職業、年齢も一定せず、無制限である点、特定の者に配布する目的に出たとはいえず、販売罪が成立する。

よって被告人森田一郎を罰金十万円に処し、それを完納し得ないときには刑法第十八条により千円を一日に換算したる期間、被告人を労役場に留置すべきである。証人に支給したる費用は、被告人森田一郎の負担とする。

検事宮嶋邦平関与

昭和二十九年十二月×日

浦和簡易裁判所

裁判長裁判官　山田　剛

2

「どうもおそれいったね」須藤は感に耐えないような口調で言った。「涙なくして読めないといったところだ」

「そんなものが、ですか？」調査代行業の土田(つちだ)は、書肆・蔵書一代の薄汚れたソファにふんぞり返って、無表情にタバコの煙を吐くと、数枚の書類を手渡した。「これがその他の書類と請求書です」

須藤は一枚ずつめくってみた。最初が厚生省の引揚者名簿の写しで、昭和二十二年一月に森田一郎が大連から引揚げてきた旨の記載があった。

「戦前、戦中の経歴はやはり不明です。出生地の戸籍はやっと閲覧ができましたが、写しはとらせてもらえませんでした。父親は明治三十二年生まれの重吉という人です。一郎の転出記録は保存なし。戦後の神保町居住も、すでに住民登録などの記録は残っていません。藤花堂印刷の記録も登記簿にはありません。個人名義だったんでしょう。浦和市には昭和二十三年に転入の記録があるだけで、税務関係その他いっさい廃棄されてしまっています。居住地の現状は、もと国道のY字路に面した角地だったのが、区画整理で道路になってしまっています。もとの地主は岸田という家で、代替わりになっているため当時の経緯は不明です」

須藤が次の一枚をめくると、柾木治夫についてのメモが出てきた。

「あ、この人についてはあなたに連絡したように、三週間ほど前に会えた」

「よくわかったなと思います」土田は職業的関心をわずかに表にあらわした。「柾木治夫は大正十四年生まれで、元治の次男です。長男は二十一年に死亡しています。妹が知子で昭和二年生まれ。その娘の恒子が昭和二十二年生まれです。治夫は戦時中に中国へ渡って、商売をしていたとのことですが、詳細はわかりません。戦後すぐに帰国して家業を継いだが、昭和三十九年に店舗と家作を手放して他区へ転出しましたが、五年以上を経過していますので移動の記録は廃棄されています。戸籍はそのままです」

「戸籍を動かすことで、足がつくのを恐れたんだね」須藤は柾木治夫の穏やかな顔付きを思い出し、あらためて奇異なものを感ぜざるを得なかった。帰りぎわ、絶対に内聞にしてくれと言ったときの表情はきつくなっていたが……。

「大沢譲二は」土田が言葉をついだ。「明治三十八年東京の京橋区の富裕な家の生まれで、昭和初年にボーザールという派に属し、エッチング画家として嘱目されましたが、昭和三年の共産党大検挙で拷問を受け、獄中で仲間を裏切ったということで爪はじきになり、父親の援助で神保町に印刷業を開き、昭和十二年に中国へ渡っています。現地での職業等はいっさいわかりません。昭和二十二年帰国して、近代社を創立しました。出版人としての経歴はとくに調べませんでしたが、現在は七十八歳で病床にあります。住所は文京区白山二丁目です」

「それは柾木治夫の家の傍だね」須藤は考えこんだ。「なにか理由があるのかな」

「飯島という人物や、森田に雇われていたという印刷工については、ペーパーの調査ではまったく不明です。また、森田がニセ札の容疑者だったということも可能な限り当ってみましたが、どうやら参考人の中でも比較的有力という程度のようで、当時の新聞雑誌その他の文献資料にも、いっさいあらわれていません。大宅(おおや)壮一(そういち)文庫から刊行物に表れた資料を集めてきましたが、森田に関する記述は一行もありませんでした。ただ、文庫の人名索引に森田一郎の名がありましたので、調べてみたところ、昭和二十八年に江の島の水族館にそのような名の人がいたということです。ありふれた名ですので、同姓同名でしょう」

「保留ということにしよう」須藤はメモをとった。

「つぎが木曾川の妻のあき子の件ですが、まず昭和三十二年二月十日に、横須賀線保土ケ谷駅で飛び込み自殺を遂げています。これは、警察関係が調べにくかったんですが、さいわい地方紙に記事がありました」

「どれどれ。〈病院患者が厭世自殺——二月十日午後二時ごろ横須賀線保土ケ谷駅ホームで女性が久里浜行きの電車に飛び込み即死した。保土ケ谷署の調べでは、東京都練馬区の会社員木曾川建一さん（三四）の妻あき子（二六）と判明した。なお、あき子は横浜市中区山手の病院に入院していたが、九日午後から行方不明で捜索願いが出ていた〉」

「永井路太郎との関係を調べようと思いましたが、最低十日はかかりますから……」

「必要があれば連絡するから。あとは岩沼の配偶者や息子のことを調べてください。大野盛男や野毛の古書店についても、概略はおさえてくれないか。……それから、孫大来という中国人についても」

「なんですか、その人は？」

「奇術師ですよ。目下テレビで人気があるそうだ。『奇術三十年』という本があるというが、関西の小出版社から出たもので、すぐは手に入らない。何かがありそうなんだなあ。電話で催促してみるか」

「とりあえず、今日の分、領収書を出しますが……」土田は返事を待たず、黒革の鞄から書類を取り出した。

3

翌日、須藤は刷り上がってきた在庫目録の発送を半分ほどすませると、二丁目の金言堂を訪れたが、あいにく婆さんが風邪で寝こんでいるということだったので、いったん店へ戻ると車を出して、懸案の池袋へまわってみることにした。

岩沼から教えられた池袋の東口一帯は、サンシャイン60という高層ビルとは数百メートル離れた、商業ビルの蝟集した一画で、ほとんどのビルの一階がブティックや飲食店になっており、階上のオフィスはその脇の狭い入口から入っていくような構造になっているため、目ざすビルは非常にわかりにくかった。岩沼が手こずったのもむりはない。

そのような店が途切れるあたりに、駐車場を一階にかなり広くとった七、八階建てのビルが見つかった。ぼんやり車の流れを見ている守衛がいる。

「川合ビルというのをご存知ありませんか?」

「ここですよ」

「飯島さんはいらっしゃいますか？」

「さあ、うちにはいないが、ここには他の会社も入ってるからねえ。あんた、どこの会社の人？」

「神田の本屋ですがね。一年ちょっと前、このビルに飯島という人がいたことがわかってるんですが、急用があって……」

「飯島ねえ」守衛は内線で話をしていたが、「二階に受付がありますから」と右側の小さな入口を指さした。

　狭い階段を上がり、「川合商事株式会社」と金文字で印されたドアを開けると、受付とは名ばかりのカウンターの向こうに、旧式なタイプライターを叩いている女性社員がいた。あらためて用向きを告げると、飯島なんて人はいない、の一点張り。そのとき中年の上司らしき人物が外出先から帰ってきた。

「なに？　あんた、サラ金？」

「とんでもない。本屋ですよ」

　須藤が名刺を出すと胡散臭そうに見ていたが、思い直したように衝立で仕切った応接コーナーへ招じ入れた。

「しかし、そういう不完全な宛名で、よく届いたなあ」彼は須藤の話を聞くと首をひねった。

「ビル名だけで、会社名が記入されていなければ届かない筈だがね」

「しかし、郵便はまず守衛のところに配達されるんでしょう」

「そうだが……」

「社名のないものは、いちおうこちらの会社に届けられるんでしょう？」

「このビル全体は川合のものだからね」

「一昨年十二月の受信簿はありませんか」

上司は面倒臭そうに、さきほどの女性社員にノートを持参させ、ページをめくっていたが、

「ここにあるのがそれかな？」

みると十二月十七日に岩沼の出した書留が受領されていた。ところが、今度は十七日以降の発信簿を見ても、それを返送した記録はない。だれかが受けとったことになる。

「こりゃ、まずいな。市川(いちかわ)君を呼びたまえ」

上司は不機嫌そうに言った。

呼ばれた市川という背の高い社員はしばらく考えていたが、

「ああ、これはたしか元嘱託から連絡があって、住所を間違えて郵便を送ったから、受取人本人をさしむけるので渡して欲しいということでした。たしかにそうです。判を持参したんで、渡しましたが」

「元嘱託というのは誰です？」

「木曾川という人ですが」

須藤はすぐには声が出なかったが、やがて興奮を抑えて言った。

「練馬の木曾川さんですか？」

「おや、ご存知でしたか」上司は意外そうに言った。

「ええ、本好きの方として有名ですから」

「そうでしたか。いや、もう三年ほど前に病気でやめられましてね。この会社には木曾川さんの奥さんのほうの縁故で転職して来たようです」

「奥さんはどういう方ですか？」須藤は知らないふりをした。

「当社の前社長の娘ですよ。もうお二人とも亡くなりましたが……」

「いまの社長さんは木曾川さんのお知り合いでしょうね？」

「さあね。木曾川さんが退職されてから社長になっていますし、社長はそれまで日本橋の川合証券にいましたから。姉妹会社なんですよ。もとは岐阜の資産家川合直次郎（なおじろう）が創立した会社ですがね」

「岐阜……」

須藤の頭の中で、それまでに会った人々の関係が、少しずつ再構成されてくるようだった。

「しかし……」と、彼はしばらく考えてから言った。「ある事情で木曾川さんが直接電話をかけたとすると具合が悪くなるんですが、本当に木曾川さんの声でしたか」

「そうですねえ」と社員は腕組みをして考えていたが、「その書留が来る前日に電話があったように覚えてます。声は……木曾川の家のものだと名乗って……」

「本人じゃないんですね。男の声ですか、女の声ですか？」

「男でした」

「わかりました。いや、なに、ちょっと気になることがありまして」

須藤は適当に切りあげて、そこを出た。脅迫者はなかなか巧妙な手を使ったものだが、特定の人間関係を知らない者には使えない方法である。木曾川は、いくら困ってもこのような方法で金を得たいとは思わないだろう。第一、電話で名乗れば岩沼に知れてしまう。すると、岐阜出身ということで大野盛男が浮かびあがってくる。この男は金に困っていないが、間接的にせよ、脅迫に一役買っているのではないだろうか？

いずれにせよ、大野という、まっとうでないところのある人物を、もう少し洗ってみる必要がある。須藤は手帳を取り出して、土田のアドレスを探した。

4

次の日は古書会館で資料市があった。須藤は荷風(かふう)の『机辺之記(きへんのき)』に二万二千円、広津和郎(ひろつかずお)の『青春行路』に八千円を入札し、店に帰って永島に目録発送の宛名書きを依頼すると、永田町の国会図書館へ急いだ。

須藤はサラリーマン時代に商工関係の統計を閲覧に来ていらい、ほとんど十数年ぶりであるが、知り合いの復刻版業者の中には、ここをかなり頻繁に利用している者もあると聞いた。三月の上旬で、学生たちが来館していないためか、館内は噂にきくほど混んでいなかった。須藤は手近のカードボックスを開けてみたが、勝手がわからず、リファレンス係に相談すると、旧帝国図書館時代のカードボックスを教えられた。著者書名目録は昭和十六年から二十四年三月に整理した図書ということだから、森田が昭和二十二年に参照したのはこれにちがいない。

しかし、「サントウ」の個所は『山東京伝』という本が一冊あるだけだった。たしかに柳田国男の『山島民譚集』はあったが、昭和四十四年のもので、森田とは無関係であった。

やむなく、昭和二十三年以降の整理による著者書名目録を引いてみた。その個所は訓令式ローマ字の順に書名が並んでいるので、ほかに青島軍政署編『山東之物産』とか、上海日本商業会議所編『山東問題に関する排日状況』といった本が並んでいた。

森田は図書館側の排列がまちがっているように書いているが、ローマ字の順に機械的に排列しているので、こうなるのが当然なのである。

(あまり図書館を利用したことのない人だったんだろう……)

須藤はそんなことを考えながらカードを繰っていたが、ふと『山東日支人信用調査録』という、昭和十七年発行の本を見つけた。著者名はない。

とにかく、わずかの手がかりでも追求していくほかない。須藤はその書名を請求票に記した。

ついでに『奇術三十年』を検索してみたが、見つからなかった。日本の出版物は国会図書館への納本が定められているのだが、完全に守られてはいないのである。

二十分ほど待つと本が出てきた。紺色のクロースの立派な本で、ほとんど利用された形跡がない。内容をざっと見ると、当時の山東地方を中心とする日本人、中国人の商工信用調査で、四百数十ページの中に日本人約五百人、中国人約三百人の記載がある。一部分は法人名で三井、三菱、伊藤忠などの名も見えた。

本屋の癖で、まず奥付を見た。昭和十七年一月八日発行、非売品で、発行所は青島市場一路一七号、青島興信所。発行人は同番地の山内孝雄(やまうちたかお)となっている。印刷所は――。

「あった!」

前の座席にすわっていた中年男が、おどろいて須藤のほうを見た。

印刷所、大連市大山通六一、大沢印刷、印刷者、同右、大沢譲二。

須藤は自分でも上気してくるのがわかった。ふるえる指で本文を繰った。

しかし、森田も柾木も記載がなかった。考えてみれば森田はそのころ二十歳、柾木は十七歳である。信用調査の対象にはならなかったのだろう。

とはいえ、この本を森田が借り出した確率は非常に高い。それなら、どのページを参照したのだろうか。

須藤は目次を読んでいったが、はじめの方で、おどろくべき発見があった。「岩沼宗一」という項目を見つけたからである。本文を開くと、つぎのような記載があった。

原籍　東京市四谷区市谷片町三
住所　青島博興路五九〇
　　　　岩沼　宗一
　　　明治三十一年生
　屋号岩沼病院、職業医師、年商円高(ほ)　損益及び消長(イ)、資産(い)、所見(ろ)、信用(は)
〔備考〕氏は東京医科大学を卒業、外科を専攻し、昭和二年軍属として来青。定住して現在地に開業、近隣の医局を譲り受けて医務を拡張しつつあり。

他の人物にくらべて記述が短かった。のみならず、調査項目の記入も奇妙なところがあった。年商円高の「ほ」というのは、別表のインデックスにより年収一万～一万三千円というランクになる。損益及び消長の「イ」は活況を呈しているの意味、資産が「い」であるのは〝最厚〟の意味であるが、所見が「ろ」なのは〝未だ不安なし〟の意味で、その上のランクの〝平安〟よりは一つ落ちる。さらに信用が「は」であるのは〝最厚〟〝厚〟につぐ〝必ずしも浅からず〟という意味になる。

当時の医師の地位、とりわけ外地におけるそれを考えると、どの項目も最高ランクにあって然るべきなのに、この調査では多少奥歯にもののはさまったような感じをうけるのは、気のせいだろうか。

須藤はしばらく他の人たちの項目を拾い読みしていたが、やがて本を閉じると閲覧室を出た。念のため、大連やその他の地区について同類の本があるかどうか、カードをたしかめるのを忘れなかった。

今日もちょっぴり真相に近づいた。森田が日本に帰って、医者を必要としたとき、青島で知り合った岩沼を思い出したとする。そのさい、何か相手の弱味をにぎっていたとしたらどうだろう。そのことをたしかめるために、彼は文献を見ようとした。現地の事情に明るかった彼は、このような信用調査が行なわれていたことを知っていたのにちがいない。

――しかし、肝腎の彼自身は、いまだに姿を現わさないのであった。

5

十二時半に店に戻ると、コーヒーのにおいがした。永島がビルの下の喫茶店からとったサンドイッチを食べており、俚奈が相伴(しょうばん)にあずかっているところだった。

「目録の注文、七件ほど来ましたよ」永島がメモを見ながら言った。「もっとも四件はダブりです。伊藤秀五郎(いとうひでごろう)の『北の山』ですけど」

「まずかったなあ。五万とつけても売れるのに、二万だからね」

「わたしがとった電話に」俚奈がパンを頬張りながら言った。「抱き合わせ注文でもいいという人がいたわよ。目録のその一ページ、四十八冊全部買うから、『北の山』売ってくれって」

「ほう、それは耳よりな」須藤はメモを一目見たが、すぐ吐き捨てるように言った。「またあの村野か。だめだめ。この間も同じことをいって来たから、はい当選と通知したら、本はお目あてのもの一冊しかいらないから、ほかの四十七冊、全部買い戻してくれっていうんだ。もちろん、こちらが人情で買い叩けないことを承知なんだよ。やりにくいったらありゃしない」

「しかし、すごいコレクターがふえてきましたねえ」永島は溜息をついた。「一ページ買い切りで、十五万とするでしょう。それを半値で買い戻すとして、七万の上乗せとなるわけですね」

「本によっては、それほど高くないがね」須藤は憂鬱そうに、ソファに坐りこんだ。「ところで俚奈っぺ、ちょっと聞きたいことがある」

「なにごとで」

「このあいだ店に来た白石という女の人」

「おばん」

「どこかで見たことがあると言ったが、思い出してくれないかな」

「うーん、めしどきは頭つかわないことにしてるんだけど」

「そんなこと言わずに。今日ケーキおごるから」

「ジローのをおごってくれる?」

「いいだろう」須藤は顔をしかめた。「そのかわり、早いとこ頼むよ」

「いいわよ。それより食事してらっしゃいよ。今日はわたし、つごう悪くて店番できないの」

「デートですかね」

「かも、ね」

俚奈は永島と顔を見合わせて笑った。考えてみればこの二人がデートしたとしても、さほどおかしくはない。永島は頼りない男だが、女性にとって全く魅力に乏しい男でもなさそうだ。少なくともこのおれより……。

須藤は疎外感を覚え、カウンターの上の郵便物をかかえると、黙って外へ出た。

6

なんとなく食欲がないので、三、四軒先の新刊書店の二階にある「アダム&イブ」という喫茶店に入ると、カウンターの隅に空席を見つけ、レモンティーを注文した。

神保町は駿河台などとちがって、絶対というべき喫茶店がない。その中では最近開店したこの店が、素人っぽいつくりのようで意外にこまかな神経を使っていて、須藤は気に入っていた。

二口、三口、紅茶を啜ると暖房のききすぎのためか、眠気がさしてきた。須藤はタバコを吸わないのでこのようなときは眠気ざましに困る——。

「落ちましたよ」

隣りの若い男に注意されて、須藤は目をあけた。膝に乗せた郵便物が床に落ちたのだった。そのときはじめて、彼は厚い封筒に入ったものが大阪の版元から送られてきた『奇術三十年』であることに気がついた。

一目、表紙を見て、彼はがっかりした。センスのないビニール引きの赤いカバー、無神経なレタリング……。こんな本は店に置いたとしても、まず売れる気遣いはない。

内容は第一部が「だれでも知りたい奇術のタネあかし」、第二部が「私の履歴書」という陳腐な構成となっていた。須藤は欠伸（あくび）を嚙み殺しながら、ざっと見ていった。その中で、彼の注意を惹いたのは次の一節であった。

奇術は奇術師自身がトリックという例があります。今世紀のはじめに活躍したチャン・リン・スーの場合がそれです。

彼の得意としたのは弾丸を歯で受けとめるという術でした。これは非常に危険な術で、銃に仕掛をして実際に弾丸が出ないようにしておくのですが、ときどき発射されてしまうことがあったのです。

あるときチャンはロンドンの大劇場でこの術を行ない、不幸にも弾丸が発射されてしまい、中国服を朱に染めて倒れ、とうとう息を吹き返さなかったのです。

それにもまして人々を驚かせたのは、チャンの顔をふいてみると、白人の顔があらわれたことでした。亡くなったときは五十七歳でしたが、その大半を彼は中国人として知られてきたのです。十四歳で初舞台を踏み、ハーマンという名高い奇術師の助手となったのですが、あるときハーマンのかわりにつけひげをつけて出演したところ、だれにも気づかれませんでした。

その後独立し、程連蘇（チャン・リン・スー）と名を変え、顔形もすっかり中国人になりすまし、インタビューのさいにも中国人の通訳をつけるなど、完全に中国人になりすましていたのでした。職業上の方便とはいえ、その心理はたいへん興味ぶかいものがあります。


須藤は孫大来が流暢な日本語を喋ったときの、軽い驚きを思い出した。むろん、日本語に堪能な中国人はたくさんいる。大来もその一人かもしれないが、あのときの微妙なニュアンスは、まさに日本人ならではのものであった。つまり、日本人が中国人に変装していると考える方が自然であった。一度テレビで見たときも、中国人の通訳がついていたような覚えがある。

——しかし、いまは孫大来のことなどはどうでもよい。大野盛男は、いったい何がいいたいのだろう?

須藤はすっかり眠気から解放されて、頭が回転しはじめた。

7

考えにふけりながら店を出ると、左隣りが中森書店だった。自動ドアの真新しいマットを踏むと、奥のカウンターに若主人が坐っていた。

「景気、よさそうじゃないの」

「まあね。お客さんに聞いてみると、お茶の水駅から来る人が意外に多いんだね。やっぱり中央線は文化人が多いせいかなあ」

「そりゃ、密度がちがうからね。しかし、地下鉄も馬鹿になりませんよ。これからニュータウンと結ぶからね」

「どうかなあ。いまだって白山方面なんか、近いのに人があまり来ないじゃないか」

「エアポケットなんだね」須藤は棚を見まわした。「ちょっと上の階見せてくれる?」

「よかったら、本よりも七階の住いの方へ寄っていってくれないか。家具も入ったし」

中森は店番を店員に任せると、エレベーターで自分の部屋へ案内した。十畳ほどのワンルームに絨毯が敷きつめてあり、自慢のステレオが壁面を占領している。ＪＢＬのスピーカーにマッキントッシュのアンプが、この一家の主人のようだ。

狭いキッチンで家事をしていた中森の妻が、葛餅を出してくれた。

「これはごちそうさま。お子さんのおやつをとってしまって、申しわけない」

「いえ、うちはもう大きいですから。今年から高校ですのよ」

「そうですか。早いものですね」

「須藤さんも、もうそろそろお嫁さん、いいんじゃない。いまなら大丈夫よ」

「今なら、ですか。しかし、二度目となるとねえ」

もう一度、家庭的な妻を持ちたいという願いがないわけではないが……。

須藤は苦笑しながら窓の外へ視線を逸らした。そこはオープニング・パーティーのさい、下を見はらした場所である。そうだ、あの倉庫はどうなったろう?

彼は椅子から身を乗り出して、レースのカーテンごしに救世軍の建物の裏を見おろした。たしか屋上にタンクのある小さなビルの右側にある筈だった。黒っぽい、古びた瓦の建物……。

須藤は思わず立ちあがった。

「どうしたんです?」

「ちょっと失礼……」

カーテンを開けて、じっと目をこらしても、あの倉庫は影も形もなかった。こわしたのだろうか。それなら一言連絡があるはずだ。あのとき、帰りぎわにあれほど念を押してきたのに……。

「ごめんよ。また、ゆっくりお邪魔するから」

須藤は呆気にとられている中森夫婦を残して部屋をとび出した。

8

「いや、申しわけありません」近代社の大沢は、須藤の顔を見るなり、ペコペコ頭をさげた。

「なにしろ、ここのところ仕事が立てこんでまして。毎年いまごろは学参ものの営業で、けっこう忙しいんですよ」

「では、倉庫の取りこわしも大変でしたね」

「いやいや。あれは土日を利用して、出入りの建設会社にやらせましたから。小さな建物ですから、どうということもありませんでしたよ」

「なにも出てこなかったんですか？」

「ええ。出るわけがありません。もう、根太が腐って、倒壊寸前というしろものでした。あなたに注意されたことで、作業をする決心がついたんですから、感謝申しあげないと……」

「すみませんが、跡地を見せていただけませんか？」

「跡地？　どうしてですか？　何もありませんよ」

「ぜひ拝見したいですね」須藤は大沢の目を見つめながら言った。「長い間の探索ですから、一目結果を見ておきたいんです」

大沢はなおも躊躇いながら、先日同様に竹内を呼び出すと、中庭に案内した。

建物がなくなってしまった跡は、想像以上に狭く、その上を新しくコンクリートの基礎工事が施されていた。周囲はロープでかこんである。

「なにか建てるんですか？」

「ええ、遊ばせておくのももったいないんで。このへんも地価が高いですしね」

「方針を変えたんですか」

須藤がロープのまわりを動きまわるにつれて、大沢は不安をつのらせていくようだったが、やがて竹内に何やら耳うちすると、自分は社屋の中に戻っていった。

「いつ壊したんですか？」須藤は油断なさそうな竹内に向かって質問した。

「ええと、十日ほど前でしょうか」

「すると、今日が三月一週の金曜日だから、二月末の火曜日になりますね。社長さんは土日といってましたが」

「そうそう、壊したのは土日で、コンクリートを流しこんだのが十日前でした」

「それにしては乾きが遅いですねえ。水曜日に一日雨が降ったが、ふつうはもっと早く乾くものですがねえ。とくにこちら側の流しと戸棚があった側は、乾きが遅いですねえ」

「それは、あの――」

「須藤さん」社長が再び姿を現わした。「ちょっとお話があるんですが」

応接室に入ると、社長は改まった口調で切り出した。

「今回の件は、いろいろご配慮頂きながら、当方の勝手に事を運んでしまいまして、お気に障ったかもしれません。そこで、というわけでもないんですが、このことについて私の父からお話し申しあげたいことがあるそうで――」

「えっ、大沢譲二さんですか？」

「そうです。もう八十に近く、健康もすぐれませんので、最近二、三年はどなたにもお会い致しておりませんが、あなたにはお話し申しあげておきたいことがあると――」

「ぜひお会いしたいですね」

「これからご足労願えますか？」

「ずいぶん急ですね」須藤は戸惑った。

「身体が悪くて、滅多に調子のいい時がないものでして。今日なら、ということです」

「伺いましょう」

須藤は店に電話をすると、閑一に店番を頼んだ。

9

「たしか、お住いは小石川でしたね」

車が白山通りを走っているのを眺めながら、須藤は出版人名簿で調べた大沢の住所を思い出していた。

「いや、父の住居はちょっと離れておりまして……」

まさか、何番地ですかと追求することも憚られて、須藤は自分で道順を覚えようとした。後楽園を過ぎたところで春日通りへ左折した。右手が小石川一帯であるが、車はスピードをあげて大塚のお茶の水女子大のあたりまで来ると、右折して不忍通りに入り、そのまま千石方面へ向かった。このあたりは須藤の不案内な場所である。

たぶん本駒込に入ったかな、と思われるあたりの、小さな電気器具店の前で、車は須藤たちをおろして走り去った。そこを二百メートルばかり奥へ入ると住宅街になる。

大沢は一軒のアパートとコンクリート塀の間の狭い道を入っていった。須藤も無言で跡に続いた。前方に小高い丘があり、やはり住宅がびっしり建ち並んでいる。

戦前風の板塀の内側に八つ手の葉が覗いている家があった。標札は黒ずんで読めないが、インタフォンは新しいものがつけられていた。大沢が名乗ると、中から不明瞭な声が聞こえ、やがて扉の閂を引く音がした。

白石恒子が立っていた。

「おや、こちらにいらっしゃったんですか？」

須藤が問いかけると、恒子は場違いな笑顔を見せながら、無言で道を開けた。強い香水のかおりがした。

玄関に入ったときから、漢方薬を煎じているような匂いがして、それは廊下を進むにつれていっそう強くなった。

古い襖を開けると八畳ほどの和室で、テーブルのまわりに四つほど座蒲団が敷いてあった。畳は長いあいだ替えた跡がなく、赤っぽくなっていた。片隅に仏壇があり、位牌が見えた。

須藤は縁側に向いて坐ると、所在なげに、殺風景な庭を眺めた。もう何年も手入れをしたことのないような盆栽が五つ六つ、台の上に並んでおり、その下にこわれた植木鉢がいくつもころがっていた。一つだけ目立つのは樹齢が三十年近いと思われる、大きな樟(くすのき)であった。たぶん、戦後間もなくこの家を建てたときに植えたのであろう。

隣室から、かすかに咳が聞こえた。須藤は閉ざされた襖のほうを見た。

「どなたか、ご病気なんですか？」

大沢は曖昧に肯いただけである。

再び気まずい沈黙が続いたが、間もなく、どこかでドアの音がして、廊下の足音が続いた。入口の襖が開くと、恒子に続いて一人の老人が入ってきた。

小柄な和服姿で、白髪も大方は脱け落ち、蒼白い頬のあたりにはしみが目立った。色つきのボストン型眼鏡が痩せた顔に不似合だった。大きめの鼻に深い皺が生じている。

「大沢譲二です」かすれ声だが、発音はしっかりしていた。

「須藤です。お加減の悪いところをすみません」

「いや、息子から話を聞きましてな、お目にかかりたいと思っとりました」

須藤は丁寧に頭を下げている老人を見ながら、それが昭和初年の左翼の闘士にして、画壇の寵児だった男かと、わが眼が信じられない思いだった。

「ごらんのように」と、息子が言い添えた。「父はあまり長く起きてはいられませんので、よろしく」

「それでは、要点だけお伺いしましょう」須藤は気ぜわしく言った。「こちらに白石さんがいらっしゃるんですから、柾木さんとも連絡がおありになるようで、いわば大連時代のお仲間ですね。それなのにどうして森田さんの行方がわからないんですか？　一度も連絡がないんでしょうか？」

「森田は死んだ。それでいい」

「それでいい、とは？　どういう意味です」

「だから、死んだのだ」

「――そうですか。では、それはともかくとして、いま最も伺いたいことは、あの藤花堂印刷のあった倉庫で、何が起こったのかということです」

「いや、それは……」

老人は舌がもつれたように唇を痙攣させると、額に脂汗をにじませた。息子が心配そうに背中をさすった。

「父は血圧が高くて、一度倒れているんです。ひとつお手やわらかに」

「わかりました。しかし、これには人の生死がかかっているんです。私の推理を申しあげますから、間違っているとお思いなら訂正してください」

老人はしばらくテーブルの端を掴んで、呼吸を鎮めているようだったが、やがて意外に落着いた声で言った。

「どうぞ。失礼しました」

「それでは申しあげましょう。この事件では二人が行方不明になっています。森田一郎とその雇い人の印刷工です。森田――と敬称抜きで呼ばせて頂きますが、森田は昭和三十四年の春ごろから、印刷工はその半年ぐらいあとから行方不明になっています。二人とも、気がついたらいなくなっていたということで、その理由は森田が風来坊のように各地へ出かけてしまうという癖があること、印刷工のほうは身障者のため、当時のことですから周囲に親しい人がいなかったことによると思えるのです。

森田は二十八年ごろ借金で困っていましたが、そのころ江の島の水族館で働いていた形跡があります。彼のパトロン的存在だった佐藤正三が鎌倉に居を構えていたところから、地元の施設に職を世話したのか、一時ほとぼりがさめるまで匿っていたかのどちらかでしょう。私の知人で総会屋系の雑誌編集長が、十年以上前ですが、退職して鳥羽の水族館長になったという事例があります。出版人と水族館というのは妙な取り合わせですが、大宅壮一は出版漁業論ということを唱えたことがありますので、あるいは関係が深いのかもしれません。

冗談はさておき、ここからが暗い話になります。森田がそのようにして姿を消していた時期には、印刷工が一人コツコツと活字をひろっていたというわけですが、出版活動が停止状態になっているときに、活字をひろうというのもおかしな話です。近所の出版社や書店からも、ほとんど注文をとった形跡がありません。とすると、森田が江の島へ行っていた時期は職工もいなかったと考えるのが正しいでしょう。

ふしぎなのは、この二人がいっしょにいるところを見た人がいないということです。むろん、古い話ですから、具体的な証言を求めても無理でしょうが、私の耳に自然に入ってきたところでは、いつも片方だけが店にいた、あるいは片方だけが神保町の通りを歩いていたという証言が多いのです。

この印刷工は鉛毒のために両手の指紋がなかったといいます。森田もあるとき両手に包帯を巻いている姿を目撃されています。つまり、二人は同一人物だったということではないでしょうか」

「考えられないね」大沢老人は即座に言った。「変装といっても、あまりにちがいすぎる。つきあいのある人も多いから、長い間はごまかせないよ」

「いいえ。森田は戦前、左翼の演劇活動にも参加していたといいます。変装のコツぐらいは心得ていたと仮定しましょう。その場合、対照的な人物にし、一方を人が接触を避けるようなタイプにすることです。足が不自由で、しかも鉛毒を患っているような人は、道で行き会ってもたいていの人は眼を逸らすでしょう？

体型からいうと、二人とも小柄のほうでした。足をひきずるようにすると、いっそう小柄に見えたはずです。森田のほうが肥っていましたが、それは腹が出ていたせいらしいので、きっと晒を巻いていたのでしょう。いつも和服だったのは、洋服より肥った変装が楽だったからです。

そのほか、森田が髪の毛をオールバックにして、やや乱していれば、印刷工は坊主頭、森田が色黒ならば、印刷工は蒼白いというぐあいに、あらゆる面で対照的です。それは明らかに一人二役を意識していたとしか思えません。これは慎重に計算されていたことと思われます」

「かりにそうだとしても、いったい、なぜだ。なぜ、そんな手のこんだことをしたんだ？」

「理由は簡単ですよ。おそらく、はじめのころは警察から逃がれるためだったんでしょう。捜査官が踏み込んでも、ことばが不自由な身体障害者しかいない。もっとも、森田はこの点については不徹底で、多少口がきけるように演技したり、まったくの障害者を演じたりしていますが、いずれにせよ、勢いこんで来た警察官も、ふりあげた拳のやり場に困って退散というわけです。

やがて、そうした二重生活が板についてくると、借金取りから逃がれる方法となっていった。掛け取りがくると、主人は留守で、身体の不自由な人が頭を下げる。それでは鬼のような債権者も、仕方ない、少し待ってやろうということになるわけです。

昭和三十四年頃になると、出版界も安定して、風俗文献や艶本の出版は打撃を蒙るようになりました。借財の山を背負った森田は、長期間行方をくらますことにし、印刷工の姿を続けるようになります。そして世間の反応を見たのち、おもむろに印刷工の姿をも消してしまったんです」

「話としてはおもしろいが、なぜ反応を見る必要があるんだね？」

「それは……当時ニセ札事件が発生していますね？　私にはその関連のように思えてならないんです」

「まさか。いくら金に困っても、そんなことをする人物じゃない」

「しかし、ニセ札に関連があるとすると、その時期に失踪した説明がつくのです。第一に彼が犯人であったとすると、印刷工に変装して当面の動きを見守る一方、嫌疑を逸らすことができます。第二に、犯人でないとしても、印刷に関係している人間として一度はそのような手を考えたことがあるから、もし自分が姿を消したら当局はどう出るだろうと、一種の実験を行なったということが考えられます」

「いや、ちがう。あの男はどちらかというと無計画な男だ。出たとこ勝負の人間なんだよ。そのように冷静な、計画的な犯罪には向いていないんだ。第一、計算高い人間だったら、出版だってもう少しうまく立ち廻るさ。あの男の出版した本は、単なるエロ本とはちがってい た。貴重文献だよ。それを良心的な校訂と造本で出版しているんだ。ふつうなら仙花紙の、いい加減な装幀で出して、さっと回収して逃げてしまうところを、一生懸命良心的にやってるんだな」

「それなら大沢さんは森田の理解者として、失踪の原因をどうお考えになりますか?」

「それがわからないから困っているんだ」

「ニセ札の関連でないとすると、もう一つ、説明の方法があります」

「なに、もう一つ?」

「それは森田が何らかの理由により、亡くなったということです。つまり、印刷工の変装をしていた三十四年の秋頃に亡くなった。この見方をとると、失踪が長期にわたっている理由が説明できますし、あなた方の行動も辻褄が合うのです」

「なに？　われわれの行動？」

「そうです。まず考えられることは、亡くなった事実を隠そうとする場合です。あの倉庫の地下へ埋めたとしましょう。床が新しいのも、その疑いを濃くします。どのような方法で埋めたのかわかりませんが、大家の柾木さんが急に倉庫の処分をして、行方をくらましたのはそのためです。その跡を買った大沢さんも、グルといっては何だけど、事情を知っている仲間だから、取り壊しをためらっているうちに年月が経ってしまったと考えられます」

「そんなことがあるわけはありません」恒子がはじめて口を開いた。「私は森田の娘ですから、この人たちが私に相談もせずに、そんなことをする筈がありません。何らかの理由で父の死を隠したとしても、長いあいだにはわかりますよ。それ以外の考えとして、私も共犯ということがあるでしょうけど、それならあなたに調査を依頼するようなことはしません。あくまで隠します」

「すると、あの倉庫には何があったんです？」

「……」

「あなた方が何か隠しているのは明らかです。私が嗅ぎつけたので、寄り集って協議されたんでしょう？」

　三人とも黙りこんだ。また、襖を隔てて咳が聞こえた。恒子が立ちあがって部屋から出ると、旧式の石油ストーブを持ってきた。気がつくと、日はだいぶ傾いて気温が下がってきた。

「どうしてもおっしゃりたくないのなら、工事をした業者を探し出して、話を聞くこともできます。とにかく、ここ一番というところですからね」須藤は強い口調で言った。

「わかりました」息子が口を開いた。「あなたの目的は森田一郎を探すことで、ほかのことは見なかった、聞かなかったことにしてもらえますね？」

「いいでしょう。森田の生死がわかれば、それでいいんです」

「あの倉庫の下には」大沢老人の声はほとんど聞きとれないほど、低かった。須藤は身を乗り出した。「じつは秘密の印刷工場があったんです。凸版、凹版、コロタイプと、機械は古いが、いちおうのものはありました。私の仲間が昭和の初めに左翼の非合法機関誌をつくっていた時に、地下印刷所の必要を感じて、こしらえたものなんです。私は警察にあげられて、仲間については吐いちまったが、連中は印刷所については気がつかず、建物はそのまま戦後まで残りました。あのへんは空襲にもやられませんでしたからね。

外地で知り合った森田一郎に印刷所の話をしたら、ぜひ自分が経営したいものだということを話した。私も一時は印刷所を他人に手放していましたが、森田のために仲介に入り、柾木から借りられるようにしてやったんです。昭和二十二年のことです。

私自身は近代社をはじめましたから、森田の仕事とは没交渉だったんですが、危っかしい思いで眺めてきました。表向きは会員制の性風俗資料出版ですが、会員数がわずか百人程度では道楽みたいなもんで、用紙代にも苦労する始末です。どこからか雇ってきた工員も食べさせなければなりませんし、インフレで一冊の本を出すと、次の本の製作費が倍近くなってしまうというありさまです。雑誌も始めましたが、思ったほど売れなかったようです。

そうなってくると、結局は裏通りの儲け仕事に手を出すようになります。地下の印刷所で秘密出版を手がけるようになりました。最初は、よほど困ったときだけ、少しずつ印刷していたんですが、のちにはそれが常態になってしまいました。おもての会員とは別に、特殊な結社をつくって、写真や錦絵などを複製していたようですが、くわしいことは知りません。

ここにいる白石恒子の母親も、森田一郎と結婚したいと思っていたようですが、両親が猛反対したため、とうとう父なし子を産んでしまったというわけです。明治生まれの厳格な両親でしたから」

古い家で隙間が多いためか、室内はいっこうに暖くならなかった。恒子は別の部屋から毛布をとってくると、大沢老人の膝に掛けてやった。老人はわずかに頭を下げたが、眼鏡の奥の表情は窺えなかった。

「二十八、九年ごろにはとうとう起訴され、裁判所に引っぱり出されてしまいました。この前後は借金で首がまわらず、一時私たちの間から姿をくらましていたことさえあるほどです。

その後、私の出版は学参ものですから、非常に忙しくなりまして、近所にいながら顔を合わせることも稀になりました。工員は時折見かけるので、印刷所はなんとか開いていたと思うんですが、そのうち森田の姿が見えないという噂が広まってきました。工員に聞いても、要領を得ないんです。聾唖者ではありませんが、鉛毒にやられてからあちこちに故障が出て、なんでも苦痛をやわらげるため薬をうっていたという話も聞いたことがあります。

そのうちに、工員も姿を消してしまって、あの建物は近代社のものになったわけです。これが私の知っているすべてです」

「いつも何となく気になっていたんですが、工員の名は何というんですか?」

「さあ、そう言われると……。私たちは普段、藤花堂さんとか森田さんという屋号を呼んで済ませていましたからね」

「地下の印刷機はどうなったんですか?」

「それはとうの昔に運び出してしまいました。しかし、印刷インキの汚れなどがあって、見る人が見れば、そこに機械があったことがわかりますので、思いきって埋めてしまったんです。過去に森田がニセ札の嫌疑を受けたという事実もあり、いまさら周囲の人の好奇心を呼びさましたくありませんのでね」

「しかし、そんな話はみんな忘れていますよ。ニセ札というのは貨幣価値が変動してしまうと実感が薄れてしまうせいか、忘れられるのも早いんですね。現にこの私でさえ、石川一郎とか『チ-37号』とか言われても、すぐには思い出せなかったほどですから。もう神保町に森田とその印刷所を覚えている人はほとんどいないでしょう。そのため、今度の調査でも、だいぶ苦労したほどですから」

「――過去の人、か」

「もちろん、私はそうは思いませんが。昭和二十九年の裁判の判決を読みましたが、何が何でも森田を刑法第百七十五条でしめ上げようとしているんですね。その論理や高圧的な態度は、三十年後の今でもまったく変らないと思います」

大沢老人は顔をわずかに紅潮させた。テーブルの縁を握った指先がふるえた。しかし、それは間もなく平静に戻った。

「あなたには、もう少しお話ししたいことがあります。だが、今は疲れた。近いうちにまた会える機会があるといいが……」

「ぜひお願いします。息子さんに連絡すればよろしいですか?」

「そうしてください」

大沢老人は恒子の肩を借りると、頼りない足どりで去った。

「それでは車でお送りしましょう」息子が言った。「私も社に一度帰らなければなりませんから」

10

翌日の十時過ぎ、眠そうな目つきで一階の小高根書店に立ち寄った須藤が、例の古い営業日誌をカウンターに置くと、折からハタキをかけていた閑一は、

「どうだ、何か見つかったか」

「この間から何度も読み直したんですがね、どうも手がかりらしきものは、ないですねえ。先日も見たように、三十四年の二月に印刷を依頼したという記事があるだけです。あまり古書店の目録印刷なんか引受けないのに、よく注文しましたね」

「いま思うと、借金の返済がわりじゃなかったかな。当時は困っていたからねえ。三千円、五千円という金がなかったようだ。多少、用立ててやったのを思い出したよ」

「いまの五万円ぐらいですか。――ところで、昔の組合や町内会の慰安会の写真がありませんか。春は潮干狩とか、秋は運動会とか、いろいろなレクリエーションを家族ぐるみでやっていますね。以前『組合史稿』で見たんですが、だいぶいろいろな人の顔が写っています。その中に、柾木一家とか、そのほか関係者の顔も写っていないかなと思ったんです」

「うーん、そりゃ考えられるよね。森田も景気のいいころは、そうした集りに出たこともあ

ったからねえ。あのころは飲む機会が少なかったから」

「アルバム見せてもらえませんか」

「いまかね？」閑一は顔をしかめながら、肥った身体をエレベーターに運んだ。「さては、何かあったな？」

「あとで話します。まだ確証がないんです」

アルバムは十冊近くもあった。初期のものは日付を入れて、きちんと整理されていたが、年代が新しくなるほど雑になり、貼らずに挿んであるだけの写真も多くなった。須藤は見当をつけて三冊ほどを借りると、自分の店へ降りた。

「おはようございます」永島がメモを示しながら言った。「だいぶ目録の注文がふえてますよ」

「ああ」須藤は生返事をした。「しばらくのあいだ、電話番を頼むよ」

アルバムをめくりはじめて、たちまち須藤は後悔した。ほとんどが知らない顔である。ところどころに閑一やその息子、つまり俚奈の父親の若かりし頃の写真があって、微笑を誘われるが、道草を食ってもいられない。

やはり閑一に手伝ってもらわねばならないか……。

一冊目を閉じようとして、須藤はハッとした。白石恒子の顔が眼にとびこんできたからだ。まだ幼な顔である。白い、洗いざらしのワンピースを着て、三十歳ぐらいの女性と店の前に立っている。屋号は「金言堂」……。

「これは恒子の母親の知子だ」須藤は思わず呟いた。「隣りが金言堂の婆さんだ。いつごろだろう?」

知子の年齢はどうみても二十歳にはなっていない。食糧事情の悪いころである。それにしても十七、八歳を下ることはあるまい。しかし、戦時中でないことは開放的なワンピース姿であることから窺われる。すると、戦後間もないころであろうか。よくフィルムが入手できたものである。そういえば、金言堂の隣りはカメラ屋だった……。

「お早ようございます」

谷口靖が入ってきた。無精ひげを生やし、デニムのズボンの膝も抜けている。

「おや、今日は早いね」

「本を買ってもらおうと思いましてね」

「困ったなあ。最近はあまり高く買えないんだよ。市へ持っていっても売れないんで、店に置くしかないんでね」

「まあ、見ないうちからそんなこと言わずに、たのみますよ」

谷口はショルダーバッグから数冊の本をとり出すと、レジの横に置いた。中堅作家の創作、評論、映画論などである。

「文学書は売れないんだよ。絶版物を目録に掲載して、やっと三割弱が売れるという始末だからね。この『ユートピアの系譜』は半値で買いましょう。全部で千五百円」

「きついなあ。それじゃ新本が一冊買えませんよ」

「その詩論」永島が助け舟を出した。「ぼくが八百円でよかったら買いますよ」

「では」須藤は早く打ち切りたいと思って言った。「ユートピアものはあてがあるから、残り全部で千五百円」

「いいでしょう」谷口は諦め顔で言い、須藤がレジから札を出すあいだ、例の写真を覗きこんでいたが、「おや、これは前にいた出版社の社長じゃないかな?」

「前の出版社って、きみに改名をさせた史録堂かね?」

「ええ。ずっと若いけど、そうじゃないかと思いますねえ。ちがうかなあ」

柾木知子のうしろに、斜め横を向いた若い男がいた。いままで気がつかなかったのは、通りがかりの男が偶然入ってしまったように見えたからである。

須藤はその顔をじっとみつめた。動いたため少しピンボケになっているが、広い額に、やや大きな鼻が特徴で、髪は七三に分け、Yシャツの袖をめくりあげていた。

「おかしいね。これはどこかで見た顔だ」

須藤は考えこんだ。

「だから史録堂の社長ですよ。若いときの写真でしょう?　もっとも、ぼくが史録堂にいたころは、眼鏡をかけてましたけどね。もちろん、ずっと年をとって、もう白髪でしたがね」

「他人の空似じゃないのかい？」

「そうかもしれません。それに、あの社長は株主総会のとき、五分間ぐらい顔を見せるだけでしたからね。しかし、ぼくはわりあい人の顔をよく覚えるんですよ、仕事でも、それだけが取柄っていわれるくらいです」

「名前は何ていったっけ」

「ほら、そこにある『日本の出版社名鑑』に出ていたじゃないですか。たしか谷口貞雄といいました」

須藤は、先日を思い出して、該当の個所を開いてみた。――社長谷口貞雄、営業代表今村圭一、編集代表谷口尚志。

「この今村圭一というのはどういう人？」

「おとなしそうな感じの、およそ営業には向かない人ですよ。出版社が書店まわりを必要とする時代だというのに、いつも会社にいて帳簿だけ見てるんです」

「谷口尚志というのは？」

「もう六十年輩の、なかなかやり手ですよ」

「ありがとう。参考になったよ」

須藤は千円を足して谷口に支払った。

11

閑一を探しに行くと、店員の一人を伴って千葉へ仕入れに出かけたという。

「それじゃあ、夕方までは帰らないね」

須藤は当惑したが、店内を見まわすと辞書コーナーへ行き、二、三冊の辞典を開いてみた。

『日本の出版社名鑑』の史録堂の個所に、「昭和三十八年文京区で伊久里書房として創業し」とある個所が、妙に気になってきたのである。

イクリと読むのだろうか？　それにしてもふつうの辞書には載っていないようだ。

須藤は機械的に、『日本古典文学大系』の索引を取り出した。

伊久里　万四一九五

それは『万葉集』の第四巻百九十五ページに、伊久里という語が出てくるという意味である。

あいにくこの店はちょうど『万葉集』の在庫がない。

須藤は夢中で中森書店へ走った。

「岩波古典の万葉集、あるかい？」

「バラはないよ。全巻揃いで二十五万」

「ちょっと第四巻だけ見せてくれ。たのむ」

「いつもせっかちなんだね」

人のいい中森は、梯子に昇って該当の巻をおろしてくれた。

百九十五ページ……。


　妹(いも)が家(いえ)に伊久里(いくり)の森の藤の花今来む春も常如此(かく)し見む

　遠くに雪崩のような音が聞こえた。その音は無気味な情調を伴って加速度的に大きくなり、視界一面が白く覆われ、やがて徐々に一条の明るい光が射してきた。

終章　狂暴な心

1

須藤康平　殿

この手紙は通りがかりのポストから投函します。

もう私を探そうとなさらないでください。

なぜなら、私は森田一郎ではないからです。みんなが森田一郎と思いこんでいたのは、じつは一介の印刷工であり、印刷工と思っていた人物こそ森田一郎だったのです。

たぶん、あなたは遅かれ早かれ、私が史録堂社長谷口貞雄であったことだけは見破るでしょう。関連して柾木が谷口尚志であることも。千慮の一失というべきか、四年ほど前に谷口靖を採用するとき、営業の今村圭一が「改名するなら雇ってもよい」という、常識外れな要求を出し、谷口靖に決定的な悪印象を与えてしまったのです。ちなみに今村は大連時代の仲間の息子で、親のことはほとんど知らず、今回の件にはまったく無関係であることを申し添えます。

あなたが岩沼から依頼を受けたことを、恒子を通じて知ったとき以来、岩沼の息子などからおよその動きはつかんでいました。私は大連時代、興信所の社員でしたから、むしろそちらのほうが本業といえるのかもしれません。あなたの店のアルバイト、永島君も利用させてもらいました。同人誌の印刷を依頼している会社に、私の知人がいるのです。あなたが変った本屋であること、谷口靖と親しいことなどは、とうに噂話として耳に入っていました。といっても永島君を責めないでください。彼は利用されていたことも何も知らないのです。父親が白山一帯に地所をもっており、柾木がその一部を借りているという関係で親しくなったのですから。永島君にとって、私は詩の雑誌をまとめ買いしてくれる甘いパトロンにしか見えなかったかもしれません。

しかし、私が永島君のもたらす情報でより関心があったのは、もっと別のことにあったのです。そのことは後で申しあげましょう。

フリーの編集者というものは、私の会社にも臨時採用者や嘱託がいますが、けっして勤め先のことをよく言わないものです。労働条件が悪いからでしょう。ましてや、名前を変えれば採用という前代未聞のことを言ってしまったからには、各所で言いふらされるのは必定でした。私は悪い予感がしました。地道で手固く、世間から一定の距離を保てるような分野の出版を、という意図が何とか成功し、二十年間隠れおおせ、かつて森田一郎になりきったように、谷口貞雄になりきってしまっていたというのに、またもや煩しい思いを経験しなければならないのでしょうか。私も今年で六十五歳（本物の森田は生きていたら、六十一歳ですが）、もはや往年の覇気は薄れ、万事につけて受身になり、悪い面ばかりを考えてしまうのもやむを得ません。

私は大正七年に岐阜県で生まれました。貧農の三男のため、尋常小学校を卒業すると伝手を頼って上京、印刷工となりました。当時印刷工の労働条件は極度に悪く、一日十八時間労働、鉛毒に苦しんだり、機械に指をはさまれたというようなことは日常茶飯事でした。大正十五年の共同印刷大争議も、そうした背景のもとに生じたのです。

私の勤めていた亀有の印刷工場は、従業員三十人ぐらいの小さなところで、ストライキどころのさわぎではなく、黙々と重労働に耐えなければなりませんでした。いまでも目をつぶると、かじかんだ凍傷の指を息で煖めながら、冷い活字を一本一本ひろっていた自分の姿が思い浮かんできます。煎餅蒲団に倒れ込んで、ただ泥のように眠るだけが唯一の楽しみという、じつに哀れな毎日でした。

むろん、会社内部にも不満は燻っていましたし、私自身も労働闘争の文書などを組んでいるうちに、このままではいけないという気持になり、二、三人の仲間と待遇改善を相談し合うようになりました。それでも、職長や会社側のしめつけがきびしく、ストなど思いもよらなかったのです。

勤めて六年目、毎日先輩にどやされながらも、どうやら大衆雑誌ぐらいは組めるようになった頃のことです。

ある日、一人の工員が校正箱を落としてしまうという事態が起こりました。組みあげた活字がつまっている箱で、なかなか重いものですが、落として活字をバラまいてしまうと、組版の苦労が水の泡となるわけです。

その工員は古参から殴る蹴るのひどい折檻を受けてしまいました。まだ小学校を出て二年目ぐらいのいたいけな少年が、屈強の男から足蹴にされて、ひいひい泣き喚いているのです。男もふだんのストレスが重なっていたのかもしれませんが、それにしても無惨です。しかし、止めに入ればもっとひどい仕返しが待っているのは明らかなので、だれも止めようとしないのです。

長い長い時間に思えました。私は気がつくと全身を震わせ、涙を流していました。少年工員が声もたてられないほど弱ってしまうと、古参は、

「ちょっ、このやろう、さえずるだけは一人前だ。くたばっちまえ」

捨てぜりふを残して去ってしまいました。私は夢中で少年工員に駈け寄り、介抱しました。

その夜、寮の一室で高熱を発して呻いている工員を夜通し看護しながら、私はこのような境遇から一日も早く脱出しようと心にきめました。しかし、植字以外に何の技術も

ない私に、どんな活路があるというのでしょうか。

少年工員が何とか歩けるようになるまで、二週間もかかりましたが、その間に私たちはすっかり打ちとけ合い、心を許す間柄になっていたのです。

彼は名を森田一郎といい、浅草の小さな印刷屋の家に生まれ、次男のため修業という名目で家を出されたのだということでした。私より四歳年下でしたが、まじめな性格で、人目を盗んでは刷り残しのページや原稿などを読んで勉強しているようでした。私も大衆誌を読むかたわら、中学講義録などを取り寄せて目を通したこともあるほどですから、森田の向学心には大いに共鳴を感じたものです。

このような調子で半年ほど経過しました。ある日、古参の用事でエッチング画家に校正刷を届けに行きました。画家の名は大沢譲二といい、大連で印刷所を経営していましたが、原色版の技術は日本のほうがよいということで、帰省を利用して印刷を依頼してきたのです。

暑い日でしたので、気の毒に思った家人が氷水をふるまってくれました。アトリエから出てきた大沢に対して、私は生意気にも色校正について自分の意見を述べたところ、意外にも気に入られてしまい、三十枚ほどの絵の印刷が終るまで、何度か会うことになってしまいました。

その間、私は自分と森田が置かれている環境についても縷々訴えたように思います。

大沢は顔を曇らせて聞いてくれました。あとから考えると、このことがのちのちの運命を大きく左右する結果になったのです。

校了になったころ、大沢は私に「大連へ来ないか」と誘いかけました。「大陸には狭い日本にはない夢がある。自分の経営しているのは印刷屋だから、食う心配もないし……」

私は一週間じっくり考えたすえ、森田と一緒ならばという条件を出しました。大沢は何者かと相談の結果、これを承諾し、私たちは長く勤めた印刷所を辞して大連に出発しました。昭和十二年のことです。私が十九歳、森田が十五歳でした。

2

現在旅大（リュイター）といっている大連は遼東半島の突端にある港湾都市で、日露戦争後に急速に開けたところです。隣りに旅順があり、黄海を隔てて間近に山東半島があり、青島（チンタオ）まで一日の距離でした。

いまでも目を閉じると、大連の街のたたずまいが浮かんできますが、しかし、それは青春の思い出としてもあまりに遠くなりすぎました。気持のゆとりもないので、先を急ぐことにします。

大連の大山辺というところにある印刷所で半年ほど働きましたが、中国人からの注文は少なく、日本人、とくに軍部からの依頼が大半でした。大沢はその方面の仕事でよく山東に出かけていました。中支那方面軍の編制、南京大虐殺など、キナ臭い動きがあったころです。毎日、異様な空気が高まっていくのが感じられました。

そんなとき、大沢から青島行きを要請されたのです。仕事は信用調査で、原稿ができたら印刷の注文がとれるので、ぜひ協力してもらいたいというのです。変だとは思いましたが、承諾するより仕方がありませんでした。

森田と共に青島の博興路に落ち着きました。三室ほどの粗末な家で、正体不明な大陸浪人風の男たちが寝起きしていました。

私たちはそこから少し離れた家の一室で、毎日調査書類を整理させられたのです。上役は山内孝雄という目つきの鋭い五十年輩の男で、ときどき鳥打帽をかぶった男や、中国服を着た日本人が出入りしていました。私は何となく、彼らが警察の人間ではないかと見当をつけていました。

そのうちに、私たちは中国人、ときには日本人の尾行をするよう命令を受けたのです。抗日運動の取締りに関係があるということは、直ちにわかりました。私たちは経験も浅く、ただ顔を知られていないこと、若いことだけが取柄で、あまり重要な人物は担当させられなかったようですが、それでもいろいろなことがありました。大沢は画家のセンスがあるのか、変装なども巧みで、とくにかつらの使い方など堂に入ったものでした。私などは面白半分にいろいろな形のものをかぶり、表通りを歩いて、だれにもわからないと嬉しくなったものです。単純な変身願望なのでしょう。

いまから考えると、このような仕事にさしたる抵抗もなく従事していたということが、不思議でなりません。大沢譲二が諜報活動をしていると気づいた時にも、お国のためにしていることと思って、さしたる違和感を覚えなかったものです。のちに引揚船の中で大沢からの告白を聞かされたのですが、左翼の仲間を裏切って日本に居られなくなり、父親に資金を仰いで大連に小さな印刷所を開いたが、資金難で苦しむようになった。そこへ大沢の過去を知る諜報組織がつけこんで来たということのようです。山内孝雄は軍人上りのスパイでした。

かくれみのとしての興信録が出来上がり、主なところに配布されました。戦後、私が上野図書館で存在を確認した本は、貴族院に納本したものです。

それはともかく、四年ほどしてから私たちは大連に帰り、印刷の仕事を続けることになりましたが、いつまでも現地でそのようなことを続ける気持はありませんでした。少しでも金がたまったら、二人で日本へ帰って印刷所を開こう、いや、出版社がいい、というような夢を語り合ったものです。老虎灘の浜で甲羅を干しながら、岩の間に群がっている芋貝を観察しているとき、ふと冗談半分に、自分たちの出版社を「芋貝山房」と名付けたらどうだろうと提案しました。地を這うように生きている、世間からは問題にもされない生物だが、小さな毒のある歯はそなえている。嚙みつけば、時には人を殺すこともある。芋貝山房……いいじゃないか、この意味はなかなか他人にはわかるまい……。めったに笑うことのない森田が、心から楽しそうに笑った顔が印象的でした。

これが、私たちの青春だったのです。

3

昭和十八年のはじめ、混乱の街で森田が日本軍の軍用車に右足を轢かれるという災難に遭遇しました。あやうく切断は免れたものの、薬品さえ自由にならない情勢で十分治療もできず、とうとう森田は生まれもつかぬ姿になってしまったのです。このとき手当をしてくれたのが岩沼宗一でした。日本で問題を起こして大陸に逃げた男ですが、なかなかのやり手で、自分の病院の隣りにいた競争相手を蹴落として、建物を乗っとってしまったほどです。その相手が若い中国女性の堕胎手術をした証拠を摑んで、失脚させたわけですが、恥ずかしながら私はその証拠をつかむことで彼に協力しました。金が欲しかったからです。金がなければ憧れの祖国へ帰っても、生きていくことはできません。

　柾木と親しくなったのも、このころでした。今川小路に古くから雑貨商を営んでいた家に生まれたが、次男のため跡をつぐことができず、昭和十六年ごろ遠い親類を頼って大陸に渡ったのです。私より七歳ほど若いが、しっかりした男で、本なども現地で手に入るものはよく読んでいました。当時大連にいた日本人は約十三万人。その中で、同じような境遇の三人が薄い日溜まりを求め、ひっそり肩を寄せ合って生きていたのです。

　それにしても、森田は哀れな男です。一生のうち、幸わせな時はほとんどなかったのではないでしょうか。柾木もその身の上を知って同情し、私たちの団結はいっそう強くなったといえるのです。

　しかし、感傷的な思い出話をする年齢でもありません。本筋だけを申しあげましょう。

　昭和二十一年から二年にかけて、祖国に帰ることができた私たちは、苦労しながらもそれぞれの場所に落ちつきました。折から新円の切替え前後となって、生活は極度に苦しく、私は足の不自由な森田のためにも、必死に職を求めての毎日でした。進駐軍の仕事から新聞社の活字拾い、大学病院での解剖手伝い、大工の見習いなど、何でもやりました。

　住居は森田の兄のバラックにころがりこみました。私の両親はすでに亡く、兄も東京大空襲で行方不明になっていたからです。

森田と相談し合った結果、やはり昔とった杵柄で、印刷出版を思いつきました。そのころの仙花紙出版の景気はすさまじいもので、硬いものでは哲学思想書、軟いものでは講談本やエロ本が面白いほど売れていました。私たちの理想を実現する、千載一遇のチャンスに思えたのです。

といっても、無学な人間の悲しさ。硬い分野は不案内だし、軟い分野にしても、いざとなると材料がありません。やむなく他の社から出た本をそっくり組み直して出版するなどという、悪いことをやってしまいましたが、それでは種切れになるのが必定です。

たまたま森田が、ある雑誌で佐藤正三先生の性風俗文献紹介記事を読み、「この人に教えてもらえたらなあ」と呟きました。私は無理と思いましたが、駄目でも仕方がないと、連絡をとってみたところ、快く会ってくれたうえ、金は出せないが、翻刻のための原本を提供しよう、読者になりそうな人も紹介しようというのです。夢ではないかと、二人で小躍りしたのを思い出します。

問題は資金でした。印刷代は前金だし、用紙にいたってはブローカーの頬っぺたを札束で張るようにして買ってこなければなりません。当時はまだ引揚者の援護措置も十分でなく、ハタと困りましたが、岩沼宗一に頼み込んで、なんとか都合をつけることができました。この悪徳医師は父親の郷里に多少の田畑を持っており、食糧難の時代を利して早くも小金を貯えつつあったのです。

最初の出版はエロ本でしたが、地下ルートを通じ、ガード下や闇市などでたちまち捌(さば)けてしまいました。続いて、同工異曲の第二冊目も成功しました。そこで私たちはインフレによる目減りがしないうちに、中古の印刷機械でも買入れようと思うようになったのです。そのとき思い出したのが、戦前に大沢譲二が経営していた印刷所でした。

大沢譲二はすでに終戦の年の一月に帰国していました。軍部との連絡のためでしたが、さもなければ戦犯として処刑されていた可能性もあったと思います。私たちは印刷業界の顔利きとして、最初の出版いらい何かと相談をかけていたのですが、この印刷機購入の場合も有力な援軍となってくれました。神保町の空屋になっていた印刷所を私たちに貸すよう、柾木を説得してくれたのです。

柾木は昭和二十一年に長兄が結核で死亡していたので、自然に跡取りとなっていましたが、父親が非常に頑固な人で、どこの馬の骨かわからない私たちのような人間には貸せないと言い張るのを、大沢がなだめて、破格の条件で賃貸契約を結ぶことができたのです。

今から考えると、それがよいことだったのかどうか――ともかく私たちは大連時代のつながりを利用して、ほかの出版社にさほど遅れをとらずに、出版戦国時代に船出することができたのです。

4

活字は不足がち、印刷インキにもこと欠くという頼りない出発でしたが、誤字脱字だらけで落丁があっても、本と名がつけば面白いほど売れる時代でした。近くの出版社で、全集本を求める読者が徹夜の行列をつくったのもこのころです。

しかし、それといって背景のない私たちはもっぱら春本で稼ぐほかによい方法はありませんでした。そのころの神保町は中心街が辛うじて焼け残ったものの、古本が極度に不足気味で、米会話や左翼思想の本、法律関係書などが飛ぶような売れ行きを見せていたものです。

三冊目の出版は『女中の貞操』という、例によってのキワモノでしたが、これが運悪く警察に押収されてしまい、森田が連行されてしまったのです。多分、同業者に密告されたのだろうと思います。

裏街道の商売と居直ってしまえばいいのですが、森田にはその準備ができていませんでした。いきなり留置所にぶちこまれ、テキ屋や暴力団と一緒にされ、おまけにきびしい取調べをうけると、すっかりおびえあがってしまい、ありもしないことまで調書にとられてしまったのです。

一度目をつけられると、この世界ではとことんまで睨まれます。つづく第四冊目も押収されてしまいました。このたびも足が悪いために出歩くことの少ない森田がつかまってしまいましたが、脅迫的な取調べのため失禁してしまい、むしろ係官のほうがもて余し気味で、適当に釈放されたということです。

このようないきさつもあって、私たちはもう少し限られた人を相手の、資料的価値を売りものにした、いわゆる古典的艶本に切りかえようと決意し、監修を佐藤正三先生にお願いし、第一回配本として『逸著聞集』を発行したのです。和本仕立て、三十丁ほどの薄い本で部数も極力おさえて百八十部。先生の周辺の気心の知れた人たちに呼びかけて、購読者になってもらいました。表紙の題簽も先生にお願いし、用紙や装幀も制約の中で可能な限り念を入れました。私たちとしては本当に再出発ともいうべき仕事で、まさに大連時代からの夢の実現でした。

まさか艶本資料の出版を手がけるようになるとは思わなかったのですが、じつのところ上海で印刷された梅原北明の雑誌『カーマシャストラ』なども岩沼の家で目にしており、このような分野も面白いのではないかと思ったこともあるのです。先生から、時代も変ったことだし、文化的にも意義の深い出版だと励まされ、用紙の入手の苦労など吹っとぶのを覚えました。

続いて、当時まだ公刊が許されなかった『末摘花』の参篇、そして先生の知り合いの宇須美不問堂による随筆『女人礼讃』など、二か月おきの刊行が続きました。この『女人礼讃』は古典ではないため、表現も現代風ですので、予約購読者を組合員として、芋貝山房が頒布の事務を代行するという建前にしました。表紙にいたずらをするというアイデアも先生から頂いたものです。陰毛を偽造するため、森田と二人で互いに髪を刈り合い、一本一本アイロンをかけて縮らせたという思い出も、他人から見れば滑稽そのものでしかないでしょうが、私たちにとっては高揚した時代だったのです。

しかし、じつはそれ以前からあいついで難しい問題が生じていました。

5

一つは奥付に記す発行人の問題です。出版の責任者として名前を出すわけですが、森田は二度もぶちこまれているために、もう名前を表へ出すのはこりごりだというのです。そうなれば年長者でもある私の名を印刷するのが順当ということになりますが、そこに躊躇(ためら)われる理由がありました。

まず、私の名前がそのころ非常に世間をさわがせた犯罪者と、まったく同姓同名だったことです。ただでさえ偏見を持たれやすい出版物に、そのような名前を掲げることはぐあいが悪いとしか言いようがありません。ましてやごく少数の会員を対象とした出版ですから、一割の購読者を失っても大打撃です。

さらに、神田古書街の本を見るにつけ、私も将来は大出版を手がけたいという思いがつのり、そのためにはあまり前科を持ちたくないという、保身の気持が働いたことです。佐藤先生は「文化事業だから」と励ましてくれるし、私もその信念でしたが、先生の執筆している各種の雑誌が、内容上さして問題もないと思うのに発禁になっているのを見ると、どうも剣呑で仕方がありません。しかし、発行人が変名というのも妙なもので、先生の支持が得られないことはわかっていました。

結局、私は森田を説得して、彼の名を正面に出させることに成功したのです。ただし、呼び出しがあれば私が森田になりかわって出向くという条件つきでした。名義上の発行人が本当の責任者になりかわって臭い飯を食うというのは、梅原北明ら戦前の艶本屋も常套手段としており、彼に使われていた上村という男などは、のちに総会屋の大物となったほどです。

もう一つは私の一身上に関することでした。柾木の妹、知子を愛してしまったことです。大連にいるときから、柾木の所持していた写真によって、かわいい妹がいることは知っていましたが、実際に会ってみると成熟した女性になっており、柄にもなく思いをつのらせたものです。初めて会ったときが昭和二十一年の暮で、彼女が十九歳のときでした。

彼女がなぜ私のような人間を好きになったのか。おそらく小学校を出たきりで、暗い雰囲気の店の番をつとめるだけの生活、それも戦中戦後の、青春らしい青春のなかった女にとって、私のような存在でも何らかの魅力があったのでしょう。自分から言うのも気がひけますが、私は雑草のような生活力と、理想だけは人一倍でした。

このへんの事情はすでにご存知と思いますので省略しますが、結局知子の両親によって仲を引き裂かれた私たちは、しかし、子供もできてしまったことだし、やがては既成事実を認めてもらえるものと、希望を将来に賭けたのです。知子の兄の治夫や大沢譲二らが、折を見て力になってくれると約束してくれたのも、大きな希望となりました。後悔先に立たずとはいえ、なぜあのとき一切を捨てて駈け落ちでもしてしまわなかったか、われながらふしぎに思うのです。

一つには生活の問題がありました。どこへ行っても働き口があるという状況ではなかったのです。まして子供まで背負いこむとなると、板子一枚下は地獄の生活です。もう一つは何といっても出版への断ち難い野心のせいでした。

私自身の話は言いにくいため、後にしてしまったのですが、知子との恋愛は例の発行人名義の問題が起こる前のことでした。彼女もまた、私が極悪人と同姓同名であることをひどく嫌がったのは自然の成り行きでした。変なもので、そうなると両親の感情的な反対も、そんなところに一因があるのかと思えてくるものです。

やがて名義のいきさつを知った彼女は、冗談半分に、「ほら、森田さん、ひっぱられるわよ」などというようになり、少なくとも子どもの前では森田と呼ぶ習慣になったのです。私も「森田は筆名だ」と主張していました。実際には、佐藤先生にかわって会員向けのチラシの文章を書く程度だったのですが……。

子供の名は私の案で恒子と名付けました。知子の両親へは、知子が考えたということにしておきました。なお、知子の妊娠中、できるなら中絶をしたいものと、私の一存で岩沼に相談したことがあります。そのとき、非合法なことを依頼するのだから、岩沼の大連時代のことを少しでも知りたいと、一、二度上野図書館へ行ったことがあるのです。

柳田国男の『山島民譚集』という本を知ったのも、ひょっとした偶然でした。ふだんから出版の材料を探しているので、借り出して読んでみると、なかなかおもしろいもので、とくに野尻湖の長範山というところに、むかし熊坂長範が隠れ住み、夜は里に出て馬を盗み、月毛は栗毛に、栗毛は黒に染め替えて、再び市に曳いて行って売りとばすという話が、強く印象にのこったものです。おそらく心の底で、どこか似たことを考えている最中だったからでしょう。

会員向けの艶本資料が何とか軌道に乗った頃より、森田は引っこみ思案になりました。

子供の頃より活字を拾わされたために、指紋がなくなってしまい、歯肉も鉛毒特有の青黒いような色になっていました。そのうえ右足が不自由ですから、馴れない者は目をそむけたくなるようなところがありました。

いまでも思い出すのは、お茶の水方面への坂を二人で歩いていたときのことです。森田が足を引きずりながら、顔を歪めて歩くところを、すぐ前に歩いている子供が、母親に手を引かれながら、じーっとふり返って見つめるのです。

子供ですから、遠慮ということがありません。ひたすら、じっと森田の表情を見続けているのです。母親は気がつきません。

私は子供をどなりつけるわけにもいかず、いたたまれない思いでした。坂は二百メートル以上もあります。長い長い時間でした。森田を促して、途中から横に逸れようとしたのですが、彼は淋しそうに笑って、首を振るばかりでした。

森田が引っこむようになったのは、一方の私が知己をひろげ、艶本界では多少知られるようになったからということもあります。

毎週一回、水曜日に佐藤先生が上京するさい、趣味本の愛好者同士が集まろうという案が出て、私にも幹事役がまわってくるようになりました。その会は水木会と名付けられ、いつも一癖ある文学者が多く集まりました。

私はむろん、そうした会に出ると末席で小さくなっていましたが、時おり佐藤先生が酒興に乗じて、「きみたち、この男は数奇な人生体験の持主でねえ。医者で、ブンヤで、MPで……」というぐあいに、一度洩らしたことのある職業遍歴を誇張して言いふらしたのです。私自らも「いや、死んだ人に引導を渡したから坊主の経験もないではなし、スパイだってやったことがあるんですよ」というぐあいに調子を合わせました。そのうち先生が、「女にかけても……」と言い出したので、万一知子のことが露見しては一大事と、こればかりは必死に打ち消した記憶があります。

私のように何の背景もない者が、知名人の中に入っていくには、露悪的な演技も必要でした。趣味の話や文学談義、色事の世界の話になると、底辺の職工はほとんど語るに足るものを持っていないのです。しかし、単に印刷工あがりだと言っているだけでは、鼻もひっかけてもらえません。私は水木会の人々に本を購読してもらい、さらに将来は執筆者になってもらおうと、必死の努力をしたものです。それは、もう一人の私をつくることでした。

6

紙にインキがついていれば何でも売れた時代は、昭和二十二、三年で終ってしまい、ようになりました。柾木は特価本の卸屋に勤めるようになって、もともと多少の関心をもっていた本の世界に入ることができました。早くから学参もので出発した大沢は、新制中学の発足とともに波に乗っていきました。

しかし、私たち芋貝山房だけは深刻な危機に見舞われていました。戦後一時は四、五千といわれた出版社も、わずか三年後には三百以下となってしまい、取次への返品率は昭和の大恐慌時代を上回るという状態になっていたのです。とくに困ったのが税金で、滞納差押えの間際になると、棚を見まわして在庫本を処分したり、店を森田に任せてアルバイトに出かけたりしたことも一再にとどまりません。映画のエキストラに出たり、日雇いの群に入ったことさえあります。よく一週間、二週間と留守にする。水木会の会合でも「どこへ行っていた」などと聞かれると、「いや、私は風来坊で、ちょっと気が向くと仙台まで茶を飲みに行ってくるんですよ」などと笑顔で答えなければならない辛さ。昼は工場の菜っ葉服、夜の会合には和服の着流しに角帯という忙しさでした。

会員頒布の資料も、昭和二十三年に『はこやのひめごと』を出すまでは順調でしたが、その後は途絶えがちになり、校訂や造本に良心的になるほど収支は苦しくなる一方でした。やむなく印刷の受注をふやすことにしましたが、これは森田の健康が心配なので、単価の高いものを選ばざるを得ません。といっても機械が古いので、能率も上がらず、不本意ながら秘密出版めいたものも手がけるようになっていきました。もともと、印刷所には大沢が非合法出版をやっていた当時の地下室が残っていました。私は手先が器用なほうでしたから、一階の床を張り直し、地下への入口が外からは絶対にわからぬようにしました。寝泊りができる三畳間の下にトラップ・ドアをつけ、もし一階に警察の人間でも来ているような場合、不用意に地下から開けられないように、鍵をつけるという配慮もしました。

私が仕事をとって歩き、時には仙台へお茶を飲みに出かける、つまりアルバイトをする一方、森田はほとんど印刷所にこもりきりで、こつこつ組版をしたり、地下で製版作業をすることが多くなりました。人ともあまり口をきかなくなっていきました。

そうなると、私も何となく気づまりです。一緒にいても楽しい話題がありません。たまに誰かがたずねて来ても、私のことを森田一郎と思っているので、そのように呼ぶ。本人の森田は黙っていますが、心中不快を覚えているのは明らかでした。いくら商売の方便とはいえ、一つごまかしをやると、その上へどんどん上塗りをしていかなければならない怖しさを身にしみて感じたものです。

少なくとも森田本人の前で「森田さん」といわれるのは避けたいものと、印刷所には藤花堂という名をつけました。これはあるとき水木会の始まる前に佐藤先生が、料亭の庭先に咲いている藤の花を見て、「芋貝の発音は妹が家に通じるから、その連想で藤花堂印刷所というのはどうかな」と示唆してくださったのです。

そのとき私はふと思いついて、都心から離れたところに小さな家でも持って、そこで別の出版もやってみたいというと、先生は「それなら、やはり芋貝の連想で、伊久里書房というのはどうかね」と笑いました。

私は無教養ですから、その時は藤花の意味も伊久里の出所もわかりませんでしたが、伊久里の表記を確かめると、その場では忘れてしまいました。

浦和に狭い家を借りたのはそれから半年後のことです。御徒町（おかちまち）の特価本業者に連絡のあった柾木が、進駐軍物資の横流しを手引してくれたので、わずかだが余裕ができたのです。私は儲けた金高については森田に内緒にし、家を借りたことだけを話しました。彼は一瞬淋しそうな顔になりましたが、「早く知子さんを貰ってやれよ」とだけ言って、二度とそのことにはふれませんでした。

知子との関係は膠着状態でしたが、子供が大きくなると、認知をしていないのでいろいろな問題が生じるというわけで、男の側から任意認知ということもできるのですが、なにしろ正業についていないので、躊躇っているうちに何年か過ぎてしまいました。子供は柾木家の養女になった方が幸せではないか、ということを知子に告げたこともあります。正直のところ、一時の情熱が醒めかかっていたと言わざるを得ません。

このあたりの事情は、私がいくら弁解しても無益と思いますので、成り行きであったと申しあげるにとどめておきましょう。

7

印刷所にはときどき刑事がやってきました。どんな仕事を請負っているのか、しつこく訊ねるのです。秘密出版の請負いが露見して、二晩ほど留置されたことがありましたので、いらい組版も仕掛り品もすべて地下で行なうことにしました。

このとき留置されたのは、本物の森田でした。というのは、以前の刑事が森田を記憶していて、私が身替りになるわけにはいかなかったのです。

森田が気の毒なほどやつれて帰ってきましたので、私は対策を考えました。考え抜いて、一つの方法にたどりついたのです。森田に相談すると半信半疑でしたが、久しぶりに私が友達思いを発揮したので、その感激のほうが強かったようです。

私はかつらを買い求めて、ふだんの髪型にあわせて細工をし、自らの髪は刈り落としてしまいました。森田は『女人礼讃』のときに丸坊主にしていらい、ずっと続けていましたので、私が彼に扮するためには、坊主になる必要があったのです。背丈は同じぐらいでした。顔形はずいぶんちがうが、色眼鏡をかけたり、歯茎に着色したり、ダランと顔の筋肉をゆるめたりすることで、感じが出せないことはありません。いきなり入れかわるのはむりでも、段階的にならむずかしいことではありません。声は無理なので、口をきかないことにしました。

私のほうが肥っていましたので、水木会などの人前へ出るときは和服を着る前に晒布などを厚く巻いて、より肥ったように見せ、時には口に含み綿などをして行ったこともあります。はじめに「やあ、肥ったねえ」といわれたら、人はその先入観念で見てくれますから、あとは綿を出してしまってもよいのです。こんな目立たぬ工夫をして、私は森田との対比効果をつくっていきました。

顔の色は悩みでしたが、化粧で森田の不健康な感じを出すことができました。眉毛そのほか、あまりこまかなところはこだわらぬようにし、全体の感じで似せようとしました。

このようにして、汚れた菜っ葉服を着て植字作業をしていると、入ってきた者が必ず間違えるので、すっかり自信をつけたものです。とくに右足をひきずりながら歩くと、まず子供以外は眼を逸らしますから、わかってしまう気遣いはなかったのです。

危い仕事を受注して、だいたいどのくらいの期間で刑事がくるのかということや、それ以外のパトロールの周期とか、エロ出版へのしめつけがきびしくなってくるタイミングといったことは、その道の印刷屋には掌をさすようによくわかります。危険信号を感じたら森田に扮し、本物の森田を地下室へ入れるのです。二度ほど刑事がやってきましたが、全然気がつかず、署まで引っぱられることもありませんでした。ただし、指紋採取を断わる口実として、両手に包帯を巻いておくといった用意は常に忘れませんでした。

このようにして昭和二十八年という年を迎えたのです。

——その前年、私は会員制の『珍書』という雑誌を創刊しましたが、これは創業当時の理想をある意味で実現したような内容で、知名人や研究家たちに考証随筆を執筆してもらう、一種の性文化誌でした。すでに『人間研究』などの類似誌はあったものの、もう少し資料的な内容にしようと、江戸好色本の全文復刻なども掲載しました。

ところが、これが当局の好餌となってしまったのです。すでに昭和二十五年、『チャタレイ夫人の恋人』が起訴されているので、よほど用心しなければいけないと思ってはいたのですが、警察は滔々たる性自由化の波を、この機会に何が何でも押し止めようと、居丈高になっていました。問答無用という構えですから、たまったものではありません。

この雑誌のある号に、私は江戸期の好色本がけっして現今のいわゆるワイセツ文書にはあたらないということを主張しました。それが当局の神経を逆なでした結果になり、二十八年の二月に挙げられてしまったのです。

8

やって来たのは眉の太い、赤ら顔の、背の高い私服刑事でした。続いて丸顔の刑事が入ってくると、きびしい表情で棚の上の在庫本やチラシを運び出しました。寒い日でした。私は変装する時間的余裕もなく、森田はちょうど地下に入っていました。何としても彼を一階に上げてはいけません。私は刑事たちに悟られぬよう苦心して、鍵をかけました。

「参考に署まで来い」

私は軽い気持で印刷所の入口にも鍵をかけると、車に乗せられて署に連行されました。取調官は楢橋という四十年輩の男で、頭からこちらの話を聞くつもりはないらしく、住所、氏名を書きとると、

「今日はこれで終り。一晩泊まっていけ」

と、問答無用の態度です。本気だなと思うと一時に恐怖の念がこみあげる一方、森田のことが心配になってきました。

翌日は帰れると思ったら、三十分調べただけで、またも勾留。エロ本屋など、はじめ

から人権はないといわんばかりです。それは我慢するとして、森田はどうなるのでしょう。

　私は弁護士をつけてくれと要求しましたが、そんなことをすると、かえって釈放が遅れるといわれ、要求を引っこめました。

　これは欺された形となり、結局私が解放されたのは、逮捕されてから四日後のことでした。私は真蒼になって印刷所へとんで帰り、地下室のタラップを開けて森田の名を呼んでみましたが、返事がありません。

　――森田は階段の下の暗闇に倒れていました。拳は血まみれでした。必死に救いを求めたのでしょう。力尽きて転り落ち、頭を打って倒れたところを、たぶん肺炎でも起こしたのだと思います。地下には不完全な暖房しかなく、夜は氷点下まで温度が下がったのでしょう。

　私は大声で森田の名を呼び、必死に身体をゆすってみましたが、すでに冷たくなっていました。

　うろたえて、ぼんやり周囲を見まわした私の眼にとびこんで来たのが、印刷機の傍に散乱している真新しい千円札でした。断截の仕方が悪いので、一目でニセ札とわかりました。

　そのときの驚きは、森田の死に直面した時以上のものがありました。二年前の昭和二十六年に、山梨県で元軍人や小学校長らを主犯とする大偽造団が検挙されていたのをはじめ、写真製版技術を利用したニセ札が流行しはじめていました。印刷工は自分で使うつもりはなくても、腕試しにイタズラをすることがありますが、森田の場合はどうだったのでしょう。

私は大急ぎで大沢譲二と柾木治夫に連絡し、善後策を協議しました。森田の直接の親族はもういないが、都内に遠い親戚がいると聞いていました。しかし、変死ですから警察に届けなければなりません。

ここで私たち三人とも考えこんでしまいました。森田が印刷所以外の場所で亡くなったように細工することも考えましたが、それはすぐわかってしまうでしょう。三人のいずれかの家で亡くなったことにしても、ごまかしきれるものではありません。ましてや、死体を遺棄するなどということは、仲間として忍びがたいことです。

ニセ札の問題も気がかりでした。私から見て、その出来はさほどよいものとも思えませんでしたが、印刷インキや用紙など、私に覚えがないもので、何者かの依頼をうけたものである可能性が強かったのです。

とするなら、森田の死は当分のあいだ隠しておかなくてはなりません。相手の正体を知らないというのは、すこぶる危険です。しいては地下印刷所の存在もわかってしまうことになるでしょう。

なによりも森田一郎の一人二役が、いや二人一役が露見してしまい、世の信用を失うことになるのが、私にとっては最も恐しいことでした。森田を哀れと思う心は人一倍強いとしても、それと同じくらい、出版業者としての生命を絶たれることは辛いことでした。

私たちは暗黙のうちに一つの結論に到達すると、柾木が用意してくれたシャベルで地下に深さ一メートルほどの穴を掘り、森田の亡骸を埋めました。さらに一週間後、大沢が社屋修理の名目で少量のセメントを用意してくれましたので、その上を覆うことができたのです。

人間、短期間の困難は夢中で乗り切ることができるとしても、それに続く長い緊張を耐えることは容易ではありません。森田が死んでからの二、三年は私の生涯で最もつらい時期でした。

印刷所にいるときは森田に変装し、植字作業をします。外出のさいは私に戻るのです。こんな調子では出版活動に身が入る筈もなく、経営はいつも火の車でした。やむなく雑誌も休刊とし、かつて会員制で頒布した好色本の再版を出したのですが、その大半が押収され、係官の楢橋から、「今度やったら、もうお目こぼしはないぞ。実刑は覚悟しろ」と言われるまでに追いつめられてしまったのです。

植字をしていると借金取りがやってきて、「森田はいねえか」と喚き立てます。私は声が出ないように装い、カレンダーで何日に出直してきてくれという意味を伝えます。相手はなおも嫌味を言いますが、身障者の工員相手では振りあげた拳のやり場にも困って、三十分ぐらいで帰っていくのです。

しかし、その場はごまかせても、結局は返さなくてはなりません。大沢にもだいぶ助けてもらいましたが、時には嫌な顔をされるようになり、やむなく神保町の出版金融から高利の金を借りたり、即席に春本をつくりあげては、露店や場末の古本屋へ卸してまわり、一時を凌ぎました。

『女人礼讃』の焼き直し版を企画したのも、今から考えると貧すれば鈍するの典型であったとしか申せません。初版刊行の時には、内容はさして問題にならず、ゲテもの趣味の装幀が好事家に喜ばれた程度でした。再版も装幀で売らなくてはと、いろいろ考えては見ましたが、もう髪の毛をアイロンで縮らせるといったような粋狂なことをしている余裕もなく、写真をコロタイプで印刷し、それにズロースに見立てた布を巻くという、野暮ったい方法でお茶をにごすことにしました。

この、写真を用いるという手を思いついたのは、初期からの購読会員だった木曾川建一によるものでした。ある時、会合の席で木曾川が「いいものがあるから買わないか」と、数枚の無修正のヌード写真を示しました。私は秘密出版の請負いをしていた関係で、その種のものにいちいち驚きもしませんでしたが、正直に言って、誰がモデルだろうという興味を抱いたことはたしかで、それほど気品のある容貌と雰囲気を備えた女性でした。

私は断わるには惜しいと思い、かなりの値段で購入することを約して写真を預りましたが、それを無断で、一部を拡大し、『女人礼讃』の表紙に用いてしまったのです。

ところが、あとで知ったところによると、この女性は木曾川夫人であり、さらに同じ購読会員の一人である作家永井路太郎の義理の妹でした。つまり、私は会員の夫人の恥部を印刷し、天下に公けにしてしまったのです。このために夫人が自殺したという噂も立って、私は水木会を中心とする会員から総スカンを食い、裁判中の支援も得られず、失脚せざるを得なくされてしまったのです。

のちに佐藤先生に伺ったところによると、木曾川は配偶者のヌードを撮影する趣味があり、またそれを小遣い稼ぎに売るという、常人では考えられない神経の持主でした。人間はプライベートな面に関しては独自の嗜好を有している場合があるものですから、木曾川の件も世間のモラルで律しようとは思いませんが、表面上女色には縁のなさそうな人だけに、私も油断してしまったのです。

「元来、春本などを買う人間は、実行する勇気のない、無害でおとなしい人間が多いもんだよ。このぼくがそうだからね」

先生はそう言うと、木曾川にまつわる秘話を教えてくれました。永井路太郎は義妹と関係を生じたが、やがて飽きたのか、厄介払いにその女性を木曾川に押しつけてしまったというのです。ところが、そのとき女性はすでに永井の子を妊っており、悩んだすえ精神に異常を来たし、しばらく横浜の病院に入っていましたが、ある日脱け出して鉄道自殺を遂げたということでした。この女性の気持はどうだったのでしょうか。私は知子のことを思い出してしまいましたが、聞くところでは企業経営者の娘で、スキャンダルを極度に怖れる周囲の圧力に負けて、木曾川と一緒になったのだというのです。

木曾川としては再婚でもあり、妻の実家の経営する企業に入ることもできるという、一石二鳥の思いだったにちがいありません。

また、これはずっとあとになって耳にしたことですが、木曾川は亡くなった妻のヌードを自宅の人目につくところに掲げており、しかも娘が平然としているという話です。佐藤先生は「母親への復讐ということで説明できるのかなあ。常人じゃないね」と苦笑されていました。

しかし、最も常人でなかったのは、むしろこの私でした。

9

他人の名前で裁判を受けるというのは妙なものですが、真相を語れば知己からの支援はいっさい受けられず、罪も加重されることになります。私は佐藤先生や柾木や大沢とも相談のうえ、自分の会社と出版そのものを守るためだと自らに言い聞かせ、法廷に臨みました。大沢が弁護士をつけてくれました。何人かの先生方が証人に立ってくれましたが、検察側は始めから私を一罰百戒の対象にしようとかかっているのですから、のれんに腕押しのありさまです。

そのころチャタレイ裁判が世間の耳目を集めていて、私の事件はほとんど世人の知るところとはなりませんでした。チャタレイが文学論争なので、私のほうも「ワイセツではない、文学だ」という観点から争いましたが、明らかに好事家向けの出版であるため、もう一つ説得力がなかったのは否めません。当時のことですから、「ワイセツなぜ悪い」といった開き直りの視点もなく、ただ防戦にこれ努めるだけでした。

結果は罰金十万円。現在の貨幣価値にすると百五十万円ぐらいでしょうか。

判決のその日から、私は金策に奔走し、とうとう会員の中でも余裕のありそうな人々のところを回るという、タブーを犯してしまいました。

このうち、大野盛男という会員は私と同郷のため、半ば気安い調子で借金を申しこんだのですが、会員名簿を写させてくれるなら二万円用立ててもよいといわれ、最初は断わりましたが、ついに負けてしまいました。春本業者にも最低水準のモラルというものはあるのです。私は二度とこの世界に顔向けできない不徳義漢となってしまったのでした。

罰金を払い終えて、これまでのすべてが水の泡になった時、私は衝動的に佐藤先生にすべてを打ちあけました。これ以上、秘密を背負っていくことに耐えられなくなっていたのです。

先生は長い、長いあいだ考えておられましたが、

「私も町の学者といわれ、戦前から戦後にかけて何度も発禁の対象になったことがある。表通りというより、やはり裏街道の人間だね。そんな立場だから、きみにお説教はできないが、人の道に外れてはいけない。まず、仏を供養してやりたまえ。つぎに、きみが故人の分まで働いて、立派な出版業者になることだ。生まれ変ったつもりで、まったく別の分野に挑戦してみたまえ」

じつにありがたい言葉でした。それまでは正直のところ、きびしい裁判の結果や、周囲の人間の冷たさに私はすっかり絶望していました。先生が裏街道なら、私などはさしずめ下水道の人間ともいうべく、永久に浮かぶ瀬もなく、このまま朽ちてしまうのかもしれないと、いわば世を拗ねていたものです。しかし、他人のせいにしてはいけない。むかし植字をしているときに覚えた聖書の言葉に「惰者(おこたるもの)はいふ獅(しし)そとにあり、われ衢(ちまた)にて殺されんと」というのがあることを思いだしました。つまり、自分に危害を与える

者がいるという理由をつけて外にでていかない人間はなまけ者だということでしょう。このような思いが天啓のように浮かんだことでした。私は泣いて再起を誓いますと、先生は私の肩を叩いて言いました。

「裏街道といっても、私も年の功で、それ以外の人もかなり知っている。新しい出版社を起こすのなら、紹介してあげるよ」

――一時ほとぼりがさめるまで、ということで、先生は住いに近い江の島の水族館で資料係の職があるからと言ってくれました。私は喜んでそこに一年間ほど勤めたのち、再び神保町に舞い戻り、印刷業者として地道に資金を貯えていきました。大沢の学参出版社がどんどん業務を拡張していくので、その方から注文をまわしてもらうことができました。あいかわらず和服と菜っ葉服の使い分けをしていましたが、だんだん和服姿のほうを少なくしていきました。世間からつまはじきをされているようで、足をひきずって歩くほうがずっと気が楽だったのです。

水木会も、先生の健康がすぐれず休会がちになり、昭和三十年に入ると艶本出版もごく少数の業者だけしか手がけないようになってしまいました。森田の名前も、噂にのぼらなくなっていったのです。

10

ところが昭和三十四年の六月のこと、私が菜っ葉服で植字をしていると、三十歳台後半の痩せた男が入ってきて、「久しぶりだなあ」というのです。見覚えのない男なので黙っていると、「とぼけるのか。これを忘れたというのか?」と、ポケットから千円札を出して見せました。私はすぐに、あのニセ札とわかりました。

男は嵩にかかったように、「あの時の約束を忘れちゃいめえな」と凄んできます。困り果てた私が、何とか辻褄を合わせながら推測を下したところでは、どうも森田はニセ札百枚の印刷を相当の報酬で引受け、しかも一部は渡してしまったようなのです。

私は「事情によって、もう出来なくなった」と強く断わったのですが、男は「それなら渡した金に利子をつけて返せ」と詰めよってきます。

私はとにかく、その場しのぎの答えをしておいて、今後の方針を考えてみました。その結果、たとえ警察に密告されても、ニセ札はつくらないという決心をしました。

翌日現われた男は、私の決心が固いのを知って、「よし、この前受けとった札をお前の名前で使ってやるからな」と、捨てぜりふを残して立ち去りました。私は観念しました。

果して七月になると、二日間で三十一枚ものニセ札をバラまくという事件が起こり、しかも印刷器具店で「石川一郎」と名乗ったというので、私は生きた心地もありませんでした。

なぜ石川と称したのか。おそらく類似の名を使って、今度は本物を使うぞという脅しの効果をもたせたのでしょう。一度味をしめた犯人は、必ず姿を現わすにちがいありません。

すでに印刷業者の何人かが容疑者のリストに載り、私の印刷所にも刑事の訪問がはじまっていました。

今度足を踏み外したら最後、もう二度と浮かび上がれない。私は必死でした。例によって大沢と柾木、それに今回は佐藤先生にも加わってもらい、深刻な鳩首会談となりました。先生は躊躇(ためら)わずに言いました。

「かねての計画どおり、きみは転進しなさい。芋貝山房には、あまりにも過去の亡霊が取りつきすぎている。とりあえず姿をかくしなさい」

それはいいが、具体的にはどうすべきか、まだ準備一つできていないと答えますと、柾木が重い口を開きました。

「じつは自分もこのさい独立して、小さくてもよいから出版業に入りたいと思っていたんです。両親もこのところ相ついで亡くなったし、知子も勤めが安定しているし、恒子は祖父との間に養子縁組が成り立ちそうだし……。もはやさびれゆく一方の土地で雑貨屋などやっている意味はないんです。自分は早くから出版に興味があって、特価本もつくってきた関係で、多少流通のことも知っています。もし営業の力が必要なら、気心も知れているし、私は森田さんと一緒に働きたい」

これは願ってもないことでした。印刷所は正式に大沢の経営する近代社が柾木から買いとることになりました。

くわしい経緯は省き、白山の大沢家の離れを借りて伊久里書房が誕生しました。当初は近代社の関連会社という形をとり、佐藤先生の紹介で国文学界の先生とも接触し、とりあえず「国文学と現代」という雑誌を創刊しました。私も柾木も谷口という別名を用いていました。柾木は、従来の出版営業関係の知人には、養子に入って改名したという口実を設けていましたが、じっさいは店舗売却をめぐる親族間のごたごたから逃れたいという動機が強かったようです。

私はほとんど表に出ず、編集の対人折衝は柾木に一任しました。神保町と白山は地理的には近いのですが、当時は交通面での連絡も不便で、住人も神保町の人々とは全く無縁でした。柾木もそのへんの事情を知っていたと思います。

しかし、森田一郎が忽然として失踪したとなれば、怪しんで妙な噂を立てる者も出てこないとも限りません。そこで月に二日ぐらい、比較的早い時間に菜っ葉服を着て、わざと目につくように神保町の表通りを歩きまわったものです。

石川一郎はその後現われませんでした。チ－37号事件をきっかけに捜査がきびしくなったため、身の危険を感じたのでしょう。

このようにして、チ－37号事件が巷の話題になっている頃には、私たちは順調に別の世界で出版事業をつづけていたのです。なぜ、もっと早くと思わないでもありませんでしたが、私のように何ら背景のない人間には、いきなり教養書、学生の論文の参考書といった分野には手が出ませんし、昭和三十年代の初期までは、この方面の読者も少なかったのです。

むろん、当初は先生に原稿を見て頂いて、企画その他のアドバイスを受けました。一、二年するうちに編集部らしき体裁も整い、神保町へ移ったのです。但し、私は株主総会以外は滅多に社員の前に出ることはありませんでした。髪型も変え、ある種のメーキャップも施すなど、用心に用心をしました。社員たちは、私が金を出すだけの社長と思っていたようです。

この時期のことでつけ加えておくことが三つあります。一つは横浜の水上ホテルで労務者の死体が発見されたとき、私の本の卸し先であった古書店のあるじから、「顔の特徴があんたと似ているといえないこともない」といわれ、警察に「森田です」と証言してもらったことがあります。これらはすべて柾木を通じて処理したことですが、あるじは後々まで警察の動きの一端を、柾木に通報してくれました。たまに妙な聞きこみがくると、正体を探ることもしてくれたものです。しかし、この書店が春本の地下ルートだった事実は、大野盛男に握られてしまっていたのです。

第二は知子の事故死です。私は無責任のようですが、生き残ることに精一杯で、昔日のような情熱を彼女に感ずることは少なくなっていました。彼女も仕事を得て広い世界を見るにつけ、よりすぐれた男性が目につくようになっていたと思います。しかし、事故死は気の毒でした。「国文学と現代」の増刊「戦中戦後の女性像」は、彼女への追悼の気持をあらわしたものです。

もう一つは、佐藤先生の死です。私はどんなに葬式に駈けつけたかったか知れません。しかし、衆人が期待している中へ、ノコノコ出ていくわけにいかないのは当然です。私はスターではないのです。いろいろな森田伝説があって、その多くは私自身のハッタリ性に責任があるのですが、今日別人となっている以上、義理を欠いてもやむを得ません。日本人的な感傷をふり捨てていかないと、私の生きる道はないのです。

11

人間、頭さえ使えば、たいていのことは可能です。広島県の松本喜太郎という人は、大正三年に広島部隊から脱走し、憲兵隊の血眼(ちまなこ)の追求をかわして終戦までの三十一年間、逃げて逃げて逃げおおせたということです。しかも、親族の前に現われたのは、その十五年後だったというのだから驚きです。

別にこのことを新聞で読んだことが励みになったわけではありませんが、今回の件にしても、まだまだ逃げ切る自信はあったのです。

その私を脅かしたのが、第一に楢橋でした。定年退職した後は、あくまで私がホシに関係するものと一人合点し、独自の方法で私を追いつめて来たのです。私がつかんでいるところでは、森田の異腹の弟を探し出し、森田家の墓場を調べたようです。むろん、そんなところに手がかりがある筈はありませんが、今度は東京とその周辺の新興墓地やロッカー式の墓を綿密に調べ、とうとう手がかりを得たのです。私が佐藤先生に意見されて、残っていた毛髪の一部を供養したのが露見してしまったのです。

一年ほど前から私の家の周囲を窺っている老人が楢橋と知ったとき、何とか巻き返しをしようと、機会を得てその跡をつけてみました。

老人は私の家を見下ろす高台の公園にのぼると、日がな一日、私を監視しているようでした。樟が私の家の目印になっていることも、想像がつきました。私も並大抵のことでは人に負けませんが、楢橋の執念には脱帽です。

なお、彼の息子はやはり警視庁に勤務していますが、文書課勤務で、性格は親に似ず、文学青年です。「書肆・蔵書一代」にも通っているようですので、父親のことをお聞きになるのもいいでしょう。勤め先を聞かれると、虎ノ門といわず、霞が関というそうです。こうした情報は、永島君から得ているのです。

私にとって、あなたは第二の脅威でした。岩沼の依頼を受けたのを知っていらい、最初は正直申して油断していましたが、回り道ながら核心に迫って来られると、不安が高まってきました。そしてとうとう印刷所の秘密に勘づいたらしいということを大沢の息子から報告されると、手を打つ必要に迫られました。

しかし、最大の脅威は娘の恒子でした。恒子は私が実の親で、「森田一郎であった男」であることを知りません。

本物の森田と二人一役を演じていたとき、恒子はまだ幼く、母親がそのようなことを教えるわけもありませんでした。知子が未婚の母として生きる決心をしつつあった時も、名乗ってはかえって将来の支障になることもありうると、兄の柾木治夫も了解の上で、父子関係は伏せていました。私が裏街道の人間になってしまってからは、なおのこと名乗る理由が薄れてしまったのです。

森田の一人二役を演じなければならなくなった時にも、柾木や大沢は「この問題は我我だけのことにしよう。絶対に子供を巻き込むようなことがあってはならない」と相談し、むろん知子には真相を告げましたが、娘の恒子には極秘という約束をさせました。知子は早くから文京区内のアパートに両親と別居していましたから、恒子は私の顔を知りません。谷口という変名になってから、伯父の知人として恒子は私の顔を知ったことになります。もっとも知子が生きていたら、そうした約束をいつまで守ったかわかりませんが、故人となってしまった今、恒子に真相を語る存在はいなくなったことになります。

一人、私が予測していなかったのが、岩沼の脅迫者でした。この飯島という男は、楢橋が探し出した森田の異腹の弟で、出生地の浅草で早くから興行界に入り、ストリップの前座でコントなどを演じていましたが、やがてドサ回りの奇術師となり、近年はテレビでかなりの人気者となって、孫大来などと称しているようです。この男はたまたま大野と近づきになり、彼が〝夜の蔵書家〟として著名であるのを知ると、森田の消息をたずねたようです。大野はもと公安関係者といってよい人間ですから、さまざまな情報をにぎっています。その線から、岩沼や木曾川の名が出てきたのでしょう。

孫大来は、テレビで人気が出ると余裕が出たのか、岩沼の前に姿を現わさなくなったようです。しかし、彼に触発された森田探しは、恒子をも巻き込んで、私に危険が迫ってきました。

私が自宅へあなたを呼んだとき、機会さえあればあなたを殺害しようと思っていたのです。そのために、懐に凶器を忍ばせていました。隣室から咳払いが聞こえていたのは、あれが本物の大沢譲二で、癌の末期のため余命いくばくもなく病院から帰されてきたばかりでしたが、「早く片付けろ」と、私に合図をしていたのです。

しかし、私もそれほど阿呆ではないし、もう疲れました。その原因は恒子にあったのです。

恒子が看護婦学校へ通ったというのは本当ではなく、水商売をしていたのです。岩沼とは、その父親の宗一の代から腐れ縁があったことになりますが、つまりは妾として生活を続けているうちに、そうした世界の女にありがちな悪知恵を身につけてしまったようです。そのようすはご覧になった通りですが、私にとって衝撃だったのは、「森田は死んでいてもらわないと困る」と考えていたことです。

親としての資格が全くない私ですが、この年になって見れば過ぎ去った昔を悔い、せめて娘に何かしてやれないかと考えるのは自然でしょう。しかし、娘は父親の死を願っているのです。あなたが請負いさえすれば、殺してくれと言いかねないのです。

私の心情はうまく言い表わせません。とにかく、あの部屋であなたと対座していたとき、私は狂暴な心でいたのです。

しかし、私が寒さを感じたとき、娘はごく自然に立ちあがると、隣室から毛布をとってきて、やさしく膝にかけてくれました。

あの一瞬、私はあなたに対しても、世の中に対しても、狂暴な心を捨てたのです。必死に何かを追い、次には自分が逃げまわった半生も、これで終りです。懸命に這い上がろうとした努力は、無駄ではなかったのです。

最後になりました。私や柾木、大沢の罪は時効であること、申すまでもありません。判断はあなたにお任せしますが、現在の史録堂そのものは、私の存在とは無関係です。私が消えるのは、ただ娘のためとだけ、申し添えます。

昭和五十八年三月二十五日

藤花堂主人

『古本屋探偵の事件簿』あとがき

本書『古本屋探偵の事件簿』のタイトルのもとにまとめた四編は、私が一九八二年から翌年にかけて執筆した推理小説で、神保町を舞台に須藤康平という古書店主の冒険談を描いたものである。その成り立ちについては瀬戸川猛資氏との解説対談に譲って、ここでは最小限必要なことを記しておきたい。

『殺意の収集』に出てくる〝幻書〟の内容については、プルースト『愉しみと日々』（斎藤磯雄訳）より、「蔵書一代、云々」のフレーズはニコラス・ブレイクの『野獣死すべし』よりヒントを得たものである。執筆にあたっては、いまは亡き小寺謙吉をはじめ、小宮山慶一、斎藤孝夫、鳥海清、押田実の各氏から多くの示唆をいただいた。

『夜の蔵書家』は終戦後間もないころ失踪した実在の人物からヒントを得て、その謎をフィクションとして追求したものである。異常に多面性をもつ正体不明の人物で、ニセ札事件の犯人に擬せられたというのも真実であるが、モデル小説ではない。関係資料については、小宮卓氏の協力を得た。さらに双葉文庫版上梓のさい、当の人物を見たことのある稲村徹元氏に解説をお願いしたが、今回はあくまでフィクションであるという趣旨から収録しなかった。志ある読者は双葉文庫版について見られたい。

以上であるが、ジャック・ベッケルの『モンパルナスの灯』の冒頭に「この作品は事実に基づいているが、事実そのものではない」とあるように、私のミステリもまったく同じであることを念のためお断りしておきたい。

編集部注　この「あとがき」は『古本屋探偵の事件簿』（一九九一、創元推理文庫）に収録されたものをそのまま再録しています。「殺意の収集」「書鬼」「無用の人」は『古本屋探偵登場　古本屋探偵の事件簿』として二〇二三年九月に刊行しました。

解説

門井慶喜

まったくもってけしからん。いまの若者はものを知らない。

というのは洋の東西を問わず、老人の繰り言にすぎないので、若者たちは気にする必要はない。ものを知らなくて結構さ。しかしながら私はこの解説を書くにあたり、ひょっとしたら、いまの若者は紀田順一郎の名前を知らないのではないかという疑念がきざした。何しろ昭和十年（一九三五）生まれである。世代にひらきがありすぎる。

知らないとしたら、まことに勿体ないと思う。なぜなら紀田は小学館『日本大百科全書』にも名前が立項されているほどの存在で、その著作のうちの何十冊かは、令和の現在にいたっても内容がほとんど古びていないからである。以下に最小限の人物紹介をすると、紀田はもともとミステリ評論を手がけていたが、しだいに関心の幅を広げ、近代史、書誌学、読書論、名著案内など、多彩な手段で読者の知性を刺激した。

どれもこれも、古本がなければ成り立たない分野である。昭和四十六年（一九七一）生まれの私なども大学生のころ京都の古本屋で『古書街を歩く』（新潮選書）を買って、ひとり暮らしの下宿で読みふけったおぼえがある。紀田の著作が古びないというのは、もちろん紀田自身の問題意識が時間をこえて普遍的だからでもあるにせよ、ひとつには彼のあつかう話題がもう最初から古いせいだった。二十年や三十年経ったところでビクともしない事件や事績だけが紀田の関心を引いたのである。

昭和五十年代からは小説家としても活動をはじめたが、そんなわけで、紀田の小説はほぼ古書業界を舞台にしている。なかでも東京神田神保町の古書店主・須藤康平（すどうこうへい）を主人公としたシリーズ唯一の長編が本書『夜の蔵書家』で、これは評論家の書いたものにもかかわらず頭でっかちなところがなく、措辞も柔軟、こんにち読んでもじつに小説らしい小説になっているのは唸らされる。むろん昭和五十年代に特有の風俗習慣のにじみ出ている部分はあるけれども、全体の理解のさまたげにはならず、ここでもやはり主題そのものは古びていないことを読者は知ることになるだろう。とにかく読んで楽しいのだ。

もっとも、この場合、古びないのはさらにもうひとつ理由がある。それは本書が普遍的な人間の欲望、すなわち性欲をあつかっているということ。性欲の問題はこんにちではセックスと呼ぶのが普通なのだろうが、しかしここではあえてエロと呼びたい。そのほうが何となく男の劣情とか、隠微（いんび）さとかの意味あいが出る気がするからである。

セックスは反社会的ではないが、エロは反社会的なのである。

†

戦前の日本では、文章を書いて発表するというのは悪いことだった。

少なくとも政治家にとってはそうだった。なぜなら彼らはその仕事の性格上、国民の思想を或る特定の方向へみちびこうとするのが本能になっているのに対して、文章の発表とは、これまたその性格上、しばしば読者の精神を不特定の自由世界へと激しく連れ出すものだからである。

統制したがる者と、されたがらない者の関係がそこには成立するだろう。もっとも、書くこと自体はどういう問題もない。たとえば誰かがそのへんの原稿用紙に万年筆でどんな不穏なことを書きつけようとも、どんな放埒（ほうらつ）なことを書きつけようとも、読者の数は限られる。せいぜい回し読みして十数人か。大した影響力はないのである。問題はひたすら「発表」にあるのであって、よりいっそう具体的には、原稿を活字に組んで印刷し、雑誌なり書籍なりのかたちにして、適当な値段をつけて売り出すこと。

つまりは出版である。肉筆はそうでもないけど、出版とは本質的に悪事なのだ。悪事だから実行にあたっては当然よほど厳重に監督されなければならないというのが国家の論理、または善意にほかならず、その具体的な方法が検閲（けんえつ）だった。世に出る前に毒味する。毒がなければ出してよし。あれば一部を伏字にしたり、出版物そのものを発売禁止にしたり、場合によっては版元や著者を罰したりする。そうすることで読者に対して「安心・安全」を保証するわけだ。

ところで、こういう伏字、発禁、版元や著者の処罰といった処分の対象となりがちなのは、内容的には主として二種類だった。ひとつは政治批判、もうひとつはエロ。前者の処分がしばしば左翼出版の弾圧等のかたちを取ってあらわれることは、歴史の教科書でもおなじみだろうが、実際には、それに劣らず後者のそれも盛(さか)んに摘発されたものだった。

エロこそは読者の劣情を刺激し、家庭の安寧(あんねい)や結婚の秩序を破壊する、一種の文化的爆弾とされたからである。とはいえ偉い人に「ダメ」と言われると、かえってやりたくなるのも人間の性(さが)。『夜の蔵書家』で主人公・須藤康平が依頼されたのもまた森田一郎(もりたいちろう)という非合法のにおいのプンプンする出版業者をさがしだすことで、森田はどうやら、戦前はおろか戦後になっても自称「稀覯書」、すなわちエロ本の刊行をつづけていたらしい。

しかも販売方法が巧妙だった。書店で売ると足がつき、刑法の「わいせつ文書」に指定されて有罪となるので（これは戦前も戦後もおなじ）、信頼できる客筋にのみ案内状を直接郵送して、いわば会員制を敷いて購買をつのる。商品はお金を払って申し込んだ者にのみ送付する。

形式的には販売ではなく頒布であるが、まあ、どこからどう見ても販売だろう。こんな秘密出版をあえてしたその森田は、昭和五十年代のいまも生きているのか。生きているとしたらどこで何をしているのか。

森田だけではない。そもそも主人公にその人さがしを依頼した岩沼（いわぬま）とは一体どういう男なのか。岩沼自身はどうやら金持ちの医者らしいが、現在の生活に何か問題を抱えているらしく、これと森田は関係あるのか、ないのか。こうして読者は、主人公の須藤とともに、人さがしのような本さがしのような、過去探求のような現状調査のような、奇妙な冒険に出かけることになるのである。

冒険が進むにつれ、この話は、だんだん柄が大きくなる。はじめは単なるエロ出版、単なる失踪者さがしの話かと思われたものが、いつしか出版という行為そのものが主題となるのだ。

その周辺には製紙、印刷、製本などの仕事があって、これがまたいちいち複雑な感情の対象となって……ミステリなのでこれ以上の紹介は差し控えるが、最後にひとつだけ付け加えるしたら、出版というのは、ただ単に、権力者に「ダメ」と言われたからやるというような単純なものではない。それは性欲や食欲、睡眠欲などとはまったく別の欲求、そう、おそらく「字を読む」ことの快楽を知ってしまった瞬間から人間に新たに付与される強烈な欲求にもとづくもので、この出版欲に取り憑かれたら最後、人間はどんな異常な情況へも、どんな異常な心理へも、疑うことなく身を投じ得るらしいのである。なるほど出版とは悪事だった。政治的な意味ではなく、ひとりの人間の精神の或る根源的なものを揺り動かしてしまうという点で。

二十一世紀のこんにち、言論の自由、出版の自由は憲法によって保証されている。そういうことになっている。たしかに国家の検閲はないに等しいし、「わいせつ文書」なる語はほとんど死語になったように見える。しかし果たして、私たちに、自由の実感はあるだろうか。むしろインターネットやＳＮＳの出現によって、かえって国家ならぬ無数の隣人による新たな検閲、新たな取り締まりの重圧を感じてはいないだろうか。

こういう時代でも、いや、こういう時代だからこそ『夜の蔵書家』は読むに値する。まことに紀田順一郎は古びていないのである。

初　出
『われ巷にて殺されん』（一九八三、双葉社）改題
本書は『古本屋探偵の事件簿』（一九九一、創元推理文庫）収録の「夜の蔵書家」を単独で再文庫化しました。

検印
廃止

著者紹介 1935年横浜市生まれ。評論家、作家。推理小説の主著として『古本屋探偵登場』『古書収集十番勝負』、翻訳として『M・R・ジェイムズ全集』、評論として『乱歩彷徨』などがある。『幻想と怪奇の時代』により、2008年度日本推理作家協会賞を受賞。

古本屋探偵の事件簿
夜の蔵書家

2023年9月29日　初版

著　者　紀田順一郎（きだじゅんいちろう）

発行所　（株）東京創元社
代表者　渋谷健太郎

162-0814／東京都新宿区新小川町1-5
電　話　03・3268・8231-営業部
　　　　03・3268・8204-編集部
URL　http://www.tsogen.co.jp
DTP　工友会印刷
暁印刷・本間製本

乱丁・落丁本は、ご面倒ですが小社までご送付ください。送料小社負担にてお取替えいたします。

ISBN978-4-488-40607-3　C0193

泡坂ミステリのエッセンスが詰まった名作品集

NO SMOKE WITHOUT MALICE◆Tsumao Awasaka

煙の殺意

泡坂妻夫

創元推理文庫

困っているときには、ことさら身なりに気を配り、紳士の心でいなければならない、という近衛真澄の教えを守り、服装を整えて多武の山公園へ赴いた島津亮彦。折よく近衛に会い、二人で鍋を囲んだが……知る人ぞ知る逸品「紳士の園」。加奈江と毬子の往復書簡で語られる南の島のシンデレラストーリー「閏の花嫁」、大火災の実況中継にかじりつく警部と心惹かれる屍体に高揚する鑑識官コンビの殺人現場リポート「煙の殺意」など、騙しの美学に彩られた八編を収録。

収録作品＝赤の追想，椛山訪雪図，紳士の園，閏の花嫁，煙の殺意，狐の面，歯と胴，開橋式次第